原上丛书

李 浩　郝建国 主编

爱情投资模型

云　舒——著

河北出版传媒集团
花山文艺出版社
河北·石家庄

图书在版编目（CIP）数据

爱情投资模型/云舒著. -- 石家庄：花山文艺出版社，2024.7 --（原上丛书/李浩，郝建国主编）
ISBN 978-7-5511-0425-8

Ⅰ．I247.7
中国国家版本馆CIP数据核字(2024)第WA0810号

丛 书 名：	原上丛书
主 编：	李浩 郝建国
书 名：	爱情投资模型
	AIQING TOUZI MOXING
著 者：	云 舒
选题策划：	丁 伟
统 筹：	李 彬
责任编辑：	梁东方
责任校对：	李 伟
装帧设计：	陈 淼
美术编辑：	胡彤亮
出版发行：	花山文艺出版社（邮政编码：050061）
	（河北省石家庄市友谊北大街330号）
销售热线：	0311-88643299/96/17
印 刷：	河北新华第一印刷有限责任公司
经 销：	新华书店
开 本：	880毫米×1230毫米 1/32
印 张：	10.375
字 数：	240千字
版 次：	2024年7月第1版
	2024年7月第1次印刷
书 号：	ISBN 978-7-5511-0425-8
定 价：	77.00元

（版权所有 翻印必究·印装有误 负责调换）

序：他们在高原之上

李 浩

一

编撰一套反映当下中国小说创作实绩、展示中青年作家艺术品格和前行势头的系列丛书，一直是花山文艺出版社郝建国社长和我的共同心愿。应当说他的意愿可能更强烈、更紧迫，也更"成熟"一些，因为早在两年前他就开始策划组织了"诗人散文"丛书的出版，至今已经进行到第四季，积累了丰富的经验。在经历多轮交流、碰撞和相互说服之后，便有了这套"原上"丛书。

之所以名为"原上"，一是基于期愿和希望，它部分地源自我们不断谈及的中国当代文学"有高原无高峰"的共识性判断。必须承认，经历数十年的吸纳、丰富、转变和探索，时下的中国当代文学（尤其是当代小说）呈现了一定的甚至可以说几乎普遍的"高原"态势，立足于本土、个人和时代经验，深谙东西方小说讲述的艺术策略，有着广博的文学视野和经久的文学阅读，并较好地融合萃取变成个人的独特，呈现出不同的"中国故事"可贵面影。这一努力,是我们绝不能忽略和无视的!然而,我们也得承认,我们当下的写作还有诸多的匮乏和不足,尤其表现于思想性、创新性、丰富性和锐利感上……我们编撰这样一套丛书,是为彰显、呵护已经呈现"高原"态势的中青年作家的创作实绩,认知和呈现他们的文学实力,同时也冀望借此加以"促进",希望这些作家朋友能够不断向前,最终筑起属于自己的"山峰"。而定名为"原上"的第二个原因,则源于白居易"离离原上草,一岁一枯荣。野火烧不尽,春风吹又生"的著名诗句——它意味着(或者隐喻着)不竭的新生力量,不竭的"原上"的生长和文化根脉的深层延续……"原上"丛书,愿意为已经站在了高原的、相对年轻的"新生力量"提供可能的助力,为文学的真正发展和繁荣提供可能的助力。这,应当说是这些中青年作家所需要的,也是出版社和读者所需要的。

二

立足于实力,立足于读者好评、业界好评和几乎可见的"创作前景",立足于专业审读和专业评判——也就是说,我们这套"原上"丛书首先考量的是"实力"和"未来态势",以现有创作的真实呈现为第一标准。作家的创作影响力在我们的统筹范围之内,但它或多或少属于"次要标准",它提供参照值但不进入标准值。实力,以及我们的未来预期,在"原上"丛书中占有更大的比重,这是我们这些编撰者应当承认的。

基于此,我们甚至更愿意从那些潜心写作但或多或少被低估,荣耀的强光尚未照到身上的那些作家中"捞取",让他们在这里获得可能的彰显与艺术尊重——这也是我们所要承认的。也正是基于这一个原因,在我们开始遴选作家的时候"不成文"地将已经获得鲁迅文学奖、茅盾文学奖的作家忽略在外。在我们第一辑十本的编辑过程中,作家刘建东、沈念获得了2022年的第八届鲁迅文学奖——这当然是我们尤其是作家本人的荣耀,但我们和编辑团队愿意再次强调:我们在约稿和编辑丛书的过程中,他们尚未获奖,我们的选择标准是并会一直是实力和创作前景……事实上,我们也有理由相信,入选"原上"丛书的诸多作家或许会在今后的某一时段再有大奖斩获,或者成为具有标志意义的文学名家——这,也是我们所更愿意见到的。在接下来的遴选和编辑过程中,我们还会将这个"不成文"继续下去。

全国性,是我们这套丛书的又一立足,我们愿意将整个中国有实力的中青年作家放在一起打量,并使用同一标尺。我们当然愿意它能有一个丰富性、多样性和多层面的展示,但它们依然是参照值而不是标准值。花山文艺出版社隶属于河北出版传媒集团,具有地域性,但在这套丛书的遴选中我们首先排拒的就是地域性,同样是"不成文"的规定,我们会对河北籍的、现在河北生活的作家秉持更多苛刻,如果是同等条件,

"被遗憾"的一定是河北作家。第二辑,入选的河北作家依然仅有一位。这个"不成文"也将是我们坚持的固执原则。

三

第二辑入选的作家是冉正万、李约热、陈集益、朱山坡、薛舒、谷禾、郑小琼、云舒、戴冰、杜峤、温亚军(排名不分先后)。他们是当下文坛极为活跃、极有实力并且部分获得着关注的中青年作家,而我们更看重的是在他们身上所能体现出的创新意识和前行态势,包括他们对于时代、生活、个人人性的有效挖掘。他们的写作,真的是在为我们提供着来自生活和文学的双重丰富。

我想先从本辑中最年轻的作家杜峤开始谈起。在我们向他发出约稿的时候,他还是在读的硕士。他的入选,是因为我们在他的身上看到了那种蓬勃的、冒险性的活力,看到了思想性和思想的智趣,看到了文学真正属于创造性的那些东西——杜峤值得被注意,在他的写作中已经呈现了异样的、难得的品质,尤其是那种自觉的现代性(其实更多是后现代的)意趣。在中国当下的小说写作中,在入选的所有第二辑"原上"丛书的文字中,包括被大家看好的那些青年才俊中,能有如此强烈、自觉的现代性意趣的作家屈指可数——杜峤可能是最为突出的一个。他善于从传统中汲取,更善于解构;他在解构中悄然地完成自己的追问,而这追问针对个体也针对整体,是关于我们何以活着并认识我们何以如此的原点。他将"不会轻易认同"发挥到几乎极致,那些旧有的"坚固之物"在他那里经受着摧毁、抽离、调侃、无视,无论这些"坚固之物"是以多么正当、庄严、美好和恳切的面目出现——年轻的杜峤正在建立着强烈的个人标识,甚至,他似乎走得略远了些,将阅读和批评甩在了身后。我们愿意杜峤的写作能被注意到,我们愿意,为年轻、才华和冒险给予它本应有的强光。

薛舒的文字有一种令人叹服的锐利,这种锐利包含在日常和平常中,它几乎写下的均是日常场景,是我们的生活和生活的基本面影。可贵的是,薛舒总能够从日常中将我们的习焉不察的部分用故事的方式放大,在故事性的轻微跌宕中那种锐利便呈现出来了,它像是被增生的骨头里的刺——谈及锐利感,我们可以坦承在"原上"丛书第二辑中,具有锐利感的作家并不鲜见,像陈集益、像郑小琼、像朱山坡……但选择将这种锐利"还原"给生活和日常的,则是薛舒的专属。这当然是一种能力,也是一种冒险:因为日常场景是与锐利性相悖的,而一旦强调了锐利性就可能造成"日常"的失真——薛舒选择在钢丝上舞蹈,她的平衡能力是让我们叹服的支点之一。

郑小琼是位卓有影响(甚至是国际影响)的诗人,她写小说的时间并不长,这本小说集是她的第一本小说集——我们选择她,并不是因为她的诗人身份和作为诗人的影响力,而是来自她小说带给我们的惊艳感,是小说本身的呈现。锐利,前面我们已经谈及了这个词,在这里似乎可以再做强调:郑小琼小说的锐利是故事性的，是生活的推向，是个人在与生活、社会和情感的摩擦中"磨损感"的赋予，那个被直面的"人生"的赋予——在她的小说中既有《女工记》式的苍凉和艰辛，又有更为幽深和闪烁着的微光；既有诗性的意蕴的漂泊，又有或沉实或曲折的故事的交织；既有对命运和身份的追问、吁叹，又有暗含的拒绝和不甘……作为一位曾被标识为"底层文学""打工文学"代表的作家，我们会在郑小琼的小说中发现她诸多的独特和异质，不能被轻易归纳和概括的部分，而这部分，更值得审视，更值得重视。

艾柯说过，有两类人适合成为作家，一类是水手，一类是农民。所谓水手，就是故事上的、经历上的冒险者，他总带来新鲜的、别样的新鲜经验；所谓农民，就是那种对"本地掌故了如指掌的人"，他熟稔一种生活，熟稔这种生活下面的埋藏和暗流，并从这种熟稔中"提炼"出人性共有和人类共有——收录在丛书第二辑中的冉正万可能约略地算作"农民式"的作家，他专注于地域书写，收录于短篇集《两座桥》中的诸多小说均与贵州有关，像先锋桥、龙场、北盘江等。他像威廉·福克纳那样为自己建立了一个"邮票大小的地方"并完成着自己的注入。我们可以看到，地理只是支点而不是困囿，善于腾挪，善于将历史、传说和地方掌故纳入小说的冉正万重建了他的地方性，他所关注的依然是故事和人性，是我们在"这生活"中的可能面对，以及由此带来的人性挣扎与心理折射。

向小说要故事是我们的基本诉求，我们希望能被它所吸引，希望在它所编织的故事中进入一个陌生领地；向小说要生活也是我们的基本诉求，我们希望它能提供一些生活经验，勾连我们共有的精神情绪，说出我们自己难以说出和难以说清的东西……温亚军的小说集或可同时对我们的两种基本诉求提供"满足"。他善于经营故事，善于建造独特的、让人沉浸的细节，善于利用故事的光影建立氛围，同时善于埋伏思考性的力量，让我们在掩卷的时候反复思忖：生活如此？非如此不可？有没有更好的可能？如果我是他或她，会如何……同样是基于现实和日常，相对于薛舒的锐利而言温亚军是温和的，他提供的往往是平静的湖面但其背后同样是"可怕的深度"。

在编选第一辑的时候我们就曾对陈集益、李约热、戴冰等诸位作家发出过邀约，而现在，终于如愿以偿，拿到了他们的新作。李约热的小说写作纯正自然，意蕴开阔，富有诗性，既有现代主义多样风格的汲取也有现实主义的厚重扎实，更应被注意到的是，贮含在其中的飞翔感和上升力量。在平实中赋予飞升当然是种独特的能力，而这份能力被李约热演绎得丰沛充盈，有着多重的摇曳。收录丛书的是他的精选集，即使是在多年之后，我依然会记得初读《涂满油漆的村庄》时的那种激动——再次阅读，那种激动竟然还在。文字富有诗性，是陈集益、李约热、谷禾等作家的共有特点，甚至可以说是第二辑中所有作家的共有特点，这也是现代小说的一种有意味的统一趋向，现代小说，往往会将小说中的诗性给予看作是高格。李约热小说中的诗性更多体现于语言的美妙、巧变和意蕴,而在陈集益那里,这种诗性则更多地体现在故事的寓言性注入和不断攀升的荒诞感上,它甚至会让你在阅读的时候感觉有轻微的摇晃。陈集益的写作有着类似于卡夫卡式的生活溢出,有着类似于卡夫卡式的寓意添加,有着类似于卡夫卡式的幽默感,然而,他也有更强的个人标识,在谈及他与卡夫卡的相似性的同时我更愿意谈及他的不像,不是。他往往会以一个生活中的发生为基础支点,然后调动经历和经验向上叠加,在叠加的过程中它越来越趋向于"危险",也越来越呈现了它荒诞的、不可推敲的性质。诗性,在这样的时刻变得凝重并有了蜕变的轻盈。

记得有谁说过一句片面深刻的话,他说作家在写到关键时刻的时候"手不能抖",要准,要狠,要下得去手——谈及朱山坡的小说时这句话便会浮现:他大概是那种手不会抖的作家,他敢于下手,也精于下手,这种对于世情、人生和人性的解剖时常会让我们惊讶,并百感交集。他善于将故事推向某个"险境",在这种险境之中,人性的、世情的和生活的隐秘之部获得浮现,然后再是他的狠绝……狠绝源自悲悯,源自对人的理解和体恤。事实上,好的小说在设置中往往需要以虚构的方式制造矛盾、解决矛盾,然后再制造更大的矛盾,朱山坡熟知这个策略,他却另寻了下手的点,让故事一下子生发出了新意。

云舒的写作以故事的讲述为擅长,无论一个怎样主题的故事到她的手里，一定会变得曲折迂回，风生水起，波澜丛生；她还有自己的专属题材，金融，多数的故事都会被放在金融人生的背景下进行考察，她借用金融之壳孵化着世事的、人性的、情感的飞鸟，并使它们生出翅膀。云舒的故事好看，和诸多的青年作家相比她的阅读受众往往是多的，或者更多的，她对人物心理的洞察和敏锐捕捉也让作品血肉丰满。专注于金融和金融人生既是云舒小说有意的背景添置又是她设定的"增殖"支点，她让金融背景为自己的作品增加了另一层的丰富，也增加着人生和人性的另一层面。同样善于讲述故事的还有戴冰，但他的善于讲述也与云舒的善于有所不同：云舒的故事之精彩更依赖于结构上的曲折、冲突的丰富，她多用第三人称，是从"他者"来观察这个故事的；而戴冰故事的精彩则往往集中于情节和细节，是铺展出的耐人寻味，是那种人生伸展出的神经末梢。戴冰的小说会让我们沉浸，他以日常化叙述探寻个体的生存状态和精神境遇，既是反映城市文化图景的一个个窗口，又是透视现代人存在哲学的一面面镜子，积聚着形而上的力量。现代都市的小说不好写，它的不好写在于：反映机关单位的鸡零狗碎、一地鸡毛，很容易滑向宫斗剧式的通俗剧，而书写个人生活，则因为每家每户的相互隔开则缺乏冲突，不够有戏剧性。然而戴冰竟然能够不惮冲破并解决了现代都市小说的种种匮乏，他的提供是值得重视的。

和郑小琼一样，谷禾也是一位具有影响力的诗人，在他的笔下无论是尘封历史中的罅隙褶皱，当代都市生活中人们的精神与肉体的异化与挣扎,抑或打工者不自知的抑郁焦虑,均在谷禾的文字中获得抽丝剥茧的显现。他醉心于"想象一种生活",并在这种生活的内部建立起审视和追问,透过他者的故事表达出的恰是他遮遮掩掩的真情和对生活、世界和人生的种种认知。李修文说他"起笔于不惊,运笔于横生,又落笔于壮阔,借助于一个个人物的滔滔图景,揭呈了生命之曲转与行止、人性之常素与奇绝、世相之荒唐与真实",应是中肯而中的的评价。

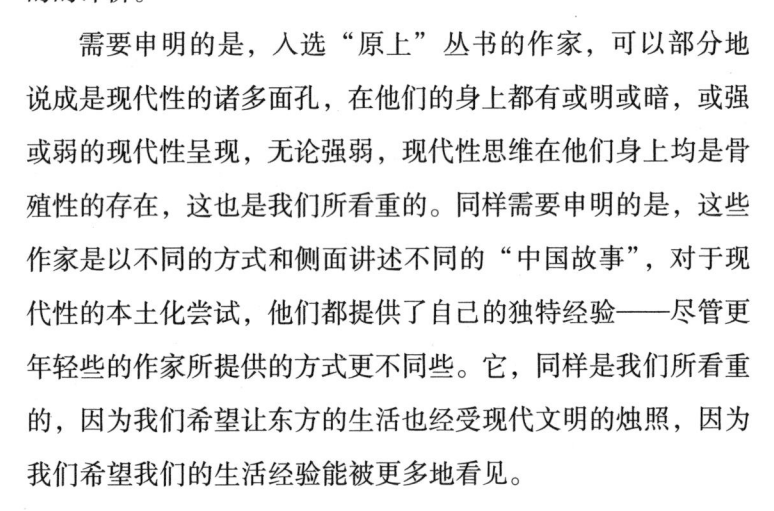

需要申明的是,入选"原上"丛书的作家,可以部分地说成是现代性的诸多面孔,在他们的身上都有或明或暗,或强或弱的现代性呈现,无论强弱,现代性思维在他们身上均是骨殖性的存在,这也是我们所看重的。同样需要申明的是,这些作家是以不同的方式和侧面讲述不同的"中国故事",对于现代性的本土化尝试,他们都提供了自己的独特经验——尽管更年轻些的作家所提供的方式更不同些。它,同样是我们所看重的,因为我们希望让东方的生活也经受现代文明的烛照,因为我们希望我们的生活经验能被更多地看见。

四

此次入选的作家,其身份、工作单位和生活区域各有不同:有军人、教师、编辑、作协领导和事业单位工作人员,也有自由职业者;有的生活于大中城市也有的生活于边远城市;

有汉族也有少数民族……它不是我们所看重的遴选要素，我们要的只有"实力"和"未来态势"。而我们之所以梳理了这些不在遴选要素范围之内的点，是因为它在机缘巧合中呈现了我们试图达到和获取的"丰富"。这是我们极为看重的。希望我们遴选的作家都具有强烈的个人面目，都在以自我的方式开掘自我的精神富矿，当我们将这些作品呈现于大家面前的时候你能够感觉它们的"独树一帜"……罗素说，参差多态是人类的幸福本源——就文学作品的阅读来说，确是如此，我们甚至不愿意在同一作家的不同作品中读到不经思虑的重复，求新求异是我们阅读中的心理本能。在这里，我们强调作家在身份、工作、生活区域和性别上的不同，更多地，是意识到"童年记忆、生活环境和未知因素 X"对作家写作的影响确有它的显见和内在微妙，这应是我们需要重视与反思的另外一隅。

他们在高原之上；他们具有代表性和独特性；他们和他们的写作，值得被关注。

是为序。

2024 年 5 月于石家庄

目录

小石楼 …………… 1

金蝉 …………… 46

爱情投资模型 ……… 68

吉祥渡 …………… 133

平安渡 …………… 171

桃花渡 …………… 217

幸福渡 …………… 236

极寒之后 …………… 272

小 石 楼

一

月亮从云朵里探出圆圆的脸庞时，程启明还在办公室窗前站着。

秘书小王第一次进去时，程启明正站在石门地图前发呆。小王轻手轻脚续了一杯水，就退了出去。第二次进去时，程启明还在地图前发呆，仿佛这半个小时就没有挪动过一样。小王换茶杯里的水时，手很轻动作也很慢，似乎等着程启明随时叫停，但直到他盖好茶杯盖子，程启明的嘴唇也没有动一动。小王犹豫了一下，还是轻轻说了一句："吴副市长到了。"

程启明"嗯"了一声，那声"嗯"低得就像文件柜里的那只老怀表，仿佛它的生活就是日复一日地走，不管路上的风景是鲜花还是荆棘，它都不能停留也不能加速，不为谁笑也不为谁哭。程启明想用这声平淡的"嗯"化解自己心中的紧张，也想让小王紧绷的神经放松一下。但小王却更加紧张了。他心里没底，甚至怀疑自己有没有说清楚。以往这种时候，程启明会早早来到大门口迎接，今天人家主动上门了，他却避而不见，对他自己、对行里都不是好事。说句不中听的话，他想过后果吗？小王的脑子飞速转了一圈说："飞鸿集团的李总他们也到了。"

其实小王平常没有那么多话，吴副市长到了，那么其他人还会迟到吗？小王是为了提醒程启明才多了一句。程启明又是心不在焉地"嗯"了一声，把小王和小王的话当成空气，自顾自地继续盯着地图发呆。

小王心里有些委屈，提醒吧，怕领导烦；不提醒吧，又怕误事。以往遇到过类似情况，比如去年飞鸿集团的李追燕来找程启明谈林荫庭院项目贷款时，他正在看文物局老徐发来的一篇史海钩沉文章，当时也是这样心不在焉"嗯"了一声，后来就把这事忘脑后了。等飞鸿的业务转到他行时，程启明反而批评小王不及时提醒他，以至于怠慢了客户，弄丢了一笔业务。他们都明白一笔业务的成败关乎每一个细节，程启明因为一时的分神，在细节上出了纰漏，等他再想补救时，已经来不及了。觊觎他们业务的冀丰银行怎可能放过送上门的大好时机？他们把李追燕捧到客户的宝座上，于是银企业务红红火火，彼此成就着都上了一个台阶。

程启明想自己还是对飞鸿广场项目大意了，尽管副行长胡建伟也跟他沟通过几回。当时程启明作为总行后备干部正在深圳行挂职锻炼，就不建议耗费过多的精力去和冀丰银行争。他对胡建伟说："此时飞鸿和冀丰正在蜜月期，竞争付出的代价太大了，而且依照李追燕的性格肯定会在利率上一压再压，即便争揽成功了也是赔本赚吆喝。不如集中精力服务好现有的客户，等有机会再修复这种关系。"胡建伟点头同意，但并没有放弃对飞鸿广场项目的跟踪。从后来几次的电话里他就听出了胡建伟的意思，一是飞鸿广场是市里的重点项目，眼睁睁放弃有些可惜；二是胡建伟想做出点儿成绩，如果不去争揽，知道的说是程启明的意思，不知道的以为他胡建伟只会四平八稳做现成活儿呢。程启明也理解胡建伟的心思，为了保护积极性，也为了锻炼他，程启明就留了个活口，可以跟踪，可以争揽，但不能牺牲利润指标，更不允许无序竞争。程启明还嘱咐了一句："李追燕是一个十足的生意人，把钱把利益看得比什么都大。飞鸿困难时，他可以俯下身子当孙子，如今实力上来了，他的脸也就阔起来，东比对，西压价，市场就是被他们搅和乱的。"

所以当上周李追燕来找他时，他确实有点儿摸不着头脑，也自然对这个天上掉的馅儿饼保持了足够的警惕。但当他翻开李追燕拿来的资料和项目规划图时，一下就明白了。因为在他知道的版本里，民生街以南也就是老槐树和小石楼不在拆迁范围。没想到他到深圳行挂职半年后，拆迁范围就向前推进了五百米，恰好把小石楼和老槐树圈了进去。

程启明把胡建伟叫了过来，胡建伟大大咧咧地说已经按程序给总行打了签报，而且报送前已经沟通过了。胡建伟还兴奋地说："咱们的营业场所就数民生街支行最旧、最小。这样一来可以置换面积大一倍的，而且咱们还可以再拉回飞鸿这个大客户。"程启明没有说话，他知道胡建伟说的是实情，而且他也没有理由否定胡建伟的努力。但是他还是坚持置换需要再研究，毕竟那是当年老恒丰银行的旧址！胡建伟拍了一下自己的脑袋说："一把手就是一把手，我们也可以拿着这些理由跟飞鸿谈谈价钱的。哎呀哎呀，你说我咋就没想到呢？这些年我们净当孙子了，这回也拿一把，当个爷，当个上帝，让他也尝尝求人的滋味。"

程启明说："你理解错了，我不是那个意思。我确实是觉得拆掉小石楼太可惜了。"

胡建伟笑了笑说："对对，这样投入才能进入角色，您放心，我肯定配合好。"说完又补了一句，"你前几天找文物局的徐专家就是为了这事铺垫吧？佩服，打心眼儿里佩服。若要置换，面积最低再加一倍，也对，最繁华的地段，就得配最好的营业场所，这无形中就是我们的广告呀。"

程启明尴尬地笑了笑，他知道这事他和胡建伟都做不了主，关键还在总行。他决定重新再给总行打一个签报，但签报怎么打是个技术活儿，他在想合适的理由，也在等合适的机会。

从那天起，程启明就像变了个人一样。胡建伟自作聪明地对秘书小王说："程行这是在酝酿大的计划，有可能借着这次拆迁筹码签订独家资金管理协议，而且还要，"说到半截儿他做了个"嘘"的动作，"咱们就赌好吧。程行是谁？那是金算盘呀。欲扬先抑是一个策略，只有这样价码才能提得高高的。"

小王想想也对，但凡事都有个度，比如此刻，程行长就有点儿过了,就是"再抑",也不能在面上让市长一行下不来台呀。他觉得还是有必要去提个醒,于是又补了一句:"我把吴副市长和李总、刘局他们都让到博眺台了。"他本来还想说这会儿胡副行长陪着呢,但话到嘴边又咽了回去。

程启明摘下眼镜,揉了揉太阳穴,重新戴上眼镜后才"嗯"了一声,然后继续看眼前的石门地图,还是丝毫没有动的意思。小王站在旁边追随着程启明的目光看过去,发现程启明的眉间隆起了一座山。小王知道每每遇到重大问题而不得解时,程启明的眉间都会隆起这样一座山。他不想也不能触这个霉头,何况刚才已经委婉告知大家都到了,该说的不该说的也都说了,就再次轻手轻脚退了出来。

小王走后,程启明换了个姿势,确切地说是向前一步用食指在地图上画了个圈。尽管他落指时手劲儿很大,但那个圈画完就画完了,没有任何痕迹。程启明收回食指,和大拇指肚摁在一起来回摩擦。看手劲儿,仿佛要擦出火花一样。他一边摩擦着,一边踱到窗前看月亮一点点从云朵里往外钻,看不远处那一片被霓虹灯遗忘了的低矮建筑。

那座叫大石桥的桥并不大,高没有两层楼高,宽只能让两辆车勉强擦肩而过。如今桥上已经不让通行,涵洞下面也只允许步行。桥南面是曾经红极一时的正太饭店,店面虽然开着,生意却一日日冷清。用小王的话说,就那么几道菜,就那百年没变的装修,如果再不与时俱进,早晚要关门的。

正太饭店的对面是小石楼,小石楼坐落在中山路北,京汉铁路西侧，原本和一些茶楼酒肆、照相馆、电影院、澡堂子并列在一起，托起了石门往日的繁华。但近些年，那些建筑都一一改头换面，也可以说是从民生街上抹了去。那些高楼大厦像一个个海市蜃楼让程启明兴奋而又恍惚，就像他每天站在博眺台瞭望热气腾腾的繁华都市时的感觉一样。他知道那是在博眺台描绘心中蓝图时，从心底飘出的一丝遗憾，那遗憾像一枚闲章，有意无意间落在画面，有意无意间钩沉出一团团历史的迷雾。

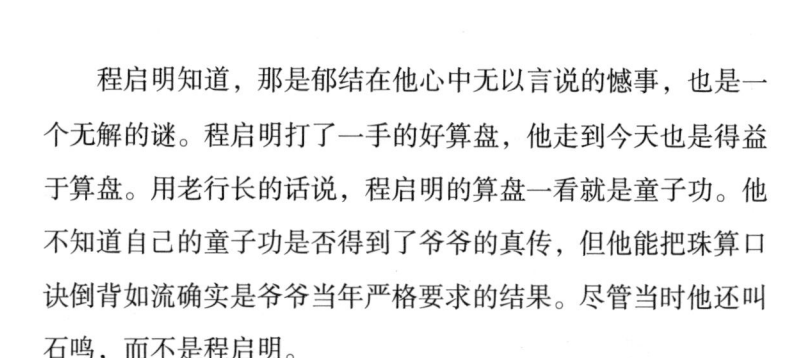

二

程启明知道，那是郁结在他心中无以言说的憾事，也是一个无解的谜。程启明打了一手的好算盘，他走到今天也是得益于算盘。用老行长的话说，程启明的算盘一看就是童子功。他不知道自己的童子功是否得到了爷爷的真传，但他能把珠算口诀倒背如流确实是爷爷当年严格要求的结果。尽管当时他还叫石鸣，而不是程启明。

五岁那年，他光溜着身子在被窝里翻腾，一边翻腾一边背珠算口诀。那口诀他早就背过几百遍了，但爷爷还是要求他每天睡前再背诵一遍。他用不停地翻腾来发泄对爷爷的不满，也用翻腾给背诵找一点儿乐趣，比如翻腾中他把一只脚压在爷爷的胸上，或者蹭一下爷爷的胡须。爷爷呢，就会佯装生气地推开他的脚。每当那时，他会得意地乐一乐。继续背诵时就会轻松许多，语调也会高亢起来，就像一个得胜归来的将军。那个晚上他娴熟地重复着以往的小伎俩，突然想起晚饭时父亲扔下饭碗离开的情景，他问爷爷："女小石是谁？"

黑暗中他感到爷爷那双枯瘦的大手忽然抖了一下，以至于他觉得晚饭时爷爷的饭碗不是砸向父亲而是因为抖动而落地的。爷爷长长出了一口气，拍了拍他的后背，像是跟他又像是自言自语："金子呀，金子。"他在爷爷的叨叨中迷迷糊糊背完"九九归一"，就酣然入梦了。睡梦中一阵急促的脚步声让他打了个激灵，待他睁开眼睛时，父亲已经站在了床边。那一瞬间他看到父亲的眼皮垂了一下，但也仅仅是一下，旋即，就听到父亲说："爸，您还是如实说了吧。"

爷爷起身穿上外衣，然后拍拍他的头说："鸣娃儿，你闭上眼，赶快睡。"说完就从里间屋走了出去。石鸣没有睡，他支起耳朵听外间的动静。只听父亲又说了一遍："何必呢，咱家又没拿那些金子，何必背那黑锅！"

"你有证据人家拿了？"

"我没有证据……"

"没有证据就不能瞎说八道！"爷爷声音低沉但特别浑厚，一字一顿清晰极了，就像哗哗哗点钞机过钞票。当然，石鸣当时不知道啥是点钞声，是二十年后的程启明到石门银行当上出纳，站在点钞机前才回过味来的。二十年前石鸣就这样记住了"证据"两个字，尽管他不知道关于"证据"的一切，但他相信是"证据"逼迫爷爷离开了他，以至于这么多年来每当他听到点钞机过钞票的声音，他的心都会紧一下。

第二天爷爷回家时，脸上挂着几道红红的血痕，尽管那些血痕在爷爷脸上的褶皱里并不醒目，但小石鸣还是看到了。他不仅看到了，还闻到了一丝血腥的味道。他用小手摸着那些带着腥味的锯齿般的道道，问爷爷这些道道就是"证据"？他说："我不要这些证据，我只想要没有血道道的爷爷。"说完，他觉得自己的手湿润了，他第一次看到自己心中强大的爷爷竟然也滚出了泪水。爷爷没有说话，擦了擦眼睛，带着他来到小石楼。爷爷先是带着他在小石楼周边转了一圈，然后站在大槐树底下，双手合十嘟囔了半天，之后又抬头望着树上方紧紧闭着嘴的槐米骨朵，用手搭了个喇叭喊："燕三，燕子李三鸿，你若有灵，就给个证据吧。"

一只燕子扑棱扑棱从这枝飞到另一枝，树叶和槐米骨朵儿颤了一下，像是点头，也像是微笑。爷爷又说："石妹妹，是齐哥对不住你，是齐哥不该拉你入伙呀。齐哥知道你是清白的，哥苟活，就是为了给你澄清，可是，可是……"一只燕子又飞了过来，从这一枝跳到那一枝，从那一枝又折回这一枝，叶子和骨朵儿像是受了感染，抑或是某种照拂，随风开始跃动。有几粒骨朵儿竟然落到爷爷的头顶，仿佛要和爷爷窃窃私语。爷爷不再说话，就这样拉着小石鸣静静地站着，静默中小石鸣感到爷爷的手使劲儿攥了攥，把他的小手都攥疼了。

他记不清和爷爷在大槐树下站了多久，但他知道后来爷爷带着他走进了正太饭店。那天爷爷点了二两石门烧、一盘炸花生米、一盘热切丸子、半只四毛烧鸡。爷爷要了三个青花瓷的矮脚酒杯，一杯放在他面前，一杯放在他俩中间的空座前，一杯放在自己面前。爷爷笑眯眯倒了三杯酒，煞有介事地说："石妹妹，我带孙子给你赔不是了。我做不到的，孙子能行；孙子做不到的，重孙子能行；重孙子做不到的，老天能行。"说完就与空座前的杯子碰了一下，又给空座前的盘子里夹了两片热切丸子。爷爷一边夹菜一边笑着说："吃一口吧，这是你最爱吃的，也是我们当初憧憬的日子。那天我俩也是在这儿吃饭，你给我夹了油炸花生，我给你夹了热切丸子。我还许诺你，等胜利了，就带着我们的儿子、孙子来这儿吃饭。"说完就干了一杯。

小石鸣愣愣地看着爷爷对着空气自说自话，连最爱的四毛烧鸡都忘了吃。爷爷掰下一个鸡大腿放到小石鸣碗里，还拍了一下他的头说："我的乖孙，你记着，等你长大了一定要查出金子的去处，还女小石一个清白。"

小石鸣懵懵懂懂地听着"金子"和"女小石"这两个熟悉的词，最近爷爷和父亲就为了这两个词红了脸，也摔了饭碗。小石鸣问爷爷："女小石是谁？金子又是谁？"

爷爷一仰脖干了杯中的酒，不知是想说话还是喝得太猛，咳嗽起来，眼泪鼻涕都随着咳嗽往外涌。时光匆匆过了四十年，那天的场景依然没有被岁月遮蔽，反而随着光阴挪移，越来越清晰，以至于多少年后他站在博眺台眺望大槐树和小石楼时，那场景就在他心里翻腾。

那天爷爷喝一口酒吃一粒花生米，吃一粒花生米喊一声

"金子、燕三、女小石"。小石鸣才不管那些呢，他开始大口大口吃烧鸡，等他吃完了半只烧鸡后，爷爷还在一遍遍重复着。他刚伸出手去捏热切丸子，就被爷爷的筷子挡了回来。爷爷说："石妹妹，咱分给咱们孙子吃一半吧？"一边说一边端起盘子往小石鸣碗里拨拉了一半。放下盘子后，爷爷摸了摸小石鸣的头说："记着找证据，找女小石清白的证据。"此时小石鸣嘴里早就塞满了热切丸子，他说不出话来，只能鼓着两个大腮帮子不停地点头。

　　那天爷爷喝多了。小石鸣知道爷爷并没有喝多少酒，他清楚记着爷爷那天就要了一小壶酒，只有二两。这么多年来他最多也就是喝一小壶。人家说三碗不过冈，石门银行的人都知道程行长一壶不过冈，再让他喝，就是自找没趣了。

　　父亲说爷爷是喝多了才做了糊涂事。晚饭时，母亲盛好小米粥后像往常一样冲着里间屋喊了两声："爸、爸，出来吃饭吧。"但是并没有听到爷爷的回应。母亲让小石鸣去喊爷爷，父亲说："喊啥喊，让他再睡会儿吧，晚上那些人还不知又要咋折腾呢。"说完就长长叹了一口气。那天晚上，也不知怎的，小石鸣端着饭碗就是咽不下去，一来他的肚子还鼓着，二来吃了肉的他对米粥咸菜一点儿兴趣也没有了。父亲用筷子敲了一下他的头说："小小娃子就不学好，吃鸡，吃鸡，知不知道你把一家人一个月的伙食都给吃没了？人家知道了又要怀疑咱家藏金子啦。"

　　小石鸣委屈地扔下碗就往里间屋跑，他一边跑一边像往常求救般喊着:"爷爷!"屋里依然没有回应。父亲举着筷子追过来,眼看筷子就要敲到小石鸣的头上时,却在半空停了下来。因为在那一瞬间父亲的目光落在了床头的信封上,旁边还放着爷爷最喜欢的那只怀表。父亲急忙拆开看了一眼,魂就掉了,顿时房间里飘荡起瘆人的呼喊:"快,快,快去找爸爸!"

小石鸣最后一次看到爷爷是在大槐树上。多少年以后,当他的姓氏由父亲的姓氏"石"改为母亲的姓氏"程",名字也从"鸣"改为"启明"后,他依然想不通,那么细的一个树枝怎么就承受得住爷爷。在那个初夏的夜晚,风拨动着树叶和花朵,那些白天还闭合的槐米骨朵儿在月光中突然间绽放了,阵阵槐香中,母亲翕动了一下鼻翼说:"莫非?"父亲说:"莫非什么?不管女小石清白不清白、燕三清白不清白,反正父亲是清白的。"

那个晚上,父亲烧掉了爷爷留给小石鸣的信,把石鸣改成了程启明。第二天太阳还没出来,月亮还没回去时,父亲就把程启明和母亲送到了远郊的姥姥家。

后来的若干年里,程启明与父亲的关系一直不太好,原因之一就是那封信。母亲说你父亲烧掉那封信是为了保护咱们这个家,是为了保护你。这些年来你爷爷为了寻找"证据"遭的那些罪就不说了,最后还为这送了命。程启明不知道爷爷那封信里写了什么,但他一直记着爷爷在正太饭店摸着他的头说的那句话:"记着找证据,还女小石清白。"

父亲说:"我比你更想还女小石清白。因为她,你爷爷和我才改了姓氏；因为她，你不仅改了姓氏，还更了名；因为她，我戴了二十年坏分子的帽子。若不是她，你爷爷怎么能好端端的说走就走了呢？可是口说无凭呀。"再后来程启明当了行长，反而理解了父亲的苦衷，他知道没有证据的事情不能说，即便他如今有了这个能力。

程启明知道如果今晚他把这个条件提出来，别说副市长，就是李追燕也会轻而易举就能办下来。但这不是程启明要的，他是想从小石楼里钩沉出事情的真相，还爷爷和女小石一个清白。他是学经济做金融的，可以有敏锐的感性认识，但理性分析和基础数据更是不可或缺的。他知道只要自己手一松，小石楼就会从民生街上像灰尘一样抹去，但他心里的谜也就真正成为千古之谜了。

此时程启明站在石门地图前，他一次次问自己，你想保住小石楼是因为爷爷还是因为它本身就值得为后人留下？他更明白其中的利害冲突，得罪客户，丢失业务，而且也会影响政府关系。有那么一瞬间，他想拆了就拆了吧，社会总是要往前看的。可是当他从窗口望过去，看着远处的大石桥、正太饭店和小石楼时，他突然觉得这些老建筑就像个老人，安静而又温和地沉寂在高大帅气的希尔顿酒店身后。常言说得好，"家有一老，如有一宝"，这些老建筑不就是这个城市的一老吗？

三

老街还在，但很快就会改头换面，要由两车道拓宽到六车道。街北的建筑因为大石桥和正太饭店保住了一条命,街南就没有这么好的运气了,也就是说,小石楼和它楼前的大槐树还有它邻边的建筑都会成为旧城改造的牺牲品。

之前文物局的老徐曾向市政府建言,呼吁将民生老街改为步行街,重新修缮周边的店铺,给石门再留下一点儿念想。据说市里已经采纳老徐的意见,不知飞鸿集团的董事长兼总经理李追燕施了什么魔法,竟然用老槐树移栽的建议开启了路南棚户区改造项目,也重启了道路拓宽。不仅老建筑要被一一抹去,就是街道也要建成双向八车道的景观大道。

正当李追燕雄心勃勃打造他的地标性项目时,却碰上了石门银行这颗钉子——程启明不同意移栽大槐树,炸掉小石楼。大槐树有园林局安排用不着程启明操心,但是小石楼就不同了,小石楼是石门银行的财产呀。

小石楼虽然面积不大,但也是一个装着四十多人的小支行。飞鸿集团是石门银行的老客户,原本以为给石门银行置换一处更大更好的办公场所,再把业务转到石门银行,拆掉小石楼就是毛毛雨。没想到从深圳挂职回来的这个"程咬金"却较起了劲儿。李追燕想来想去也不知问题出在哪里。按照常理,学习了先进城市的经验,程启明即便不脑洞大开,至少应该不因循守旧吧。李追燕又拿出了一套无可挑剔的置换方案。他说,最好的位置尽着石门银行挑,价格就更不用说了。面对董事们的不同声音,他冠冕堂皇地解释:"这么多年在石门银行的支持下,飞鸿才得以由小建筑队发展到大集团,难得有这么一个回报的机会，只要程启明能提，我就敢出。"但他心里也明白，小石楼和一般的商铺不一样，有地下金库，拆迁补偿就是多一倍也是应该的。他以为程启明不同意就是为了抬高价码，为了出林荫项目交给冀丰银行那口气，所以他也在心里给自己托了个底，不行就三顾茅庐，把价码再加一成。但几次沟通下来，程启明就是不同意拆掉小石楼，理由很简单，那座楼是老建筑，是恒丰银行的旧址，他不想让它在自己的任上消失。

如果不拆小石楼，不移大槐树，那么飞鸿广场就没了意义，总不能一群现代化建筑里留一个角落，而且这不是角落，是广场的眼睛。如果那样项目精气神就没有了，不仅房子卖不出去，还砸牌子。他只好使出最后一招，把副市长、规划局局长请出来站台。李追燕在正太饭店约了工作餐，但程启明还是用视频会为晚餐挡了驾。李追燕说那我们吃完后就在博眺台等你，然后又不经意间加了一句："十四的月亮也该圆了，我让正太饭店做点儿茶点，请吴副市长也到博眺台放松一下。"李追燕一口气定了乾坤，堵住了程启明的后路，于是就有了今晚博眺台喝茶赏月的节目。

博眺台是石门银行的天台，是在十八层楼顶南边辟出的一块半露天茶座，周边用防爆玻璃和栏杆加了双层保护，茶座上面还竖起了高大的遮阳伞。原本只是职工工作间隙舒缓放松的茶水间，偶尔也有客户跟上来，慢慢就变成了和客户交流的场所。后来行里又对平台进行改造，而且还在平台北端建了彩钢操作间。再后来就慢慢演变成大客户接待的平台，理财沙龙、客户联谊等活动一场接一场。尤其是晚间，借着头顶的月光，享受着对面艺术中心、希尔顿酒店的免费霓虹，远眺着这个城市的万家灯火，业务营销、项目商谈不知不觉间都少了戾气，多了些许和谐的音符。为此，胡建伟还竖着大拇指跟李追燕说过："你不觉得在博眺台谈业务和在办公室不一样吗？"当时李追燕正为了一个点的利率侥幸着，对胡建伟转移话题很不满意，就说了一句："你们是国有大行，我们是民营企业，我们还没羽化成仙，不然连饭也吃不上呢。我们的承受就一个标准，盈亏点就是生存空间的底线。"胡建伟第二天对程启明说："你说得没错，我就不该带他到博眺台瞎耽误工夫。在李追燕眼里，只有孔方兄，其余的都是奢侈。"

李追燕不喜欢，并不代表所有的客户都不喜欢。据说冀丰银行也在天台辟出一块地方，修建了丰硕台。丰硕台从装修到面积都远远超过了博眺台，刚建成时还搞了几场大型冷餐会，但是客户并没有对此念念不忘。

石门银行的博眺台是程启明建议修建的，也是程启明命名的。新办公大楼建成时，对面的艺术中心还没有修建，他站在天台上远眺这个城市，踌躇满志，他知道支持经济建设是他的责任也是他的初心，他更知道在以后的时光里，他要用好手里的资金，让资金像血液一样保证这个城市的变革与发展。

程启明不愿接受客户的"吃请"。他常常说的一句话是："站着放款，跪着收钱；跪着放款，站着收钱。吃完饭放的贷款一般都难以收回。"但他喜欢喝茶，而且喜欢把客户邀请到博眺台，一边远眺石门的景观，一边谈项目的细节。于是博眺台就慢慢地声名远播，不仅是众人心里的网红之地，更是客户心里的吉祥之所。大家说在博眺台谈成的项目都是双赢。

因为有了这层寓意，李追燕才提出了晚饭后到博眺台喝茶，但他和吴副市长一行早早到了，程启明却还在开"视频会"。能把副市长和规划局局长晾一个小时，不是真有事，就是真不管不顾了。有那么一瞬间，李追燕脑子里冒出一个念头，莫非？这个念头刚刚一闪，他又笑自己太敏感了，石家的小姐七十多年前就逃出去了，有的说去了香港，有的说去了美国，总之是七十多年都没有音信了，她是不会出来作梗的。那么齐家呢？他前几天还真让人查过齐家的信息，但追溯到石小三，哦，也是之前的"齐小三"之死，线就断了。再后来这一家人也没了音信。程启明是地地道道石门人，那么就应该和石家没有半毛钱关系。恍惚间，李追燕听到吴副市长问规划局局长刘晓东"有没有可能把小石楼也平移到民生街北面，让它和正太饭店做个伴"。

刘晓东说："之前提过这个方案，但是行不通。别看它就两层，但都是一块块石头垒起来的，石头与石头之间就像榫卯严丝合缝，再加上地下的金库，平移不是难度大的问题，是几乎不可能。"

吴副市长又问了一句："文物局那边怎么说？"

"是老建筑，但不在保护名单中，但是……"说到这里，刘晓东顿了一下，显然不想说下去了。

吴副市长却不肯放过，追问道："有啥情况？"

"文物局老徐依然没有放弃对小石楼的保护，老徐说小石楼没有列入文物保护，应该跟当年的一桩旧案有关，因为那段没有人愿意碰触、也说不清的历史，小石楼就没有纳入古建筑保护名录。但是他坚持保护性开发，坚持让小石楼保留下来。"

"不在名录就不用保护。"李追燕不满地嘟囔了一句。

"老徐还真说过小石楼是银行的行庙。若没有他瞎掺和，程启明的劲头也没那么大。"刘晓东说完看了一眼胡建伟，并顺势拉一个统一战线，"胡行，我没说错吧？"

胡建伟尴尬地笑了笑说："是呀，是呀，我之前确实不知道还有这说法。如果知道，我就不会擅自答应，让领导们如此被动，让我们行如此纠结。"胡建伟的话一下子让气氛紧张起来，李追燕想责怪胡建伟没有魄力，但看了看对面的吴副市长，就生生咽了回去，他说："一个石头垒的房子，全国还不多的是？还成家庙，成行庙了。"

吴副市长没有接他的话茬儿，而是侧了侧身问刘晓东："老徐也不会空穴来风吧？"

刘晓东顿了一下说："这个小石楼确实也是有故事的。"

吴副市长说："那你们这些土著在规划前就该给我这个外来户讲讲了。"

四

说起当年，就要从小石楼说起。小石楼是山西票号的石老板到石门开分号时修建的。当时的石家，家大业大但子嗣不太兴旺。据说来前曾到五台山求了个签，道士用脚跺了跺大青石说："基石稳，才能基业长青。"于是石家就动用了几年的红利，从西边太行山脉取石修建了这座小石楼。小石楼建成后的第二年，石家就添了一个男娃。后来石家送男娃到海外留洋，男娃小石学成后不仅接了班，还邀请自己的同学小齐当了掌柜的。再后来清朝变成了民国，票号变成了银行，小石变成了董事长，小齐变成了经理。

由恒丰票号变成的恒丰银行名声一天天大起来。美中不足的是，小齐生了三个男小齐，小石多年没有生育，三十多岁才生了一个女小石。有苗不愁长，转眼间，齐小三和女小石就长大了，石董事和齐经理都有意栽培齐小三，也萌生了亲上加亲的想法。

齐家和石家的好事像长了翅膀一样在民生街上飞，但飞着飞着就飞出了闲言碎语，飞出了是非。有人说其实女小石和齐小三不是真好，女小石和老万宝的万公子才是真好，还有鼻子有眼描绘哪时哪刻他们看见过万公子和女小石幽会，还说有几次看见万公子带着女小石进了正太饭店，过了一会儿齐小三也进去了。大家都等着看热闹，没想到人家三个人边吃边喝边聊，一派其乐融融的景象。于是大家就说，齐小三那么精明的人啥不知道，齐小三长得玉树临风，啥俊俏的女子寻不来，委曲求全还不是图人家那座小石楼？于是大家再看小石楼和楼里的人时，眼睛里就多了一层含义，业务也是能躲开的就躲开，仿佛那里面藏着什么见不得人的勾当。闲言碎语飞到民生街上三家有头有脸的耳朵里后，导致的后果是，石董事把女小石关在小石楼旁边的绣楼里，万公子也在万老板的棍棒下去了郑州的分号。

事情虽有波折，但随着时间也算慢慢抚平了。齐经理再三叮嘱齐小三，让他争口气，多和女小石培养培养感情。齐经理还说咱可不是为了小石楼，如果石家女子再这样疯癫，就彻底退了这门亲。万公子走后，石董事把女小石也放了出来，但有一条规矩，除了齐小三，不许她与其他人搭话。石董事知道女大不中留，就和齐家商量让齐小三和女小石早日成婚，以防夜长梦多。大喜就定在了一九四八年阴历八月十六那天。

大喜的前一天，两家按照规矩，在二楼的平台上拜月。那天是个圆圆的满月，借着月光交换了聘礼。齐家给新人备了十六根金条，石家陪送了十六个金元宝。交换仪式结束后，这些宝贝和小石楼的房契就一并存放在小石楼的金库保险箱里，齐小三掌管钥匙，女小石掌管密码。说来也巧，等一切完成后，忽然来了一片云彩，月亮像个调皮的孩子隐在云彩后面，和人们捉起了迷藏。在时隐时现的月亮中，齐小三悄悄跟女小石耳语了一句。月光下女小石含情脉脉地点了点头。

这门婚事有人啧啧羡慕，说齐家不仅娶了个金矿，还得了一座石楼。也有人默默摇头，说女小石太漂亮了，那双黑眸子总是汪着一团水汽，别说走在街上，就是待在月下也招惹得猫狗引颈，石门的毛贼燕三把窝搭在大槐树上就是为了看女小石。后来说起那天的变故时，民生街上的人说，都怪石董事太宠爱这个独生宝贝了，都怪女小石太不检点了，老话说得好，"不怕贼偷就怕贼惦记"，谁让女小石平时不注意总招蜂引蝶呢。确实也是如此，十五的晚上，齐小三在女小石耳边轻声耳语时，燕三把手中的弹弓子拉了几拉，终究还是咬咬嘴唇停下了。

燕三从六岁时就喜欢上了女小石，那是在正月十五灯会上，又冷又饿的孤儿李三鸿流着鼻涕跟在赏灯的人群后面，抢了女小石手里的糖葫芦就跑，但是没跑几步就被万老板伸出的脚绊了个跟头。李三鸿栽到地上磕了满头满嘴的泥，索性趴在地上不动了，在大街上死去总比在荒天野地里喂了狗好。就在他闭着眼睛找打等死时，一丝甜丝丝的气息向他飘来，他睁开眼看到女小石把糖葫芦重新放到了他的嘴边。等他爬起来时，女小石已经被家人牵着走远了。他不自觉地追了上去，直到她进了小石楼。

十几年来，李三鸿练了飞檐走壁的功夫，就是为了能飞到大槐树上看到女小石，守着女小石。当然为了生存，他也学会了偷，而且偷遍了整个民生街，偷遍了整个石门城。因为会飞，能飞上大槐树，李三鸿也就成了众人嘴里的跟大盗"燕子李三"一样的"燕三"了。但燕三从没有进过小石楼,有人说是因为小石楼有金库,进去了也打不开;也有人说是燕三喜欢女小石,因为女小石的眼睛勾魂,燕三还没进小石楼,魂就没了,没了魂的人咋还能偷?

齐小三和女小石订婚后,燕三也在西郊置办了一处宅院,还收留了一个南边逃难过来的叫囡囡的女子,有人说那女子长得和女小石很像。后来燕三果然为叫囡囡的女子置办了和女小石一样的衣服,以至于又有风言风语,说燕三宅院里的女子就是女小石。

据说燕三有了囡囡后心性改多了,他也不想过这种人人喊打的日子了。他对女子说,从今天起就让那个燕三死去吧,他要变回李三鸿,要离开石门,带着囡囡回南边她的老家去。只是他还有笔旧账未还,还完了立刻就带着囡囡走。十五的晚上,燕三给囡囡放下正太饭店的糖饼就匆匆出去了。月亮钻到云朵里后,囡囡拨了拨灯捻,一边在床边打瞌睡,一边等燕三。但她等了一夜也没等来燕三。

再见到燕三时就是在小石楼门前的大槐树上了。但是燕三不是飞到大槐树上,而是被绑了手脚吊在大槐树上的。她清楚地看见燕三的脚下仅有一根细枝垫着,那根细枝好像不堪重负的样子,不停地晃来晃去,不时还发出响声。

警察局的马局长清了清嗓子,使劲儿飞出一口痰,声音也没有压过吱呀声。马局长伸着长脖子站在小石楼的台阶上喊:"最后再给你一个机会!只要你说出那箱金子放哪里了,就饶你不死。"

燕三"哼"了一声说："爷不知道！"

马局长又说："那你说女小石哪里去了？是带着金条走的吗？"

燕三说："爷就是在树上睡大觉，你问再多爷也是不知道。"

马局长又清了清嗓子："那你就别怪本局长了，我喊一二三，你若不说，就砍树枝了。"

燕三说："你不怕槐树爷爷追你命，你就砍。爷早在二十年前就死过一回了，这日子都是槐树爷爷给的，今天爷就是死了也是赚了。"

马局长鼻子一歪说："看你的嘴硬还是爷的枪硬。你若想死还会偷？还会惦记女小石？"

燕三骂道："你哪只眼看到我和她在一起了，人家是千金小姐，我是一毛贼，就是想为人家丢命也轮不上呀。"

马局长哈哈笑了两声，然后脸一沉说："西城门的兄弟们已经截住她了，是你，是你带着她飞走的。兄弟们眼睁睁看着你拽着她上了城墙，看着你把她系了下去。若不是兄弟们跑得快，若不是兄弟们的子弹长眼，那箱金子也就被你系到城墙外了。"

囡囡往前挤了挤，她刚想喊燕三，就听到马局长说："你的右脚是挨了一枪，但你还有左脚，你还有命，你若不说，可就没那么好的运气了。"

燕三不再吭声，但囡囡看见他的左脚抽了一下，脚下的树枝也发出了更尖锐的呼救声。

马局长说:"燕三老弟,你也是石门有声名的人,不会为了一个女子殉情吧。你说你没见石家小姐,那么深更半夜跟你在一起的是谁?"

"是我!"囡囡冲出来站到了马局长的面前。马局长揉了揉眼睛。

囡囡说:"这是我家,这里有我男人。我回不回来干你屁事,你赶快把我男人放下来。"

马局长说:"石家小姐啥时变得这般泼辣了?"这时身边的警察附在他耳边说了一句。然后马局长又揉了揉眼睛问:"你不是石家小姐?"

"当然不是!"燕三冲着马局长喊道。

马局长很不耐烦地说:"今天我不管你女人的事,我就让你说出金子在哪儿。只要说出来,你领着你的女人远走高飞也好,继续在石门混日子也罢,老子都给你开绿灯。"

"我没有看到石家女子,也不知道金子在哪儿。"燕三的口气软下来。

马局长掏出怀表看了看:"我没那么多时间跟你废话,是说还是不说,你自己选吧。"说完就向两个警察挥了挥手。两个警察也不说话,闷着头把枪栓拉得哗啦啦响。马局长像指挥一场音乐会一样两手向下呈八字挥了一下,一边挥一边说:"我数一、二、三。三声之后你若不说就别怪我了。"说完就吐出了"一"。一时间老槐树下静了下来,风与看热闹的人们一样生怕自己的响动影响了燕三的听力。有那么几十秒,马局长又恶狠狠吐出了"二",囡囡和大家一起抬头向燕三看去,只见燕三也看天,仿佛那倒计时跟他一点儿关系也没有。马局长的"三"还没出口,就听见一声枪响,一个警察的枪走了火,子弹飞向了燕三脚下的树杈,然后穿过树杈落在了燕三的右脚上,燕三"哎呀"叫了一声。

顷刻间仿佛风也绕道走了,大槐树下只有怦怦的心跳。马局长撇撇嘴说:"看看,都是娘生父母养的肉身。"然后拍拍手示意两个警察先把枪放下来,顿了顿又说,"歪打正着,脚废了轻功也就废了,不过只要你说出金子的下落,我可以给你安排个内勤的活儿,保你吃香喝辣。"

燕三哈哈一乐说:"爷要看见金子了,还能留给你?"

"那你说说女小石去了哪里?是跟着万公子投靠共产党去了,还是?"

"石小姐带着金子上了火车,这会儿早到香港了。你找,你还找个……"

"你不说实话,就是想找死,对吧?"

这时囡囡哭喊着扑到大槐树下:"你个天杀的,你死了我和你儿子怎么活?"

马局长摆了摆手,两个警察再次放下枪,把目光移到这个哭天抢地的女子身上。

囡囡号了一声:"燕三,你不为我也要为我肚子里的孩子想想呀!"

燕三哈哈大笑道："有了儿子我走得就更踏实了，只是可惜了金子。"他的话音未落，树杈就从树上断了下来。燕三憋着一口气不再说话，但他的轻功显然废了。一瞬间，众人看到他的手向西边摇了摇，然后腿一蹬，舌头一伸，眼珠子便努了出来。

女小石的出走成了石门人心中的一个谜。女小石走后的当天石董事长就病倒了，没出半年夫妇二人相继离世，走前石董事握着齐经理的手说："兄弟对不住了，小石楼就托付给你们了，哪天那个女子回来，你不要让她进门，也不要让她给我们上香。"齐经理一边点头一边摁着齐小三的头，让他改口喊父亲，齐经理说："亲家做不成，兄弟情分在，齐小三从今往后就姓石了。"

关于女小石出走，在石门流传着三个版本。相同的是那晚女小石回绣楼后，看到了躲在房间里的万公子，两个人颠鸾倒凤时，被大槐树上的燕三看到了，燕三威胁两人拿金子封口、瞒住丑事。但从保险箱取金子需要齐小三的钥匙，于是一种说法是燕三偷了齐小三的钥匙；一种说法是齐小三委曲求全主动交出了钥匙；还有一种说法是女小石把身子给了齐小三，趁齐小三忘乎所以时女小石偷了钥匙。大多数人相信第三种说法，而且还论证道，不然为什么齐小三也不追究，还认了当石家干儿？总之，那天晚上万公子和女小石在燕三的要挟下来到小石楼，提出了保险柜里的金条和金元宝。然后就准备放女小石和万公子私奔，自己则带着金子回西郊的宅院。

螳螂捕蝉黄雀在后，马局长的出现打乱了他们的如意算盘。当三个人从小石楼里出来时，马局长的人在门口截住了他们。有人说是燕三撒了一把碎银子拎着箱子往回跑了，也有人说女小石和万公子拎着箱子出城了。马局长说万公子是共产党，那箱金子是万公子为共产党筹的经费。他们搜了一夜也没有搜到万公子和女小石，黎明时分，沿着一丝血迹才把燕三堵在了大槐树上。

五

三声悠长的钟声响过后，吴副市长回头看了一眼博眺台后墙的那座大钟，眉头不由得也锁了起来。

本来他还想问问齐家的事。因为当初他看到的资料里面小石楼是石门银行名下的普通不动产，备注里也附加了优厚的置换条件，所以就没有多想。只是现场调研时，他有些担心那棵大槐树能不能移栽活。当时李追燕就在身边，拍着胸脯保证没有问题，还列举了近些年一些成功移栽的案例。他记得当时自己还对石门银行的副行长胡建伟说了一句："等这一片改造后，我们的财神爷也不用这么艰苦朴素了。"胡副行长可劲儿地点头，并没有提出反对意见。谁知如今规划都批下来了，程启明却推三阻四，还怂恿文物局的老徐上书政府，呼吁保住小石楼。

旧城改造是列入政府工作计划的，也是和他任上业绩挂钩的，再说小石楼确实不在文物保护范围，总不能因为是石头垒起来的，就当成文物吧。民生街是老城区，也是石门主城区的黄金地段，政府几次改造计划都因为周边的商业和居民补偿款要价太高而泡汤。那些开发商兴冲冲而来，蔫头耷脑而归。没有开发商接盘，只能任由老街一年年继续老下去。吴副市长能到石门上任，就是因为省里领导赏识他在邯城大刀阔斧进行基础设施建设和棚户区的改造。谈话时领导特意强调了省会城市要在城市建设、招商引资上下功夫，要给兄弟市做表率。

吴副市长也没有辜负领导的期望，一上任就扑在了旧城改造上，他白天开会、听汇报、看规划，业余就带着秘书用脚步丈量这个城市。两个月后他把目光聚焦在民生街改造、石门药业和石门钢铁的搬迁上。他双管齐下，一边公开招标用政策优惠吸引开发商，一边用经济政策合理补偿，总算是紧锣密鼓签订了协议，抡开了第一板斧。谁知提着的那口气刚要松下来时，却冒出了大槐树保护问题。大槐树的问题有解后，程咬金又蹦了出来，程启明就举着"资产处置权在总行"的障碍挡住了旧城改造。想到这里他的心情突然低落下来，一种权威被挑战的不快蹿上心头。吴副市长当然明白权限之说就是一个托词，作为石门银行的一把手，程启明要么是想卖个人情，要么是有更深的原因。

其实在昨天李追燕跟他汇报时，他就想好了办法，他嘴里说："你们开发商和银行不是战略伙伴吗？你们自己都搞不定，政府怎么好干预？"但心里还是备下了应对之策。前几天他刚与美力电器集团达成了在石门高新区建立华北产业基地园的意向。一个大型企业的引进对政府税收贡献的同时，还会拉动就业、物流等一系列经济增长，银行也会多一个优质客户。当然正常情况下，他不会干预银行间的竞争，但遇见了突发状况，他就不得不动用手里的资源了。这个城市还有太多的工作等着他，比如他还想谈妥后去大石桥那边走一走，再看看李追燕给大槐树找的那个坑。这样一想，吴副市长就有点儿坐不住了，他再次抬头，看了看墙上的大钟，不由自主地慢慢站起身。众人见状，立刻也都跟着站了起来，唯独秘书小王没站。

小王正盯着楼梯口发蒙，他想不出程行长这是唱的哪出，得罪了市里领导能有啥好果子，人家手一松，咱们就多几个项目，人家手一紧，客户就跑到竞争对手那边了。他几次撒谎说总行有个紧急电话视频会时，胡副行长都是眯着眼睛点头，还不时流露出赞许的目光，于是小王就在关节点上不失时机地反复解释，以至于说的次数多了，连他自己也觉得程启明在开会，在开比和副市长"喝茶"更重要的会，那么大家也只有耐心等了。

吴副市长在博眺台上来回走动时，小王的视线才拉了回来，他看到吴副市长的脸色铁青，心里咯噔了一下，瞬间惊出了一身汗。他快速说了句，我再去看看视频会结束了没有。

吴副市长没有吭声，抬抬腿往栏杆那边挪去，仿佛自己就是来博眺台赏月，来博眺台看石门夜景的，程启明在与不在都可以忽略不计。胡副行长、李追燕和规划局局长也没吭声，大家小心翼翼紧随其后向栏杆靠拢，模仿着吴副市长的样子手扶栏杆向远处望去。

视野里的石门，高楼林立。车流在又宽又直的中山路、裕华路上如龙灯跳跃，左侧大剧院和右侧人百大楼顶上的激光联袂出场，以三百六十度的全视角一圈又一圈和周边的建筑呼应。唯有民生街和它两边的建筑尴尬地在灯影里亦步亦趋。

"飞鸿大厦建成后，应该是石门新地标了吧？"

"应该是。"吴副市长话音还没落，刘晓东和李追燕就比着抢答。然后李追燕又补充了一句："我们就是冲着地标才举的牌！"

"哦，那讨论飞鸿广场项目时征求石门银行的意见了吗？"吴副市长再次发问后，刘晓东、李追燕和胡建伟相互看了一眼，却都没言语。他们仨人望着吴副市长的背影，嘴巴张了又合，合了又张，却找不到合适的答案，仿佛时间和他们的言语都凝固住了。

"抱歉，抱歉呀！"程启明的脚步像是跑也像是飞，但终究还是声音抢在脚步前面抵达了博眺台。

"小王，快把我从福建带来的大红袍给领导们换上，李总最爱大红袍了；还有，给吴副市长泡杯柠檬水，水温控制在四十五摄氏度，然后再少加一点儿蜂蜜。"说完又冲刘晓东说："刘局，您是喝……"

"既然您问，我就不客气了，我喝绿茶。"刘局的调门有点儿高。若不是盯着他的嘴，小王都不知道那声音是从刘局嘴里发出来的。刘局来博眺台不是一次两次了，每次谈项目谈规划，都是轻声细语，对茶水也没有要求，有什么茶就上什么茶，没有茶，一杯白水也喝得有滋有味。小王暗自思忖，刘局今天提出喝绿茶，是真的上火了。

程启明就像什么也没发生一样哈哈一乐："这就对了，适合的、喜欢的才是最好的。"说完又紧走两步站在吴副市长的右边笑着说，"咱们的城市真是一天一个样，我每天站在这里看着城市的变化，就觉得没白忙活。"

"买的没有卖的精。说说吧，你想要什么价码？"

程启明没有想到吴副市长连个缓冲都没给，直接向他发难。其实知道这场鸿门宴后，他就一直和总行联系，但总行说咱们要顾全大局，要和市政府搞好关系。无论是从发展还是从经济上，银行利益都没有受到损失，置换就置换吧。在总行碰了钉子后，他又给老徐打了电话，老徐倒是很高兴有这个当面向市领导陈情的机会，而且他还说了他的重大发现。他通过万公子原来的部队后勤处，寻访了万公子当年的战友和家属，在信阳一个战友家里，见到了万公子的日记本。可是他人还在信阳呢，即便坐高铁也要四个小时。程启明说，四个小时就四个小时吧，我们今晚就在博眺台等。所以程启明就来了个拖延战术。

文件柜里的怀表响过三声后，他把怀表从书柜里拿出来装在西装的内兜里。这怀表是爷爷留给他的唯一物件，那天晚上爷爷把怀表压在信上，就是想用怀表提醒他床头还有信。后来父亲把信烧掉了，却把怀表揣在了他的兜里。走进博眺台前，他摸了摸胸前的怀表，那硬硬的怀表不紧不慢地走着，让他的心安定了下来。

他想老徐应该下车了。但从高铁站到石门分行还需要半个小时，也就是说在这半个小时里，他要顺着领导说，或者绕着小石楼说，比如谈谈喝柠檬蜜水养生，比如把上午的视频会嫁接到晚上，比如和领导谈谈如今的经济形势，也可以在月光下说说远处像卧佛一样的西山及他们行为西山森林建设投放的那笔无息贷款。来前他在脑海里储存了若干个版本，他唯独没想到吴副市长不给他时间，甚至连喘息的工夫也不想给他。

程启明尴尬地站在吴副市长身边，指着不远处的盲区说："咱们的老建筑不多了，这个小石楼有自己的特色呀。"说完他看了看吴副市长。吴副市长不表态，像个雕塑般没有表情地站着，任由程启明自说自话。程启明轻轻咬了一下嘴唇又说："大家都知道，这个小石楼的前身是恒丰银行，但大家不知道它曾经是我们党的'红色地下金库'。"

胡建伟被程启明的话惊得"哦"了一声，他这一"哦"，让大家都回过味来。

吴副市长转过身看了看程启明，然后嘴角流露出一丝笑意，他说："都说你算盘珠子扒拉得准，我倒要看看你今天怎么归这个一。"说完就坐回了茶座，刘晓东和李追燕也跟着坐了回去。这时小王给吴副市长端来一扎柠檬蜜水，给刘晓东泡了一杯龙井，然后又用咕嘟咕嘟冒泡的水沏了一壶大红袍。他问程启明:"程行,您用……"

程启明说:"都说银企一家,我随了李总喝大红袍。"

吴副市长端起杯子喝了一口说:"水不错,但是不能转移话题。"

刘晓东揶揄道:"你来之前我跟吴市长卖弄了小石楼的故事,你来后才知道我了解的就是皮毛,你这个小石楼的主人赶快给我们补补课,不然这规划真就成笑话了。"

程启明抿了一口大红袍,说了声:"好吧。"

六

抗日战争爆发后,为发展根据地经济,按照毛主席的指示,一九三九年十月十五日,冀南银行在山西省黎城县小寨村成立。冀南银行除了发行根据地本币,保障供给,发展经济外,还肩负着统一根据地货币和筹措军需物资的任务。抗日战争胜利后,国民党开始大肆搜刮民脂民膏,一时间物价飞涨,各种币种满天飞,如何打破重重封锁,建立一条区域内的地下金融通汇线就成了当务之急。这时,冀南银行的副经理万小方想起了他的同学,也就是恒丰银行的大堂经理齐小三和恒丰银行东家的掌上明珠女小石。一九四六年春节期间,万小方趁回家过年与齐小三、女小石会面,谋划了一桩"大买卖"——创立驰援解放区的地下金融"交通线"。齐小三和女小石原本就是进步青年,两个人听到后热血沸腾,当即答应以恒丰银行为掩护办理相关业务。后来一年多的时间里,他们通过票据交换、汇兑等突破国民党的经济封锁,想方设法为解放区引荐客户,挖掘国统区银行资金。其间齐小三和女小石郑重提出加入中国共产党的愿望,但万小方认为他们暂时不能入党,这样才更有利于"放手放脚"为党工作。平津战役打响后,汇兑业务戛然而止,脑筋活络的齐小三当即将与冀南银行的汇款结余全部购买黄金存储起来,以防国统区货币贬值。

程启明说到这里忽然停下来。李追燕喝了一口茶问:"之前怎么没有听过这些?"

刘晓东也说:"要这么说,性质就不一样了。小石楼的故事倒是听过几嘴,但这一段却是第一次听说。"

程启明说:"目前还没有确切的证据,但是前几天在金库的门厅,也就是当年保险箱的夹层里发现了一些泛黄的账簿,上面记载着多笔重要的经营轨迹:比如为东北战场采购军用胶鞋和搪瓷碗,向党组织上缴黄金的数量金额……"

"党组织那边的记录落实了吗?"刘晓东问了一句。

"没有。"随着一声钟响,程启明不由自主地叹了口气。他在心里说:"老徐可别掉链子,我就要坚持不住了。"

"程行不是给我们讲故事吧?这么说吧,今天当着市里领导和财神爷的面,我说句大不敬的话,小石楼我找最好的'鲁班'给你仿造一个,你说在正太饭店旁边就在正太饭店旁边,你说在大石桥旁边咱就让它还原在大石桥旁边。飞鸿广场的商铺任你选,不影响你银行开张行不?"李追燕一着急,把手里的大小王都打出来了。

程启明没有接茬儿,他一边喊小王续水,一边往楼梯口张望。

"哎,兄弟行长,行长兄弟,你说说到底为啥?我这几十亿的项目推倒重来就为一个故事,说出去人家都要笑掉大牙的,重要的是,政府朝令夕改影响也不好吧。"李追燕的声音高了两度,语速也快了两分。

程启明还是不接茬儿,而是严厉地对小王说:"去,去拿相机,领导们好不容易来一次博眺台,咱们给行史留点儿资料。"

"程行觉得李总的意见可行不?如果没记错,前几年东南亚一些华侨还真有买了徽派老建筑,挪到自己那里复原的。我倒觉得让它复原就和让老槐树移栽一样,可以试一试。"吴副市长虽然用的是商量的语气,但话音里透着鲜明的倾向。

刘晓东不失时机地补上一句:"正太饭店的西侧是原来的铁路公寓,已经列入拆迁计划了,小石楼挪到那里,门前还可以开出一块绿地,老槐树也可以随迁过去。"

程启明心里咯噔了一下,他想说"橘生淮北就是枳了"。可话到嘴边还是咽了回去,因为他看到吴副市长的脸已经甩到地上了。他的喉结滚动了一下还是说了一句:"老徐去了趟河南,说是有了关于小石楼的最新发现,咱是不是先听他说说?"说完他又向楼梯口张望了一下。

大家也都把目光扫在楼梯口,仿佛在静等一场大戏的开幕，但遗憾的是，程启明敲了半天锣鼓，楼梯处依然悄无声息。吴副市长说："今天怕是来不及了，我明天还有会，你们下来好好听听老徐的观点，专家的意见要重视呀。"说完起身要走。也就在这时，老徐气喘吁吁跑了上来。

老徐一边撩起衣角擦他那厚厚的带着圈的眼镜，一边说："抱歉，抱歉，我看着打出租的队太长，就跑去坐地铁，地铁是快，但从地铁口走到这儿用了二十多分钟。"

"不用急，你先坐下来喝口水再说。"吴副市长给老徐倒了一杯水后又坐了下来。

老徐也不客气，他端起吴副市长递过来的柠檬水咕咚咕咚一饮而尽，然后抹抹嘴说："真是不虚此行，不虚此行呀。"说完从包里拿出一个黄麻纸线装的本本，翻着让众人看。程启明用手挡了一下，提醒老徐："长话短说吧，领导们等得太久了。"

"好，好。"老徐收回本本，但还是认真地念了起来，"我是一九四六年春节期间，借过年回家机会与齐小三、女小石见面，谋划的这桩创立驰援解放区的地下金融'交通线'的'大买卖'……"

老徐把本本放在心口激动地说："还原了这样的历史，就可以为小石楼翻案了，为齐小三和女小石翻案了。"

"翻什么案？就凭这个？"刘晓东问。

"对呀，这是从当年老晋中支队长的后代手里拿到的，是烈士的遗物。"老徐不管不顾地说着。

"万公子是共产党不假，可这证明不了齐小三和女小石的身份，毕竟那箱金子不翼而飞，别说党的经费，就是他们自家的金子也没有下落呀。"刘晓东说，"咱们就事说事，小石楼是老建筑，有特色，保留也对，李总的复原重建方案还真值得考虑。"说完看了看吴副市长。

程启明说："即便复制，也只是地面建筑，小石楼下面可是一个金库呀，且不说它建得多么巧妙，单从银行的角度说，那些管理也是值得今天借鉴的。"

刘晓东问："老徐的日记本不会是你安排的吧？"

"这怎么可能？你看这纸张，一看就是老物件。"

"哈哈，可不能光看这些表面现象。前几年，前几年我在高速服务区看上了一把供春紫砂壶，一个满脸褶子的老婆婆用破布包裹了递给我。她说，你看这壶嘴磕了一个角，不然少说也要上万，可是俺不懂呀，俺们就拿它当普通的壶喝水，直到前几天孙子的老师来家访，才告诉俺们这把壶老值钱、老有名了。他说若不是品相不好，能卖上二十万。后来老师又说这壶实在是在俺们手里养坏了，让俺五千卖给他。俺想，卖给他也没事，但是收了人家老师的钱，俺孙子咋在人家手下上课呀。俺就说一不小心打了。若不是没地方卖，俺孙子又急着交学费，八千俺指定不卖。"

胡建伟哈哈一乐问："那你买了没？"

刘晓东说："别提多丢人了，当时财政局的王副局长和城建局的李局都劝我别买，他们说服务区能有啥真货？我看了看壶,看了看老婆婆,怎么看怎么觉得是真的,就跟人家讲了价,让她把壶给包了起来。一路上我抱着那壶把玩,那种捡到宝贝的心情别提多高兴。第二天我家媳妇不小心从餐桌上把壶撞了下来,你们猜是啥情况?"

"啥情况?"胡建伟问。

"外面是做旧,里面的新茬儿还露着,这还不说,那泥料就跟花盆料一样。所以我说,老徐呀,你可能也是被人忽悠了。若是我看到你到处发帖子,也会做这个本本的。"

老徐当下就急眼了,他说:"人家是革命的后代,人家也没收我一分钱。"

老徐还想梗着脖子掰扯,被吴副市长拦下了。吴副市长摆摆手说:"老徐同志的敬业精神值得表扬和学习,程行说得也有道理,但是,"他迅速扫了一眼程启明,然后脸色一沉接着说,"但是城市发展有得就有舍,下来大家都换个角度,比如说李总喝喝柠檬水,我也喝点儿绿茶,也许眼前一下就清亮嘞。"

大家都纷纷点头,只有老徐恭恭敬敬站了起来,他走到吴副市长身边,再次把那个日记本翻开让吴副市长看。吴副市长看了一眼说:"咱们搞经济建设也要多一些人文历史的知识,徐老师把这些内容都整理出来,我们再专题学习。"

老徐激动地对吴副市长说:"吴副市长讲得太对了。我今晚就连夜整理,尽快提交给您审阅。"

吴副市长点点头,一边说好一边站起来往楼梯口走,边走边说:"明天还要和美力集团谈产业园的落地政策,今天就到这儿吧。"

胡建伟眼睛一亮问:"美力集团要落户石门?"

吴副市长说:"是呀,我们刚签了引进协议,下一步园区建设、环评紧跟着就要陆陆续续开始了,保守统计,一年也能带来十个亿的利税呢。"

胡建伟"哦"了一声,迫不及待地对程启明说:"程行,这可是个新的业务增长点。"

吴副市长说:"你看看,你看看,人家都传只要上了博眺台,就能双赢,明天的洽谈你们也派个人来吧,接触一下,一定要把为企业发展、为城市建设做好金融服务放在第一位。"

程启明和胡建伟对这突如其来的馅儿饼又激动又兴奋,从博眺台到楼梯口短短的几步不知说了多少声"谢谢"。

七

送走吴副市长一行后,胡建伟和老徐却不肯走,他们两人缠着程启明,抢着表达自己的观点。胡建伟说:"今年的业务指标这么难,你千万不要打错了算盘,该绷的弦也绷了,见好就收吧,一下斩获美力、飞鸿两个客户,这是多么合适的买卖。"

老徐打断了胡建伟:"你就知道眼前利益,你知道小石楼的价值吗?且不论它的美学、建筑学,单单红色历史就是一笔巨大的精神财富!"

胡建伟不屑地说:"人家都是新官不理旧账,我们的任务就是搞好经营,在支持地方经济发展的同时,自身也快速发展,你自己也看看,周边都起了高楼大厦,留下它自己也会自惭形秽的。你就发发善心,别总忽悠我们程行长了。"

"我忽悠他?我是帮他,帮他寻找红色金融史。一棵树没了根很快就会死去,一个人没了根就会没了方向,一个企业割断历史还能走多远?"老徐的学究气一下被鼓动起来,他拉开了跟胡建伟长篇大论的架势。

胡建伟刚要开口,就被程启明制止了。程启明说:"关于小石楼还有两个项目的情况,我们明天再跟总行汇报一下,这关乎一段历史,也关乎银行的发展。"

"啥历史?"胡建伟觉得自己的话有些重,就找补说,"程行,徐老师是文史专家,人家是往后踅摸,我们是搞经济的,要往前看。"

程启明刚要张口,就被老徐抢了过去。老徐说:"胡行长,我给你掰扯掰扯关于小石楼的人和事吧。"

老徐又拿出了那个日记本,他说:"你们银行都讲究记账,那我就从这几笔账开始:一九四六年,齐小三和女小石通过汇兑结余,货币兑换,向我党上缴黄金一百八十两、银圆九百块。一九四七年……"

胡建伟打断了老徐的话,他说:"我对齐小三和女小石两个老银行人无比敬佩行了吧。那个年代哪个共产党员不是这样做的？"

老徐说："他俩不是党员，他俩连普通老百姓都没做成。他们后来遭受了什么，你应该知道吧？试想一个对党交出上千两黄金的人，会带着少许的黄金跑路吗？因为那箱黄金，女小石让多少人戳脊梁骨，为了维护女小石的声誉，齐小三受了多少煎熬，以至于失去生命。万公子在这个日记本上是这样还原当年情景的。"

老徐说着，又翻开了一页。

平津战役打响后，国民党对我根据地封锁更为严厉，根据地药品断供，冬储的粮食也运不过来。后勤部派我到恒丰银行和齐小三接头，取回汇兑结余，用硬通货在黑市搞些物资急需品。我回到石门和齐小三接头后，他答应把结余的三百两全部让我带走，而且他还说他和女小石商量过了，要把他们新婚压箱子底的金条、金元宝一并捐给党组织。十五的夜里，他们两个人从金库取出装有黄金的箱子后，就由齐小三在银行善后，女小石掩护我出城。没想到我们在南城门遭遇了警察局的一伙人。听他们语气，看他们架势是冲我来的，于是我就让女小石往西城门走，伺机出城，我们相约在西城门外的枣树林会合。说完我向敌人放了一枪就沿着城墙往东城门跑，想把敌人吸引到我这边来。

东城门的看守是我们万家伙计的儿子，他把我藏进他们门洞的吊桥下，等敌人走了才悄悄把我系下了城。后来我在枣树林等了半宿也没见女小石,就摸索着往西城门走,快到西城门时,听到护城河里有哗啦哗啦划水的声音。我按着之前的暗号,学了三声鸟叫,就听见女小石喊:"哥,哥。"我急忙找过去,看到她半截儿身子在水里,半截儿身子在河沿。她说她的腰摔断了。她让我去拿金子,她说燕三本来是带着她一起飞下来的,可让马局长的人发现了,他们一枪打在捆绑两人的绑带上,她就掉了下来。但是金子肯定弄不丢,她让我去找燕三拿。

我不能丢下她不管,于是背着她走了三十里来到了鹿泉的教会医院,安顿好她后,再返回城里,就看到了大槐树下的一幕。燕三也是好样的,到死都没说金子的下落。不过我也没能取回金子。等我再返回教会医院时,护士告诉我,女小石已经死了。我说活要见人,死要见尸,护士指了指旁边的一堆新土说:"就在那里。"

"那你挖出来了吗?"胡建伟问。

"不是我,是万公子。"

胡建伟点点头说:"对,对,是万公子。"

我刚挖了半尺深,就听见护士小姐匆匆跑来,她向后山指了指说:"快跑吧,石门警察局的人又来了。"这时就听见马局长的声音:"把这个医院给我围起来,就是掘地三尺,也要找到金子。"

我还想竖着耳朵听,却被女护士推了一把,她说后山那块画红十字的石头是活的,推开它就能直通西山。

我不知道那个女护士的名字,不知道她是不是我们的人,也不知道她为什么帮我,总之我是再次逃了出来。今天我在邱山老乡家里写下这些,明天还要继续南下,联系地下银行取钱买药。我知道我离战场很近,离部队很近,知道每天有大批的伤员需要药品,所以就此搁笔。

念到这儿,老徐就不再说话了。胡建伟问:"后来呢?万公子呢?"

"万公子背着一筐药品在离后方医院五百米的地方被国民党的炮弹炸死了,临死前,他趴在了那筐药上,也可以说他是为了护住那筐药品牺牲的。"

胡建伟慢慢起身,手扶栏杆向远处眺望,他对着眼前的小石楼说:"程行长,小石楼确实应该保留。"

几天后的一次联席会上,总行的薛行长也参加了会议,在听取多方的意见后,签下了三份协议书:一是和美力集团石门产业园全面战略合作的协议,二是和飞鸿集团全面合作的协议,三是小石楼拆迁补偿协议。在这份协议上还有一个特别的附加条款:在正太饭店西侧,仿照小石楼建一个红色银行教育基地。

一个月后的初冬季节,月亮依然是格外亮、格外圆。程启明一个人站在博眺台上,耳中不时传来挖掘机的轰鸣,他皱着眉头看不远处吊车的长臂在空中比画。小王已经是第三次来叫他了。小王说总行的薛行长已经点名了。程启明拿出手机，写了一句话"我在陪市领导做最后一次夜访"，然后对小王说："你就坐到我的位置，替我做个记录。"

就在这时，突然听到一声尖锐的撞击声。声音不大，但非常刺耳。之后挖掘机便停了下来，夜色中人们向挖掘机方向拥去。程启明抬头看了看月亮，苦笑了一下自言自语道："尽人事听天命吧，也只能如此了。"他转回身把办公桌上的资料整理了一下，又从文件柜里取出自己的怀表，把它装在西装内侧的口袋里，然后快步走进了会议室，把屁股还没坐热的小王换了下来。坐定后，他看到视频里薛行长冲他点了点头。

得知从大槐树下挖出一箱黄金时，程启明的眼泪一下子就流了下来，那是他到党校培训班的第一天。薛行长的开班讲话还没有结束，他就接到了老徐的微信。老徐说："一切都证实了，这箱金子一出现，所有的链条就都闭合了。女小石、齐小三都是我们党的好同志，嗯，虽然他们还没有党员身份，但他们用自己的信仰，用自己的行动，用自己的财富，用自己的生命向党证实了自己对党的无比忠诚与热爱。"

眼泪落到屏幕上，字体模糊起来，程启明按住太阳穴停留了片刻，又擦了擦屏幕，见老徐的微信又蹦了进来："告诉你个好消息，小石楼和大槐树也不用搬家了。忘了跟你说，那箱金子里除了十六根金条、十六个金元宝还有三百两黄金，还有一个上缴黄金和捐献金条、金元宝的字据，署名就是齐小三和女小石夫妇……"

"对了,你猜飞鸿的李追燕看到那箱金子后是啥表情,他当场就跪了下来。"

"他当场就跪了下来?"程启明觉得自己看错了,又看了一遍,还是不能相信,就复制粘贴反问了一句。

"嗯,不仅跪,还哭了呢,我也没在场,但在场的都看见了他那惊天动地的号啕大哭。"

程启明没有说话,他想这不是李追燕的性格,事情这么反常,难道有什么……

八

三年后,飞鸿广场全部竣工。有人说飞鸿的房子卖得好是沾了小石楼和老槐树的光,更有人说是小石楼和老槐树救了飞鸿集团一命。因为要保护小石楼和老槐树,飞鸿广场的建筑面积缩减了二分之一,这样就减少了建筑面积,缓解了资金压力,减少了房地产低迷对集团的影响。

本来说好给小石楼和老槐树留出十米阳光就行,但在建筑过程中,李追燕却主动后退了两百米。也就是说小石楼和老槐树周边两百米全部是绿地,是城市客厅。

程启明以总行副行长的身份,代表总行来揭牌石门小石楼红色金融教育基地。揭牌仪式后程启明问李追燕:"没想到李总也能在这寸土寸金之地让出那么一大块做公益,这要少盖多少楼？要少挣多少钱？"

李追燕说："两百米更是福报，也是我爷爷给积的福，不然今天也许飞鸿集团就倒下了。"

"哈哈，你真行，啥都能跟钱联系起来。"程启明揶揄了一句。

李追燕"哼"了一声说："钱确实重要，但看它跟什么比，如果跟价值比那就是个屁。比如那箱黄金。当年女小石和齐小三可以不捐出去，燕三可以带走，也可以换回一条命，可是他们都没有被那箱金子所动，你说他们值还是不值？"

程启明拍了拍李追燕的肩膀，没有说话，他俩就那样站着，看着一个个客户从小石楼里出出进进，看着一对对年轻人在老槐树下系着同心结。

如今的飞鸿广场成了石门人的打卡地，不管你是穿梭于典雅端庄的高楼大厦，还是漫步古朴厚重的往日时光，总能听到月光洒落的声音，感知时代的澎湃激情。

恍然间程启明和李追燕看见齐小三、女小石还有燕三从光影里走了出来，走在笔直宽阔的民生街上。月光穿过云朵，洒在他们的身上，荡漾着，闪烁着，拉出长长的影子，一如七十多年前那个月光如水的晚上。

金　　蝉

一

石嘉敏是从马太太那里知道王泽恩去南边了。

马太太一只手攥着一饼，一只手划拉了一下外面的牌，大拇指明显在牌上顺时针捻了一圈，才不情愿地扔出了一饼。石嘉敏犹豫了一下，把牌推倒亮给大家，轻声说，外面已经三个了。马太太的脸还是拉下来，说你既然等这张牌为啥不早亮出来，逗大家玩呢。李太太也嘟囔了一句，打牌就是打牌，还看人下菜碟，若之前的一饼是我打的，你早就吃了吧？刘太太伸了伸胳膊说，你俩别狗脸一样好不好，不是嘉敏帮你们炒金、炒汇的时候了。

马太太的脸真就跟狗脸一样又往上翘，堆出一丝笑意，然后黑眼球骨碌一下说，都是让他们那些臭男人闹的。昨天回家就说了一句，让我看好保险箱，他们要向南边开拔，啥时回来也说不清，我心里就这样乱哄了一天。

刘太太说，是有大仗打了，不过也别担心，子弹是不长眼，但还不至于打到军部去。前天老刘跟我说让我先去女儿家待一阵儿，你们是知道的，这天汗涔涔、黏糊糊的，在石门旗袍半天也穿不下来，她那里热得门也出不了呢。三个女人争先恐后地说着，是呀、是呀，姐不能走，姐在我们才有主心骨呢。说完，马太太又对石嘉敏说，妹子，老马走时又留给我一点儿金圆券，你瞅准机会给姐姐换了吧。

石嘉敏笑着点点头，看了一眼李太太说，其实姐姐们也可以存一点儿像安宫牛黄、牛黄清心这样的中成药，存一点儿像金蝉、金葫芦这样的工艺品，泽恩说万一到了南边这些东西的价格都会涨的。

李太太立马就眉开眼笑地说，敏妹妹真是个大才女，有才、有财。怪不得老李也这样说呢，他去山西进货前把家底都搜罗走了，还拿了我的体己钱。我若再输就陪不了姐妹们了。

马太太脸一拉说，你又哭穷，我们的钱都是男人把命系在裤腰带上挣来的，就你家，拿个祖宗的偏方就能安安稳稳吃一辈子。你别哭穷，按进价给我们每人留十丸。

刘太太拍了一下手说，你可是明白一回，就这么定了。然后冲着李太太说，后天就让学徒给我们拿到小石楼来，钞票、黄金和外汇券随你选。

石嘉敏看了一眼大家说，我还以为泽恩就在军部待着呢，如今他跟着部队去南边了，也没来得及留下话和钱，我就不要了。

马太太说，你这是埋怨我家老马呢吧，不过这回确实走得急。我回去就给老马打电话，让他给王泽恩说一声，发了饷，把钱就给你汇过来。

刘太太又表扬了一句马太太，这才是你该做的，不然他们把钱都填黑窟窿了。你给马军副说一声，让他给王泽恩专线授权，嘉敏有事也好和他商量。

石嘉敏连忙摆手，不碍事的，让马军长捎个话，如果有了行情，他给你们姐俩谁说一声都行。

马太太哗啦、哗啦开始洗牌，刘太太却站起身来，先是用手扯了扯旗袍，然后扭了一下肥胖的腰肢说，今天就到这里吧，这汗又黏在旗袍上了。马太太的屁股却像粘在椅子上，抬了两下并没有抬起来，说还差两圈呢。刘太太并不看她，自顾自地说，石门这鬼天气也不消停，然后就拉了一把石嘉敏说，妹子，你陪姐回去换件衣服。一边说就一边挽起了石嘉敏的胳膊。马太太把牌一推，哼了一声才站起身，随后四个人便走出了正太饭店。

一出门热浪就激了一身汗。石嘉敏用手帕擦了一下额头，顺势看了看左右，发现那两个穿黑裤白褂的人还在。中午进来时他们一个在烟摊前，一个在缸炉烧饼前，只不过出来时两人换了个儿。石嘉敏在脑子里快速搜索了一遍，就惊出一身冷汗，她知道这是两个钉子，目标应该是正太饭店和小石楼。这种情况给她传导了两个信息：一个是他们盯上小石楼了，一个是新来的交通员暴露了。正思忖间，马太太拉了一把石嘉敏，妹子，你陪姐去趟恒丰行。

二

恒丰行是恒丰银行的简称，就在正太饭店对面的小石楼里。小石楼坐落在中山路北，京汉铁路西侧，其实也不是紧邻，它的西边还有两个二层小楼，一个挂着庆仁堂的牌匾，一个挂着老万宝的招牌。这么说吧，这条街是石门最繁华的地方，茶楼酒肆、照相馆、电影院、澡堂子，就连市府和警察局也在这条街上。小石楼在这条街上不是最大的，也不是最显眼的，但它却是最有特色的。小石楼是用灰色的石头垒起来的。据说灰石取自西边的太行山脉，是早年间小石楼主人一车一车拉来的。从正面看小石楼，就是一个普普通通的二层楼房，但若站在正太饭店的平台上看，就会看出门道。

小石楼的后门与正太饭店隔着一条叫民生街的小街道。三年前马太太跟着当年的马师长进驻时，在正太饭店住了小半年。如果按照马太太的意思，她会一直住在正太饭店。但马师长不同意，马师长是山西人，天生有个置宅子的嗜好。这些年走南闯北，到了一个地界就先置办一处。说是置办，其实就是巧取豪夺。比如在长春驻扎时，就用一根金条买了一处三进一的大宅，半年后开拔时，那一根金条就变成了两箱金条。带着两箱金条来到石门的马师长在正太饭店的平台上搜寻目标时，一眼就看上了小石楼。小石楼虽然仅仅两层，但却是三进式，有东西厢房，前门后门都有影壁墙，加上京汉铁路的衬托，在空中看就是一个"恒"字。马师长当下就去五台找和尚解字，和尚说，用石头垒成的"恒"是绵延的山，是永固的江山呀。但小石楼的主人没有汉奸的把柄让马师长攥，所以马师长拿出两箱金条置换小石楼的计划就泡了汤。马师长不甘心，就变着法地到恒丰行找麻烦，今天警戒，明天搜查，表面上是冲着恒丰行去的，实际上是针对小石楼。但没几天，马师长就发现手下对恒丰行的搜查就是应付差事。

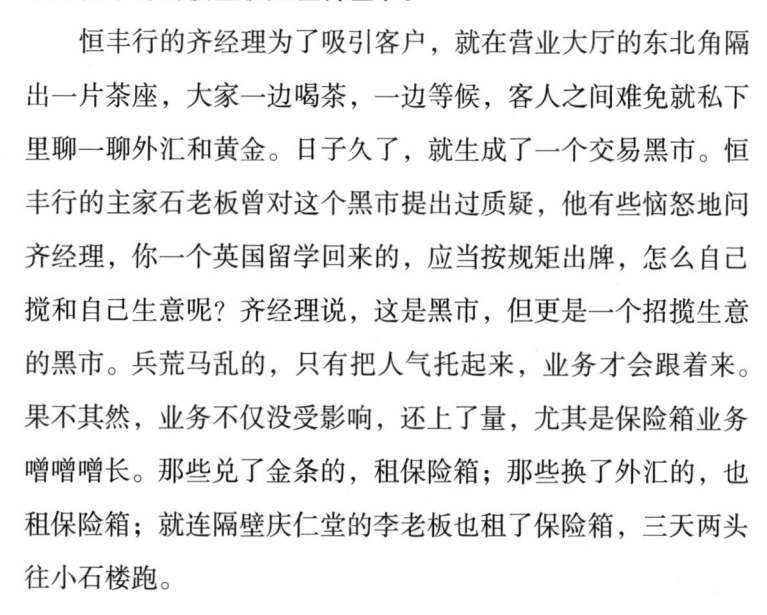

恒丰行的齐经理为了吸引客户，就在营业大厅的东北角隔出一片茶座，大家一边喝茶，一边等候，客人之间难免就私下里聊一聊外汇和黄金。日子久了，就生成了一个交易黑市。恒丰行的主家石老板曾对这个黑市提出过质疑，他有些恼怒地问齐经理，你一个英国留学回来的，应当按规矩出牌，怎么自己搅和自己生意呢？齐经理说，这是黑市，但更是一个招揽生意的黑市。兵荒马乱的，只有把人气托起来，业务才会跟着来。果不其然，业务不仅没受影响，还上了量，尤其是保险箱业务噌噌噌长。那些兑了金条的，租保险箱；那些换了外汇的，也租保险箱；就连隔壁庆仁堂的李老板也租了保险箱，三天两头往小石楼跑。

马师长手下的人在黑市一买一卖中至少挣个烟钱，一来二去就上了瘾。这当然和马师长的意愿南辕北辙，于是马师长不免生出有钱能使鬼推磨的危机感，隔天就找了由头派人冲进小石楼，把恒丰行里办业务的人都当嫌疑分子带走了，顺便搂草打兔子查收一笔外财。正当马师长用手指头点着桌子盘算如何定罪名时，刘军长进来就把马师长一通臭骂：你小子也不弄弄清楚，就敢打小石楼的主意？

马师长笑着说，只要涉及通共，就不能放过一个。这是老兄您交代的。这时他灵机一动又说，有消息说，情报也是存在保险箱里呢。

刘军长问，有真凭实据吗？

马师长垂了一下眼睑说，正在查。

刘军长手一挥，赶快把屁股擦干净，有证据啥都好说，没有就别惹那麻烦了，小石楼的背后站着大人物呢，一天工夫南京就来电话了。

也就是在那次搜查中，马师长和小石楼西邻的庆仁堂李老板认了老乡。李老板说，兵荒马乱的，他的庆仁堂被抢过两回，为了保险起见，就在恒丰行开了两个保险箱。人家存金条、外汇、古玩、字画，他寄存贵重药材。说这话时马师长正捻着一对蜡封的安宫牛黄丸，马师长的手被蜡油润得泛着光亮，他捻一捻就用力捏一捏，捏一捏就又捻一捻。就在马师长再次用力捏药丸时，李老板说，听口音我们都是晋中人，我这就让老家的人往您府上送一批过去，就当帮我存着了。

马师长后来给马太太说，小石楼没到手，但收了个药王，也算没白忙活。可他不知道，如果当时他不被药王迷惑，如果手再用力一些，捏开蜡封，小石楼没准就是他的了。但当年的马师长在关键时刻松手了，那封在药丸里的情报也就顺利地回了老家。现在马副军长晋中老家藏了多少名贵药材不敢说，但私底下，李老板和马副军长是真的称兄道弟了。当李太太说李老板回晋中老家进药材时，刘太太鼻子是哼了一声的，石嘉敏当然知道那"哼"后面的意思。是进药材还是给马副军长往晋中老家送药材谁说得清，不过晋中也快是共产党的地盘了，难不成还把药材埋在房底下？这样的话刘太太之前对石嘉敏说过很多次。

其实，石嘉敏知道李老板回山西的真正目的。走前的那天晚上，马副军长在正太饭店为李老板摆饯行酒。晚上，王泽恩告诉石嘉敏，家里急需一批药，李老板要去采购药品，上级会派新的联络员来，接头地点就在小石楼。可是过去三天了，联络员没来，王泽恩又突然走了。一时间，石嘉敏失去了上线和下线的联系，心里不免有些着急。

三

石嘉敏是在大上海的洋行里长大的，父亲是英资上海颐和洋行的襄理，和王泽恩青梅竹马、门当户对。但上海金融界的这段佳缘却因王泽恩加入军校终结。石嘉敏虽然夫唱妇随离开了大上海，但并没有远离金融圈，看准机会就炒一把黄金、炒一把汇。她说市场有风险，她也看不准，每次都是王泽恩指点，自己就是跑跑腿。刘太太、马太太说那就让王泽恩多指点指点，大家有钱一起赚。更多时候，刘太太、马太太拉着她和李太太一起打牌。正太饭店的老板专门为她们留了一个套间，四个人便越发长在了一起。

三个女人一台戏，四个女人表面上是分不了把的烂韭菜，但从走进和走出的组合你就会发现刘太太和石嘉敏近一些，马太太和李太太近一些。但女人的性情是最容易变的，常常因为一点儿鸡毛蒜皮就自乱了阵脚。比如今天刘太太见马太太拉着石嘉敏往小石楼走，就像马太太动了自己的牌一样不舒服。从级别和年龄上马太太都要让刘太太三分，但马太太不仅不让，还有点儿小霸道，时不时就抢刘太太的风头，明里暗里唱着功高盖主的高调。尤其是打牌时，别人出牌慢了一点儿或稍微犹豫一下，她就会伸手摸牌。为此刘太太说过她好多次，刘太太说，不能这样玩赖。马太太却总不以为然，狡辩自己就是着急摸牌，再说也摸不出来是哪张，和赖攀扯不上。此时的马太太就像耍赖看牌一样连个招呼也不打，就把石嘉敏轻而易举从刘太太身边拉走了，还装作什么事情也没发生一样。刘太太的气就腾地上来了，她气马太太越发没有大小，气马太太和马副军长一样虎视眈眈觊觎他们夫妻俩的位置。但气归气，刘太太也不好明说，毕竟队伍是马副军长的老班底，刘军长也要让马副军长三分呢，所以这气提到嗓子眼儿就变成了"哎哟"。然后她冲着石嘉敏说，小敏，我这心口又开始疼了，快扶我回家吧。马太太的脸呱嗒就落下来。石嘉敏看看马太太，又看看刘太太，不知该往哪边站时就看见了穿着便衣的刘一手。

刘一手当然也看见了迎面而来的四个人，但他装作没看见一样就把身子转了过去。石嘉敏心里又是一惊。部队都开拔到南边去了，后勤补给的大总管不仅没先部队一步，反而留了下来。没容石嘉敏多想，马太太就拍了一下手喊，小刘部长，快，快，快过来，你舅妈心脏病犯了。

看着刘一手扶着刘太太的背影，马太太对石嘉敏说，看见了吧，三步没有两步近，我们家老马就是心善，非把后勤这个肥缺交给刘一手，这不等于把发财的机会拱手送给刘家？

石嘉敏笑了笑说，马副军长有马副军长的考虑，王泽恩说过，马副军长量才适用，从不任人唯亲，跟着这样的领导心里舒坦。想必这个刘一手也会以大局为重，感念马副军长的知遇之恩呢。

马太太嘴角翘了翘说，妹子是见过大世面的，说话办事和李太太、刘太太就是不一样。然后又把嘴巴往石嘉敏耳边凑了凑说，老马说了，这次是个硬仗，不能说一仗定输赢吧，起码是，唉，不说了，赢了就都有希望，输了，我们就要考虑带着保险箱往南边走了。

石嘉敏说，怪不得刘一手留下呢，是他舅舅让他躲在后方待命处理后事？

马太太笑了笑说，还真不是，是老马让他留下来的。打仗需要弹药，更需要补给，要打硬仗了，刘一手等着补给安全运到才走呢。顿了顿马太太又说，其实老马心里还是跟你家泽恩更近一些，不说泽恩这些年给咱们赚了多少银子，就是鞍前马后的也该提拔了。可是人家舅舅毕竟是一把手，而且——马太太说了半句就不说了，石嘉敏想知道"而且"，但石嘉敏不好问,也不会问。她说泽恩说刘部长对马军长可忠诚了。马太太哼了一声说,忠诚个屁,你家泽恩就是厚道,总说刘一手的好话,可你不知道这个刘一手最不是东西了,他嫉贤妒能,总在背后放泽恩的冷箭。为啥老马没让泽恩回家跟你打招呼,就是刘一手说这次运物资要绝密,而且要绝对与泽恩隔离。

石嘉敏心里一惊,但嘴上却满不在乎地"哈"了一声。马太太又说,你别不信,每次军需让共产党抢走后,他就把责任推到泽恩身上。你看你整天傻乎乎跟着刘太太姐妹长、姐妹短,你都不知道,刘军长提醒我家老马说泽恩有通共嫌疑,说李老板也有嫌疑。哈哈,你看看,简直是洪洞县里没好人了。老马说刘军长不是最爱让拿证据嘛,那就让他拿证据,不然就闭上臭嘴。

石嘉敏的心怦怦直跳,就快跳出嗓子眼儿了。她涨红着脸说,不会吧?刚才在牌桌上刘姐还替我说话呢。马太太说,我的傻妹子,人家要卖你了你还替人家数钱。你想想,刘军长和刘一手是打断骨头连着筋呢。刘太太和刘军长那两个南蛮子多精明呀,哎呀,妹子,南方人也不都这样,你们大上海人虽然也精明,却不害人。石嘉敏摇了摇头说,若不是日本人来,泽恩该比恒丰行齐经理做得好呢。马太太说,对呀对呀,老马就说嘛,当年泽恩带着金条来打鬼子,大家是一起闯过来的,那会儿的后勤补给比现在难多了,泽恩就没掉过链子。如今鬼子投降了,刘军长抢了老马的位置,刘一手还抢了泽恩的位子。抢就抢吧,还想给你戴个通共的帽子,赶尽杀绝。石嘉敏叹了一口气说，没想到刘军长带兵打仗不行，玩权术却有一套，他们拿泽恩说事不怕，怕就怕再连累了马军长。等这场仗打完了，让马军长还是放泽恩回上海吧。

马太太说，不至于，不至于。老马说了，这次后勤补给就交给刘一手，让泽恩撇清楚。如果出了问题，就拿刘一手问责；如果仗打赢了，就把泽恩调到参谋部。说完又嘱咐石嘉敏一句，妹子，你啥也别说，心里明白就成了。老马说让我把保险箱里的金圆券都换成金条，你说呢？

石嘉敏想了想说，大家都知道金圆券要跌，这会儿换恐怕太亏了。看看是换成汇，再从汇换成金条；还是换成实物，再从实物换成金条。不过这行情要等，行情还是泽恩看得准。

马太太说，这没问题，晚上，晚上我就让老马告诉泽恩一声，让泽恩给个定盘星。

石嘉敏说，嗯，那明天我们就到小石楼把风放出去，看看有人接盘不。

这时，一股白烟从小石楼后身冒起，从北向南跟着汽笛飘移，然后是一阵轰隆隆的火车轰鸣声。马太太撇了一下嘴说，打仗打的是金子呀。石嘉敏一边在心里计算着这一列火车可以运多少物资，一边说兵马未到，粮草先行，这个刘一手动作要快呀。马太太笑了笑没再说话，但石嘉敏从她那笑容里看到了溢出的志在必得。

说话间两人进了小石楼。这个钟点的小石楼是最安静的，账房已经开始噼里啪啦地结账、轧账。齐经理正用一块鹿皮擦拭一个金蝉,见马太太和石嘉敏进来就忙不迭起身招呼。马太太眼睛盯着金蝉问,齐经理这是唱的哪出呀?

齐经理用鹿皮遮掩了一下金蝉的底座,然后才说,哦,这是一个客户定制的。

马太太眉毛一抖问,哪个客户这么下本钱?

齐经理有些歉意地说,如果马副军长想定制,我可以帮着联系。其实金条就可以了,做成工艺品也就是个人爱好。

马太太说,要收多少工费?不会抢了人家风头吧?

齐经理回,都是个人压箱底的,风不起来。工钱呢就一个模子钱,一把金圆券就够。说完又擦拭了一下手中的金蝉。这时跑堂把茶水端上来了,还配了一碟花生和一碟葵花子。

齐经理离开后,马太太对石嘉敏说,看到了吧?老马早就说这个恒丰行有猫腻,可刘军长却总给他们打掩护。为啥,还不是利益输出。昨天泽恩就给老马说了,让老马别总囤积药材,那个是带不走的,要带就带硬通货,带金条。泽恩说也可以打成金元宝、金葫芦、金蝉等,将来到了那边就怕找不到这么好的工了。我今天来小石楼就是想问这些事。你也看见了,齐经理手里的金蝉工好吧,对了,你看见没,那底部还刻了一个"刘"字。你想想除了刘军长,石门谁还有这能力?

石嘉敏说,我还真没看见底部有"刘"字。前几日我倒是看见刘一手和齐经理一起喝茶,没想到是为他们老刘家留后手呢。那咱们也要抓紧喽。算了,泽恩不在,你就直接跟齐经理说定制吧,齐经理再势利,也不会有买卖不做吧。

马太太说,也是这么个理。要不怎么说泽恩贴心呢。我晚上回去就跟老马打电话,让他给泽恩也捎个信,妹子就赡好吧。

四

刘一手搀扶着刘太太走过民生街后,刘太太甩了一下胳膊,然后压着嗓子说了一声,你怎么在这里?刘一手说,还不是为了这批军需。你也知道这批军需的重要性,有粮食,有药品,还有……说完拇指食指捻了一下。刘太太说,那你不好好去车站看路况,跑到饭店来干啥?

刘一手说,正好我要跟舅妈交个底呢。前天舅舅走时还嘱咐我,如果有需要,就让舅妈您帮着盯住王太太。刘太太一下就停下了脚步,她睁大眼睛问,是石嘉敏?

没错。我们这几次的军需被劫,我觉得就是王泽恩捣的鬼,不然共产党的点怎么踩那么准?开始我以为他是因为我抢了他的位置故意使绊,时间长了,我发现不是那么简单。军需物资这种事就我俩知道具体时间和途径,连舅舅和马军长都不过问,消息是怎么放出去的?

刘太太说,你让我想想。然后又说,不会呀,应该是为了那个肥缺。那个老马对你管军需是不满意的,会不会是老马使的坏?你也知道,老马对你舅舅对你都是有芥蒂的。

刘一手说,马副军长对舅舅是有意见,但他对党国还是忠贞不贰的，尤其是这种关乎成败的大是大非上。丢了军需他是真急呀。只不过马副军长念着王泽恩当年金条抗日的功，不肯相信王泽恩通共。我这次就是要把事情坐实了，抓住他的狐狸尾巴。

刘太太说，那我就不跟石嘉敏她们打牌了，明儿我就找理由说心疼在家里躲几天。刘一手说，也不必，您该打牌打牌，该炒金炒金，该炒汇炒汇。就是记着帮我盯着石嘉敏的一举一动。

你是说石嘉敏也通共？

这不好说，但王泽恩身边的每一个人我都要盯死了，他的消息总有传递渠道吧。前天我们在火车站抓获了一个来接头的共产党，审了两天一夜也没审出消息。没想到那个共产党那么不禁打，刚上了两次刑，就死了。不过我们抓住他时，他手里拿着外汇牌价表。我们抓他时他不跑反而把外汇牌价表吞了，你说奇怪不奇怪？我分析来分析去，就一种可能，要么接头的人是石嘉敏，要么接头地点在小石楼。

刘太太说，也对，这个城里就他们两口子炒汇炒得精。可惜了，可惜了。然后又问，接头的死了，王泽恩又没有消息来源，她还传递个屁情报呀，你咋这么笨，有蛇也引不出洞呀。

刘一手笑了笑说，我跟舅舅说好了，马副军长不是要给他洗白吗，那就让马副军长把消息放出去，这样王泽恩就会想方设法传递消息。军部有人专门盯着王泽恩，这边有人盯着石嘉敏。刘太太说，那个王泽恩确实精得很，发现有人盯着他还会飞蛾扑火？刘一手说，如果这批物资不重要，他也许不会，但这个诱饵太香了，他一定会的。要么在军部，要么在小石楼，我一定要抓个人赃俱获。

五

石嘉敏没有判断错，正太饭店门前的两个人就是刘一手的便衣。不仅正太饭店有，而且刘一手还从石门监狱里找了两个毛贼，安插在了小石楼。

刘一手把两个毛贼带上车时，两个毛贼咕咚一声就跪了下来。高个儿毛贼说，我实在是吃不饱饭，就偷了两块大洋。矮个儿毛贼说，老娘疼得满地打滚，我才去偷药丸的。大爷，饶命吧。刘一手说，要说饶命也容易，你去给爷办个事，事成，不仅不取你们性命，还每人一百大洋。随后，刘一手亲自带两人到小石楼西边最有名的望湖春澡堂子里泡了澡、理了发、修了面。等两人收拾完换上白衬衣黑西裤时，自己也吓了一跳。高个儿问矮个儿，兄弟，这是我吗？矮个儿说，不是了，你娘见到也认不出来了。刘一手告诉两人，让他俩盯着石嘉敏，看她跟谁说话，拿什么东西，都给爷记着。如果爷手里的茶水洒了，你们就把她手中的东西偷过来。两个毛贼说，爷就赊好吧，她就是放个屁俺也给爷记着。

第二天上午，马太太早早就候在正太饭店。石嘉敏进门后，她拉了拉石嘉敏，又向门外看了看，然后轻轻关上门说，妹子，对不住了，昨晚老马打电话说这几天战事紧张，越是自己人越不能破这个例，泽恩就不给家里打电话了。不过我倒是让他给王泽恩带了话，就说你说的，让他关注外汇行情，有行情了让老马告诉咱。说完又说，你帮姐换了汇再换成金，多出的钱姐给你分成。石嘉敏笑了笑说，不用，您和马军长的人情我们一辈子也还不完呢。马太太笑了笑说，这事别让刘太太知道，人家偷偷置了那么多金蝉也没跟咱说呢。石嘉敏点点头，还没说话，刘太太就和李太太进来了。刘太太笑着问，你俩背着我俩说啥呢？不会是联起手来要整一条龙吧。马太太说，打牌说是技术，其实还是运气，咱没机会发外财，说不准就发个一条龙的小财呢。说完就开始洗牌。若是以往，刘太太肯定会找个话茬儿怼怼回去，今天依然是怼，但没有把战争延续下去，她笑着说，是龙是虫咱们牌桌上见。

打完四圈换风时，跑堂过来对马太太耳语了两句，马太太就出去了。回来后，马太太出牌就心不在焉，半圈也没打下来，就嚷着肚子不舒服。刘太太说，你的一条龙还没有成呢，哪能走，想想一条龙就不疼了。说完又喊跑堂的过来，让人家煮一碗红糖姜水。马太太连忙摆手说，姐姐，这大夏天的，哪能吃这个，要吃也要吃庆仁堂的清心丸。说完就让李太太回家去取。李太太走后，马太太又开始哎哟，一边哎哟一边对石嘉敏说，妹子，我实在坚持不住了，你还是先扶我回家吧。然后起身对刘太太说，大姐，我今天还真让你说成虫了。

石嘉敏扶着马太太刚出正太饭店的门，马太太就低声耳语道，咱们去小石楼。刚才老马来电话说，王泽恩让你去盯盘，今天有可能冲一下，如果到了615位置上，就果断买入。他还说尽量全仓，不然过了这个村就没有这个机会了。

六

高个儿毛贼一大早就来到小石楼。齐经理上前招呼客人，高个儿毛贼摆摆手并没有说话，用眼扫了一眼营业大厅，就奔西北角的茶座而去。

齐经理笑了笑，做了个请的手势，他知道这人不是来办业务而是来寻求黑市交易的。齐经理起身回到柜台后面，一边擦拭手中的金蝉，一边用眼睛余光打量眼前这个人，没想到这人也正在打量他，就在双方目光即将碰到一起时，双方都倏忽一下飘走了。齐经理知道遇到高手了。他放下金蝉，用手掸了掸外汇牌价，然后把数字翻到了613。在翻的同时，他又用余光瞟了一眼那个高个儿。此时高个儿也在看他，但看归看，脸上并没有任何表情，更没有上来搭讪的意思。随即，齐经理就把"3"倒回去，数字落到612上面。然后他继续坐在椅子上擦拭他手中的金蝉。

矮个儿毛贼是跟着石嘉敏和马太太一起进来的。马太太揶揄齐经理道，哎哟，你总这样擦，就不怕它脱壳呀？齐经理笑了笑说，可惜等不到主人呢。石嘉敏心里动了一下，她想问问，她们这些过路财神能不能订几个金蝉？可话没出口，就看到了身后的矮个儿毛贼。矮个儿毛贼不仅戴了个礼帽,还戴了眼镜,手中握着牌价表,一副文质彬彬的样子。

马太太拉着石嘉敏到保险箱取金圆券,刚打开箱,马太太就咳嗽了一声。她轻声对石嘉敏说,我怎么觉得那个矮子跟着咱们呢?石嘉敏说,跟就跟吧,反正他进不来这儿,再说若在小石楼出了闪失,有齐经理兜着底呢不是?马太太说也对。

两个人拎着金圆券出来时,石嘉敏又看了一眼那个矮个儿毛贼,他也坐在黑市的茶座旁,大腿压着二腿,正拿着外汇牌价表看。石嘉敏不由得眼前一亮,她暗自欢喜,接头的同志终于来了。

石嘉敏把马太太的金圆券放到柜台前,让齐经理帮着清点,然后坐等行情。她们来到茶座,马太太推开伙计倒的茶水,让人家去泡一壶菊花,她说这两天都急出火来了。石嘉敏说是呀,是呀,看来这个过路财神也不好当呀。说完又看了看大厅里的人,看了一遍后对马太太说,今天还有几个新面孔,说不好金圆券的价格还真能蹿一蹿呢,只是不知道王泽恩说的615能不能到。

马太太说,你家王泽恩的脑子就不是人脑,唉,你看我这臭嘴,夸人也不会夸,我是说他说能到就能到,今天不行,咱就明天。说完两个人就又看了一眼牌价,果然,齐经理把"2"换成了"3"。石嘉敏说,有门,那我先转一下哈,到老熟人那里放放风。

说完,石嘉敏就站了起来,她先向老万宝的任掌柜走去。

任掌柜撇了撇嘴说，这两天他收的账都是金圆券，可他去进货，人家都要银圆和外汇，不要金圆券，如果金圆券再贬值，他就要关门了。石嘉敏说是呢，她的手里也握着一把呢。说完，石嘉敏就来到矮个儿毛贼身边。她轻声问了一句，您能把手里的牌价表借我看一眼吗？

就在这时，齐经理咳嗽了一声，说，敏妹妹，您别看我这里是过路财神，但过路财神也是财神，我这里就有牌价表，一旬的，一月的，一年的都有。

石嘉敏打了个激灵，然后她笑着说，你看这大热天的，我一热就爱头晕，咋就把这茬儿忘了，要说数据全，谁也比不了您恒丰行呀。说完，石嘉敏就跟着齐经理去取了价目表，然后又回到马太太面前。石嘉敏一行行看，她在右下角的第三行看到了三天前的牌价是615，于是她在牌价下面用钢笔画了一个金蝉。画完后，她就把牌价表交了回去。

这时，大厅里的钟表响了三下。石嘉敏和马太太都向牌价看去，齐经理依然漫不经心地擦拭金蝉，他旁边的价目表依然是613。石嘉敏说，也不知道今天能不能换成，若是泽恩在就好了。唉，你看连老万宝的任老板也来了，还来了几个生面孔，不用问都是来换硬通货的。听石嘉敏这样一说，马太太也就急着问，明天不会更低吧？石嘉敏说，这个泽恩，再能掐会算不了解情况也是枉然呀。你看都这么久了，行情就是上不来。咱是等还是？

马太太放下茶杯，拉着石嘉敏就往柜台那边走，然后冲着齐经理说，让我到后台借用一下你的电话。于是两个人走进后台，就在马太太拨通马军长的电话时，刘一手也走了进来。马太太捂着电话瞪了刘一手一眼。刘一手说，您继续，我是来办个业务。马太太还想赶他走，忽然就想起了关于情报的事情，虽然她心里没有好气，但还是忍住了。这时话筒那边传来马副军长的声音，马副军长说正好王泽恩就在身边，有话你们直接说吧。马太太叫了一声泽恩老弟后，就哎哟、哎哟地说，你看我这破脑子，你家嘉敏也在我身边呢，你俩通个话？说着就把话筒往嘉敏手里塞。石嘉敏连忙摆手，一边摆一边说，心意领了，话还是留到以后说吧。

马太太也不客气，就直接问，目前牌价是613，而且今天交易的人特别多，是等还是马上下单？王泽恩说，现在是十一点，还有时间，可以再等等，你告诉石嘉敏就赌一把吧，下午三点涨不涨都全部出清，大概率会尾盘涨一下，到了明天就没机会了。

其实不用马太太传，电话里的声音虽然不大，但还是传到了后台每个人的耳朵里。

七

第二天，石嘉敏和马太太早早在正太饭店恭候着刘太太。左等右等也没见刘太太来。

马太太起身到前台给刘太太家打电话，电话是用人接的。

用人说昨天夜里小姐生病，从广州打来电话，刘太太连夜去广州了。马太太说，扯女儿生病这种谎，也不怕真的应验了。说完又对石嘉敏说，你知道昨天刘一手去小石楼干啥？

石嘉敏摇了摇头。

马太太说，他肯定是去提金蝉了，据说满满两大箱子呢。哼，他趁运军需物资，也顺便把自家的金条和金蝉运走。说不准刘太太搭的也是那辆车呢。

石嘉敏说，运军需的车过去了？

马太太说，过去了，凌晨三点从正太铁路过去的，你没听见轰隆隆的火车响？

石嘉敏说，昨天我有点儿累，睡得死，还真没听见。

八

一年后，石嘉敏再见马太太时，是在石门红星看守所。

马太太说，我有个事情一直想不明白，你若告诉我，也不枉我们姐妹一场。

石嘉敏说，你说。

马太太说，进来前刘一手还咬着说那次军需物资被劫，就是我泄露的情报。

石嘉敏说，说起这个，我还真要谢谢你。还记得泽恩电话里说的"下午三点全部出清，过了明天就真没机会了"吗？三点就是暗指凌晨三点。

马太太问，后来我一直跟你在一起，晚上你也是在我家睡的，你怎么把情报传出去的呢？据刘一手说，你们来接头的交通员已经牺牲了。

石嘉敏笑着说，当时就传出去了，那个齐经理就是我们的人。只不过我们都是单线，之前并不知道彼此的身份。你还记得当时有个拿牌价表的矮子吗？我差一点儿就跟他接头，就暴露了。但那个矮子不识字，倒拿着牌价表看，关键时刻齐经理发出了紧急联络暗号。

马太太问，我怎么没发现？

石嘉敏说，这还真要感谢你，我们的紧急联络暗号是，金蝉是过路财神。

爱情投资模型

一

我是在购买车位的时候接到老七的短信的。老七短信说,她回来了,方便时要跟我见一面。我手机里没有存老七的电话,更不用说微信了。看到这条信息后,我回复:跟一个不择手段上位的人没啥好谈的。然后把这个没有标注名字的手机号码拉进了黑名单。此时我前面刚办完手续的郝如意并没有走,而是热情地帮我选择了她旁边的一个车位。

那是两年前的一个凌晨,也可以说是午夜。我为了买地下车位在售楼部的大厅里排队,这种场面大家应该不陌生,但我还得重复一下。我头一天跟何大明说起买车位时,何大明说没有那个必要吧。他拿腔拿调地说,第一你们是别墅区,每家门前都配有两个车位,基本满足需求了;第二别墅入住率低,地下车位又多,即便买也不用排队。我这个人耳朵根不软,比如说每一笔投资,我都要反复论证。我反对投研团队跟风,我跟他们讲,价值、价值,那些真正有价值的潜力股才是我们需要关注的、投入的、长期持有的。哎呀,又走偏了,我总是三句话不离投资,仿佛感情和生活也适用这个理论一样,但实际上除了投资，我在其他方面都很失败。

就拿车位这个事说吧，后来我才发现，排不排队意义都不大，就是多走几步少走几步的事。可是当那个卖给我房子的小伙子说如今车位比车贵，车越来越多，车位却越来越少，而且好位置就那么几个时，我就又决定去排队，而且我还想让何大明去帮着排队。一是我实在没有别人可以支使，二来我把排队上升到了对我俩关系的考验上。不怕你笑话，我都四十岁了，看投资时机有一套，看人却不行。于是我就按照自己筛选股票的程序，建造了一个模型，把职业、学历、长相等要素输入其中，把日常交往当成软指标备注。我的助理阿萍说，哪有十全十美，半称心、半如意就不错了，何况老天已经给了你一个穿越牛熊的火眼。但我还是不甘心，我近乎洁癖地追求完美，在时间深处坚守，就如我选股后的坚持，期待时间和坚持能给我丰厚的回报。

何大明没有接电话，只回了一个"在开会"。再接到他的电话就是晚上了，我们彼此在嘈杂声中辨识着对方的声音。他在高铁站，他说邯城的公司出了点儿问题，他要连夜赶过去。

我因为心里有事，也因为心里有气，虽然早早洗漱，却睡不着。这时售楼员又打来电话，提醒我已经有人来排队了，在他跟我通话时，手机里不时传来椅子的拉动声和其他售楼员与客户的寒暄声。我像看到一只股票的启动，立即翻身起床，果断奔向湖畔别墅售楼部。夜晚的快速路上，丰田霸道打开灯光，像短跑选手一样乘着夜风撒欢儿狂奔。我顾不上看两旁的风景，尽管此时我耳边又回响起何大明感叹快速路两侧高楼上流光溢彩美景的啧啧声。那是我第一次带何大明去别墅的路上，那天也是这样一个午夜时分，我们在万象城吃完日料，喝了一杯清酒的他和我掏心掏肺，说喜欢陶渊明的生活。我一激动，就拉上他去看我新买的别墅，停车后他还吻了我。但真正进到别墅里，借着天上的月光和小院里暧昧的地灯，我想再次依偎在他怀里时，他却突然蔫下来。他推开我说，这么近的楼间距，私密性也太差了。我说这就算不错的了，楼间距近一些，就可以多出几栋，这是开发商盈利的定律。说话间，河对面有个女人"Lucky、Lucky"地召唤她的猫，声音脆脆的，但却透着刀刃般的锐利。我对何大明说，都说养动物的人性格温顺，看来我的邻居脾气不太好。何大明特别认真地点点头说，邻居很重要，不如趁着还没入住把这房卖了吧，再说我那里也有房。直觉告诉我何大明不喜欢这别墅。如果是王宏伟，我肯定会打破砂锅问到底，但对于何大明，我还是忍住了。我和何大明还没有到心心相印的地步，就像那天我跟我的助理阿萍说的那样，都这个年纪了，哪里还能奢望真正的爱情。这不，关键时刻还要靠自己。想到这，心就黯淡下来，油门也就放缓了，仿佛那些流光溢彩也倏忽不见了。

有些事不禁念叨，就在这时，小夜曲被电话截断，何大明说自己刚处理完公务，问我睡了没？我抱怨，没那么好命，这会儿正在去抢车位的路上，然后就挂断了电话。小夜曲又开始回旋，我却期待它再次被截断，但一直到停车，我期待的声音没有出现。现实就像这个初冬的夜晚一样，风不刺骨，但显然是凉薄了。

售楼员把我迎进大厅向我表功，再晚来一会儿队伍就会变成长蛇阵，还好，还能排到蛇脖子上。说话间又来了一位男士，售楼员热情地唤他白大哥。这个白大哥表情不太友好，嘴里嘟嘟囔囔的，显然对自己的位置不满意。我看出白大哥想和我搭讪，但我不愿和他搭话，我不喜欢牢骚满腹的人，他们即便不把你带沟里，也会让你莫名其妙地生出怨天尤人的情绪。

我不愿回头，就伸着脖子默数前面有多少人，这时我才看清我前面是一个干净利落的女性，如果不是那个慵懒的丸子头，我一定会把她当成女领导或女企业家。排在前面的她也恰巧回头看蛇尾，一副姣好的面孔却拧巴在一起，把妩媚中透着的伶俐冻成了窗户上的冰凌花。看上去她年龄和我相当，只是眼角的细纹比我多。阿萍总是说，用多好的护肤品也比不上美容觉的功效，想必深更半夜来排队的应该也是不得已。突然间心里涌出惺惺相惜的感觉。在我胡思乱想时，她回头对我说，没想到起个大早还赶了晚集。那声音很熟悉，干脆利落间藏着锋芒，以至于让我怀疑她是不是在和我说话，让我怀疑今晚这队排得值不值，也让我在脑海中搜寻这声音在哪里出现过。

恍若梦中的我没有接她的话。不接她话也不是对她有啥意见，而是因为我又陷入弃之可惜食之无味的境地，我想自己对何大明是这样的感觉，何大明又何尝不是如此呢？我想像姑娘时代一样被人放进心窝里，最起码是捧在手心里，但自己知道那是痴人说梦，就如此刻，为了一个车位，就不得不放弃美容觉来排队。在我习惯构建的那些模型中，那些来排队的有年轻的、有年长的，也有年龄相当的，但除了我和前面的她，都是一水儿的男性。

这时听到她又说了句，你是四号的业主吗？我本来是不愿跟一个陌生人聊天的，但在那个夜晚，除了聊天好像也没有什么别的选择。只有聊天，我才不至于和那些男士一样靠在椅背上打呼噜流口水。我吃惊地问，你咋知道？她说她家虽然和我家不是一条街，但我们两家却是串糖葫芦似的前后排，装修时她看到过我。说到这里，我脑子里突然闪现出几个月前河对岸那脆生生中裹挟着刀片的声音，我不由得再次辨识她的声音，依然清脆，但没有了刀片的锋利，以至于让我不得不怀疑当时的听觉。她问我，你家几辆车呀？我本来想说两辆，但还是尴尬地说，一辆。后面的大哥皱了皱眉，估计是嫌我们聒噪了。他插嘴道，抢生意都抢到这儿来啦！

她白了一眼后面的大哥，说，嫉妒了？刹那间她声音里又透出寒光。我可不想还没搬进来就和邻居搞不团结，我错开话题问后面大哥，您高就？

后排大哥脸上瞬间扬起胜利者的旗帜。他问我知道BBA不？说实话，我当时还真没反应过来。他见我摇了摇头又说，就是BBA汽车销售服务公司，就二环边上那个，离咱们小区近得很。你的车以后可以到我那里保养维修，我保证给邻居们最好的服务，最低的价钱。说完还加了我的微信，让我在备注里标上 BBA 白永刚。

我不好意思地笑了笑说，BBA 就是宝马、奔驰、奥迪吧，可惜我开的是日本车，都不好意思与你们为邻。

这时前面的她扭过头，不仅扭头连身子也转了一百八十度。她说，你不服小日本不行，人家的车出厂后，不开个十年八年绝不把你扔在半道上。然后看了看我说，我也是做汽车维修保养的，如意汽车公司，你下回去保养找我，我免费给你做车内清洁。

我笑了笑说，哦，我有印象，就二环边上那个。白永刚说，对，我家隔壁的程咬金。看着两个人剑拔弩张，我赶忙说，咱们小区的业主岂不是太方便了。我当时就是那样想的，也许是信息量太大，也许是夜深脑乱，反正那一日我又说了一句不该说的话，我说，你俩一个日系、一个欧系，如果联手就可以通吃了。

他俩笑了笑，但笑意里满是尴尬。

前面的她也加了我的微信，我才知道前面的她叫郝如意。我和郝如意是邻居，又都是女性，话题自然就多起来，但我们都小心回避着敏感问题，尽管两个人心里都猜测对方的情况。是单身，是离异，还是其他？不然这种事怎么也轮不到一个女人深更半夜来排队，何况是买得起别墅的女人。我几次试探着把话头往那边引，但郝如意都是装傻充愣地避开，反而是从我嘴里不断地套着各种信息，比如我原来住哪里？对今年经济形势的分析？她说远亲不如近邻，近邻不如对门，我俩就相当于门对门了,打开窗户就可以聊天,还说从我的丰田霸道上就可以看出我的品位。

这时半沉睡状的白永刚突然睁开眼睛,然后重重吐了一口气说,如今新能源汽车上市了,外面就停着我的玄驹,智能、环保,大妹子可以考虑买一辆啊。我问,你也代销玄驹?

白永刚说,那倒没有。新能源汽车前景好,但市场认可还需要一段时间,等成熟起来再说吧。不过我真是觉得大妹子的气质和玄驹般配。我笑了笑,心想这个白永刚看着憨厚,其实也蛮有眼光的。

郝如意在前面哼了一声,然后对我说,玄驹确实不错,但你可别现在买,一旦升级换代完成,价格也就下来了,等那时再换车也不晚。

我已经明白他俩的关系了——同行是冤家。夹在中间的我拿定主意,只点头、摇头,绝对不再说一句话。

二

那天虽然把老七拉进了黑名单,但这件事却扎在我心里了。我一遍遍告诉自己,千万别拿别人的错误惩罚自己,但心里就是放不过自己。老七的影子、老七的气息时不时就在眼前晃,晃得我心烦意乱的。我觉得老七就是我的克星,收到那条短信后的两个月,我工作不顺利,生活也不顺利,可以说万事不如意。装修好的别墅和新买的车位也受牵连被打入冷宫。其间白永刚和郝如意都给我发过微信,热情邀请我去保养车辆。郝如意还给我免费办了一张会员卡,卡内附赠了五百元现金。后来我才知道,那天买车位的业主人手一张这样的卡。

我说过,我喜欢搭建模型,各种信息分门别类输入模型,用理性对冲感性。但模型却在我和何大明的关系上出现了严重偏差,数据指向他是与我一起过好后半生的最佳人选,但我内心却激动不起来,那个晚上何大明的冷落让我心凉。我等着他的解释,等着他求我原谅,等着他说从今以后他就是我的依靠。可他没有,不仅没有,他反而矜持起来,偶尔一个电话,也只是例行公事的问候。

我是个高傲的人,不然我也不会与王宏伟离婚。我和王宏伟是大学同学,恋爱三年、婚姻维持七年,而且我还为他生了一个虎头虎脑聪明伶俐的小王子。我们那个家是个让人羡慕的家庭。那时王宏伟在省政府政策研究室,不算热门,但位置却重要,他写的有关行业经济、地方经济发展的报告常常被写入省发展规划。我在省财政厅,工作上压力不大,还挺受人尊敬,下面的人来了也"领导、领导"地叫着我们,让我心里很受用,不像现在我的神经天天绷得紧紧地,不仅要跟着股市上下折腾,还要给客户赔笑脸。那时小王子在省直第一幼儿园,接下来还会进最热门的中山路小学,也就是说我不用为择校发愁。亲戚朋友都羡慕我,我也觉得自己是个幸福的女人。

在毕业五周年的聚会上,我俩都是被羡慕被祝福的对象。只有老七打横炮,说些不着调的话。比如她突然向王宏伟发难,我入学时是你先接的我,也是你跑到窗户下喊我的名字,惹得那些男生女生误会,我至今落单你有责任的。大家一听就"哎哟、哎哟"地齐声叫,还有这一出,快说说,快说说,我们的白马王子怎么惹我们的七仙女了?王宏伟一脸无辜地冲老七"啊"了一声。老七说,你装什么糊涂?那天去蓝屋也是你带着我去的,可是你却给石媛媛续杯,你老实交代,是不是石媛媛说了我的坏话?我说,在蓝屋之前我和王宏伟没有说过话,你找不上对象是因为你眼光高,像王宏伟这么老实的也只有我收留了。老七说,就你伶牙俐齿,三说两说就把王宏伟忽悠了,不然……大家起哄,看不出来呀,王宏伟也会唱这一出?

　　本来就是玩笑,大家哈哈一乐就过去了,可王宏伟非要急赤白脸地解释。他对老七说,我接你是偶然,我还接过李晓、程红、王芳华呢,我去窗户下喊你,是忘了告诉你在哪儿买饭票。从来不肯认输的老七怎么会认头呢,她继续问,为啥你单单带我去蓝屋?说这句话时,其实已经不是平常的问答,而是一脸严肃的质询了。我当时有一丝不舒服,但也没多想,反而跟大家一起说,党的政策你是知道的,坦白了吧。王宏伟拍着脑袋想了想,然后才说,好像是在操场偶遇,记不清是你问我还是我问你晚上有啥活动,然后就一同去了。大家又是一阵大笑,说王宏伟记得这么清楚,一定是欲盖弥彰吧,快说说当年抛弃老七选择老六的心路历程。王宏伟的窘态让我是又生气又心疼,我不能让王宏伟丢我的脸,于是我一把将王宏伟推到后面，对大家说，不带这么捉弄我们的，谁不知道鬼精灵老七眼光高，心里惦记的是留学生楼的"洋鬼子"。大家依然是一通大笑。李晓说，这倒是真的，咱们宿舍就老七整天一股洋人香水味儿。

没想到老七却突然翻脸，她说，我就知道你们在背后编派我。说完，眼泪就噼里啪啦砸向大家。李晓说，都是玩笑，你这样我们以后还怎么开玩笑，还怎么聚。后来虽然没有再争执，但气氛却像冻住了一样，酒没有了味道，话也少了起来。回家的路上我审问王宏伟，问他是不是对老七动过心、动过情？王宏伟说，酒桌上我说的就是实话。你也知道，我对气味敏感，就冲那一点，我也不会喜欢她呀。他说的那一点把我逗乐了，我说这倒也是真的。后来想到那次聚会我就后悔，后悔自己没有足够的防范意识，忘记了还有饥不择食一说。

后来，我也不知抽了哪根筋，但细想想应该是毕业五周年聚会上老七提到蓝屋，是蓝屋又把我拽到了别处。

我是从县城考出来的，上大学前并没有喝过咖啡，我不清楚后来若干年迷恋咖啡，是不是想把之前的缺憾都弥补回来。第一次遇见王宏伟是在我们校园的蓝梦咖啡屋。蓝梦咖啡屋每周六都举办什么读书会、股市沙龙等活动。那天的股市沙龙上，我对主持人的悲观情绪提出了相反的意见。我说股市之所以一路下跌，是因为中国的投资者还不成熟，大家跟风炒作，重题材、轻价值，一个重组就能让亏损的公司连续几个涨停，反而是那些成长性好、有价值的企业被错杀。只有回归价值投资，股市才能健康发展。那时我作为一个新生，确实有初生牛犊不怕虎的劲头。我之所以讲这番话，一是我确实是那么想的，二是当时主持人讲完后，出现了冷场。沙龙有个规矩，发言者可以得到免费咖啡一杯，我讲完后也不看主持人脸色，悠然取了平生第一杯咖啡。后来王宏伟又为我续了一杯。王宏伟是我们经济系的白马王子，学习好、长得好、家世也好。他的那杯咖啡没让我清醒反而让我沉醉，再后来校园里就多了一对情侣。从某种意义上说，蓝屋的那杯咖啡就是我们的媒人，但没想到七年后，还是咖啡导致了我们婚姻的破裂。世间的事情就是这样轮回，不然也不会那么多人喊着"成也萧何败也萧何"了。

那天，我在王宏伟拎回家的咖啡盒里翻出了两万元钱。我和王宏伟绞尽脑汁也想不起来这盒咖啡是谁送的。王宏伟说前几天参加一个行业经济研讨会，有几个企业家都带着咖啡到他房间坐了坐，他总不能每个人都问一问吧。我一边批评他马大哈，一边说千里之堤溃于蚁穴，这次是两万，将来没准就是十万、百万、千万。这么一想，我就后怕，仿佛那两万已经裂变出千万。我便萌生了辞职跳槽到证券公司的想法，其实从前几天同事搬离政府宿舍住进窗前有水系的商品房时，我就开始心动了。

在我辞职的问题上还是费了一些周折的。首先是王宏伟不同意，尽管当时没有干部家属不许经商这说法，但他认为他有能力让我和小王子过上幸福生活，他不同意我再去冒险，尽管我在大学期间获过模拟炒股大赛的冠军。其次是公婆不同意，公婆都是政府机关的老领导，循规蹈矩一辈子，瞪着眼睛问我没受啥刺激吧，不然怎么大白天说胡话，自己砸金饭碗呢？他们还联合我的父母来轮番劝我。本来辞职的事只是商量、只是念头，被他们这么一说，我就反复论证，越论证就越觉得该辞。我说大学毕业时就不该进机关，当时好几家证券公司找我，如果那时进了证券公司，我们早就财务自由了。母亲放出狠话说，你放着好日子不过，非要作，是想作死呢？总之我是冒天下之大不韪离开的财政厅，我们厅长也惋惜地说，下半年就要机构改革了，可惜，可惜了。

如今想想确实是可惜了。但可惜的不是职务，而是家庭。我只能说是自己犯了方向性的错误。可惜的是当时我并不这样认为。我从财政厅出来到证券公司任职，用老七的话说，一个抓权、一个挣钱，天下的好事我们都占了。如今想来真的不可能事事如意，如果时光倒流，我绝不会从财政厅转到证券公司，但世上没有如果。

我和王宏伟都是学投资的，我们也曾坚信我们的恋爱婚姻就是投资学中的"时间的玫瑰"。只要选择一条踏实而长久的路，严格执行自己的策略，不贪不惧，就能享受到复利带来的收益，收获时间带来的玫瑰芬芳。我不知道是我们运气差，还是生活注定要跟"时间的玫瑰"开个玩笑，一次蚜虫的肆虐，一场冰雪的摧残，就折断了它的枝干。

我到金城证券的一年后，王宏伟到距离金城百公里的邢州挂职副市长。公婆让我再次辞职，带着王子一同去邢州。我和王宏伟都觉得没有那个必要，再说王子马上就要上小学了，邢州的教育怎么能和金城比，更不用说中山路小学差不多就是全省最好的学校了。我母亲也再次过来劝我，说女人再怎么折腾也折腾不出花儿来，相夫教子才是最重要的。母亲还提醒我，我们这个岁数还是多在一起好，不然生出什么事端后悔都来不及。我说我还是坚信我和王宏伟的感情的，再说有组织管着他，一周七天，不是还有两天能在一起吗？如今我收入高了，也就不会心疼扔在路上的那点儿钱了。母亲说那你可不许偷懒，每周一闭市，你就赶紧往邢州赶。

但那一周股市大跌，我没有心情去邢州和王宏伟团聚，也爽了邢州同学的约。那天在酒桌上，先是老七问我为什么不来，我说这不正好给你个机会嘛；再是李晓埋怨我不够意思，她说同学们给你们祝贺，你却爽约；再后来，我分别向每个人解释一遍，也轮流道了一圈儿的歉。同学们都说你不来，就让王宏伟替。我说对，就让他全权代表。本来是闹着玩的话，谁知王宏伟动了真格。散场时，老七又打电话说，你家王宏伟太认真了，实打实替你喝，都喝吐了，怎么办？我说，能怎么办，你帮我送回去呗，我还说记着给他倒杯蜂蜜水。后来，我给王宏伟打电话，王宏伟不接，过了一会儿再打，还是不接。我只好给老七打，谁知老七也不接。那时我满脑子都是雷，我想会不会摔倒了，还是遇到了什么意外，还是……越想越害怕，越想越放心不下，索性爬起来开着夜车往邢州奔。但当我打开门后,看到的却是他和老七搂在一起的丑态,闻到的是满屋子狐臭。

老七有狐臭,香水就格外浓,大学时我和老七是上下铺,也就是说我是最直接的受害者,但我也知道这不是老七的错,先天的东西是无法选择的。我能看出老七对狐臭敏感,我也看到老七在尽力掩饰,比如她可以不买肉菜,不穿时髦的衣服,但一定要买法国香水,我甚至觉得她之所以去留学生公寓为留学生辅导中文,也是一种掩饰,以至于李晓她们都说老七沾染了那些洋臭。但我知道那不是沾染,而是她与生俱来就有的一种疾病。我把这秘密保守了四年,只和王宏伟一人说起过。王宏伟去邢州挂职时,我还开了句玩笑。当时他说你和王子过来吧,这样我才安心呢。我说为了给领导留个好印象,留个你踏实在邢州干工作的印象,就要牺牲我和王子?王宏伟脸一红说,也不是。我说那是啥?怕老七她们把你抢了去?说完我嘿嘿一乐又说,你若喜欢闻那臭胳肢窝味,你就尽管闻。没想到一语成谶,王宏伟还真把那股臭味带回来了。

如今我已经财务自由了,但财务自由并不能弥补生活的缺憾。所以当王子告诉我,奶奶天天都在给他找新妈妈时,我才觉得自己这样太亏了,于是我也开始见男朋友。何大明是省保险公司的财务总监,前妻带着儿子出国后就不肯再回来了。后来我才知道何大明是我助理阿萍的前姨父,阿萍说她不愿肥水流外人田,让我好好珍惜。母亲也劝我,人无完人,差不多就行了,过日子理性比感性更重要。

和何大明谈对象，更多的是我想让大家看看，我依然还有寻找幸福生活的能力。李晓见过何大明后就说，行呀老同学，怪不得你牛，都这岁数了，还能PK掉小姑娘，好好珍惜吧。李晓的话本来是夸赞，但却让我心里五味杂陈，我想起多年前她总说我亏，总是劝我睁一只眼闭一只眼算了，她说你没看出来呀，老七就是看着你过得舒服，你若离婚，岂不是中了老七的计。当时我也是年轻气盛，想着手里有王子，想着让王宏伟一遍遍道歉，然后再一次次追我，让我在老七面前、在同学们面前再骄傲一次。可王宏伟没有。婆婆在事后认真地跟我谈了一次，婆婆说，这种事人家都是捂着、藏着、掖着，你可好，闹得惊天动地。如果你还顾及王子、顾及王宏伟的声誉和前途，你就闭嘴。大事化小小事化了，当然回家怎么罚他怎么骂他都行。你自己的丈夫，他是什么样的人你心里应该有数，别说没有，就是有也是酒后一时糊涂，也是因为你不在身边。婆婆那语气、那样子分明就是我做错了什么。她给了我两个选择，要么调到邢州去好好过日子，要么离婚。前提是不管怎么选都要先闭上嘴巴，不要再嚷嚷这件事。我后来确实没再提这事，但事情就像风一样早就在金城和邢州刮过。邢州市委给了处分，王宏伟从副市长降为市长助理。被处分后的那个周日，我们一起回婆婆家，婆婆问我，你满意了？我说没有满意。王宏伟问，那你还想怎么样？我说离婚。他说，好。

三

老七的那条短信就像种在我心里一样，我放不过去，也放不过自己。我满脑子想着和老七见面后的情景，我一会儿想着带何大明在她面前再炫耀一回，一会儿想着让她看我即将进入掌管百亿基金序列的高光时刻。老七的短信让我忘了一个优秀基金管理人首先要管理情绪，敬畏市场，在任何情况下都不能掺杂一丝一毫的个人感情。因为有了其他因素的介入，数据模型就会指向另一个方向。

当年老七让我遭遇了婚姻的滑铁卢，如今老七人未到，一条短信就让我遭遇了投资的滑铁卢。购买车位后的第二天，我看着阿萍和投研团队提交的股票池报告，在求胜的诱惑下把港股和美股调到了核心池。

其实我是不该调的。先给你们介绍一下我的投资策略吧，我之前讲过，我喜欢时间换空间，相信时间的玫瑰。但也有一套严格的筛选体系，所以我总跟何大明说，散户不要炒股，你把钱交给专业的人，专业的人办专业的事，不然所有的投入都是交学费。因为专业投资是团队，是一个体系。比如我们金城基金，我管理近百亿资金，有近二十人的投研团队，我们通过量化指标筛选股票、债券、货币基金放到观察池，再根据观察和深度评估挑出有潜力的，然后再长期跟踪、优中选优，选出核心池产品，最后再结合资金面、政策面才能适时跟进。

我后来一直想如果没有那条短信，我绝对不会脑袋发热，但事实是，在深夜我收到了老七的短信。之前阿萍和投研团队都看好美股和港股，说那是价值投资，是股票洼地。也不是我对洼地和价值不感兴趣，是因为左侧洼地有时就是一个填不饱的坑，我的客户和投资人不会给我三到五年时间，他们更看重买入就涨。所以多年来我一直坚持右侧交易，就是等政策明朗再追加投资。那天我买完车位回到办公室，脑子就有点儿晕，进入投研工作群，一屏又一屏各家机构对美股港股的看多，让我的坚持开始松动。大盘指数一路狂飙，资金成交量价齐升。但我还是很理智地说，留下三分之一的仓位继续回购国债吧。阿萍站着不动，她说上周我们投进核心池的股票发挥作用了，一周就涨了六个点，这两天每天都有一两个点，照这样下去，年关即便回调，也有安全垫了，但若一路上扬，年底我们就能闯入前百了。

她说的前百是基金排名，去年我们差两名，其实去年我们进前五十都有可能，但因为我的保守，半仓操作，回撤少，盈利也就打了折扣。她的意思和她的心情我当然明白，今年进了前百，助理就升任项目经理，她就可以管理一只基金了。但我还是不愿冒险，毕竟这是真金白银，不能冒进。我坚持说不能进了，即便短期没有利空，也要考虑获利筹码。阿萍说好吧，但在走出房间前她又停下了，她说，我小姨昨天从美国回来了。我没等她说完，就抢了她的话，正好我就把你小姨父还回去。

阿萍说，这不是你的风格，看来你俩是真对上眼了。我小姨是和她的外国老公一起回来的，这次回来就是处置房产，她要用变现的资金配置美股、港股。

我想何大明这个骗子，昨晚肯定是见他的前妻去了，编什么邢州公司出了点儿事。想到这里，我有些赌气地对阿萍说，那你可以考虑去给你小姨当个理财顾问。

阿萍说，我可闻到了酸味。你放心，何大明不走，我也不会走，我们都是你的铁杆粉丝。你不知道，当年何大明对我小姨多好呢，分手后人家也没说她坏话，对我依然还是当个外甥女看待，可她呢，天天说人家坏话，说人家肚子里都是弯弯绕。我姥姥骂她，美国佬不绕，就是把她的钱都骗去投资了。我跟你说就是让你心里有数，毕竟我小姨也是做投资的，人家对市场的分析咱们可以借鉴。

阿萍走后，我开始研究。不熟的不做，这是我给自己定下的规矩，我对美国和香港市场看不准，不应该去凑那个热闹，但下午闭市后，我看到排名前十尤其是我们对标的公司也投了港股美股后，就不淡定了。于是我就把阿萍和投研团队召集来开会，最后大家达成一致，把美股港股从备选池调进核心池，也就意味着明后天操盘手可以择机建仓了。

那天晚上下班回家，何大明依然没有联系我。本来这种情况过去也有，但那天晚上我却失眠了，我像个小姑娘一样猜度着他这样做的原因。我昨天就一夜没睡，今天再这样熬下去会出问题，出了问题我跟前连个端茶倒水的人都没有，于是就吃了两粒酸枣仁胶囊,逼迫自己入睡。就在这时,郝如意微信语音我,她说,有一个业务扩张的机会,她想布局新能源汽车板块,但自己吃不准,想咨询一下我这个投资专家的意见。我一听到板块,就笑了,但我没笑出声。我顿了顿说,从市场分析看,新能源是未来发展方向,但也存在一个问题,"时间的玫瑰"既要选好品牌,又要用时间换空间。她说我也是这样想的,你这样一说我心里就踏实了。末了她还力邀我去她店里给车做个保养。

放下电话后,我就想郝如意这个女人还真是不简单,不管嘴巴像不像刀子,看市场却锋利。昨天白永刚劝我买玄驹电动汽车是假,跟郝如意抢生意是真,只是没想到却提醒了郝如意,让郝如意萌生了增加新能源汽车的想法。这样一想我就又想起白永刚,想着他们这个赠送、那个打折的,为了我这样一个小客户都争,遇见大客户还不打得头破血流。就这样又胡思乱想了半宿,快要入睡时,王子的老师又从国际学校打来电话,通知我王子突发高烧,已经送到中心医院了。我翻身下床,再次驾车狂奔在夜深人静的城市街道上。

在距离中心医院只差一个红绿灯的十字路口,闯红灯的宝马撞在我丰田霸道的右侧车门上,我的车门像瘪了脸的老妪,宝马的头上也开了花。我没好气地想说两句,可宝马司机却没下来。我气鼓鼓地上前敲门、敲玻璃,车上的人趴在方向盘上一动不动。我以为司机受了伤,就连忙打了急救电话。其间各种不好的念头一个个闪来,我又气又怕又急地砰砰拍打着车门，里面依然没有一点儿动静，直到一辆奔驰停在我身边。

我做梦也想不到，从奔驰上下来的竟然是白永刚。白永刚显然也看清是我，他一个箭步蹿过来说，石妹子，这是大水冲了龙王庙呀。一边说，一边敲开车门，把司机从车座上揪下来，然后再麻利地把司机推进奔驰。白永刚说，孩子小，一会儿警察来了就说是我的责任，我负全责。他这样一说，我才想起自己还没有报保险，也没有报警。一听我没报警，他高兴地拍着手说，自家人就不那么麻烦了，咱家干啥的，开修理厂的。

我顾不上和白永刚攀扯，啪啪拍了几张照片，自己有个底，也提防他耍滑，然后按他说的把一切交给他处理。我赶到医院时，王子已经在输液了。老师说是肺炎，没有耽误，而且王子的病情也没有那么严重。但我还是把工作交代给阿萍，请了假，专心陪王子。短短半个月，等王子康复回到学校时，不仅"茅指数"大跌，而且美国和香港股市也成交量萎缩。我们辛苦大半年的盈利眼睁睁就蒸发掉了。这种情况让穿越过牛熊市场的我感到了山雨欲来的危机，我想割肉出局，等到底部再杀入，可团队是一片反对的声音。确实没有一个大咖能摸准市场的脉搏，除了坚持好像也没有什么别的选择，大家的意见是，既然看好这个板块，就要坚信时间里终能开出玫瑰来。但坚持又何尝不是一种煎熬。

处在煎熬中的我嘴上开始冒水疱。从小到大，我一着急，火就上右嘴角，轻则几个小白疱，一周就消弭了，重时则一夜间裂变，从右嘴角开始，小变大，少变多，挑破一个长俩。我带着水疱迎来了新年，旧的一年就这样过去了，排行榜没有出来，这一年的收成让最后几天给扯了后腿，我们都知道出来了也不会如意，也不会榜上题名。阿萍和投研部的人都躲着我，他们不愿听我的唠叨，因为每天的例会我都会拿这次投资说事，眼快嘴快的阿萍也总是混在人群中匆匆离开，仿佛多待一分钟股市就要跳水。

我叫住了阿萍，想问问她小姨走了没有，我想把她引到之前的路上，让她主动和我说一说她小姨和何大明。但阿萍就是不提私事，只是重复"趋众心理"害了她，明明知道"二八定律"，却不知不觉被大众的声音迷惑。我看着她在那里教科书般检讨，心想市场太强大了，大到可以改变一个人的习惯，可以改变一个人的命运。那么聪明的阿萍在市场面前乱了方寸，她没有联想到我想听的，就连我自己也在市场中乱了阵脚，以至于我突然放弃了自己的原则，没有任何征兆地直接问了一句，你小姨走了吗？

看着缓过劲儿来的阿萍，我后悔极了，但话已出口，覆水难收。我只能任由自己的形象在她面前坍塌。阿萍像之前一样嘴角一弯说，早走了。我"哦"了一声，心想人都走了，何大明怎么还不阴不阳的。正思忖间，阿萍又说，等春节后，行情如果好转，我就想办法让小姨他们买些咱们的私募。我又"哦"了一声，我知道阿萍在宽慰我，在竭尽所能地弥补过失。

市场能等，可我和何大明不能这样等下去，处在市场煎熬中的我尤其想要他的态度。但怎么要是艺术，我不能像早晨冒冒失失问阿萍一样问何大明。一直到中午我也没有想到好办法，就在我的思绪在脑回路间绕来绕去时，郝如意来了个电话。她说，晚上请我到她家吃饭。一是她今天搬家了，二是她一再夸我对市场看得准，想让我为她的新规划提提建议。她的恭维很受用，我也想和邻居搞好关系，于是就半推半就说了一句，在家不太方便吧。她说暖房当然要在家了，你正好过来认认家门，没准儿你看看夜景就着急搬过来了。其实那会儿在心里我是答应了她的，但在回复时我还是给自己留了点儿余地，就像犹豫不决只进行半仓操作一样。我说如果没有特殊情况，我就过去。

但事情往往总是这样，你若心里有事，事情就像商量好一样比着抢着来你这儿争宠。当我订了鲜花去赴郝如意之约时，何大明给我打电话，让我晚上陪他走个场。那语气就像领导给手下安排工作，透着召之即来的从容。他那良好的自我感觉让我不爽，我决定打击他一下，就和盘托出了郝如意之约。他果然像被热水烫着一般开始吸溜嘴，而且是一边吸溜一边急吼吼地说，不妥、不妥、不妥。那语气仿佛我到了悬崖边上，我感到了他用力往回拽我的喘息。我很享受他着急的样子，在那一刻，我感觉到一丝温情，感觉到心中块垒咔嚓咔嚓地开始松动。等他说完今天安排的这个场就是想给我一个惊喜后，我毫不犹豫地放了郝如意的鸽子。

何大明给我的惊喜确实不小，我和他走进世纪大饭店时，幻想着他安排的求婚仪式，房间挂满彩色气球，圆桌上是九十九朵玫瑰，音乐响起，他单膝着地，给我的无名指戴上鸽子蛋。这是我和他之前说过的少女梦，虽然是二婚，但我心里还住着一个少女。我几乎就看到那个场面了，但当我身临其境跨过门槛时，白永刚仿佛突然间飞来的一只黑天鹅，让我从云端跌落到现实。

白永刚一定是看到了我脸色的变化，他说这个世界真是小，今天我刚要通知你取车，何总就带着保险员来巡视，一眼就认出了你的车。我看了一眼何大明，心想你不是向来标榜公私分明吗？还没等何大明说话，白永刚又说，何总不关心车怎么样了，先问人伤着没，那神情仿佛谁动了他的心头肉。何大明一副大哥的做派摆摆手说，别肉麻了。然后对我说，你呀，以后有事情，第一时间跟我说。

那顿饭本来很夹生，但白永刚是调节气氛的高手。白永刚说我和何大哥是多年的兄弟，远亲不如近邻，你有什么事就招呼老弟一声。我笑了笑，心想这一下就大哥变小弟了。白永刚还说，我前几天已经搬进新房了，你把钥匙给我，我让你弟妹每天去开窗通风，你也好早点儿搬过来。我看看何大明，何大明说通风可以，搬就没必要了。我们上班都卡点，还是住市区方便些。白永刚说你们搬过来试一试就知道了，虽然距离远，但一出门就是快速路，比之前时间还短呢。我看看何大明，他自顾自地喝着蘑菇汤，仿佛白永刚的话就是一阵风，让他自己刮去吧。

我早就想搬家了。之前我一直顾忌何大明的感受，此时是他的好兄弟递来了梯子，我就有理由顺着爬，我说那我也选个日子，不然白交物业费了。白永刚像捡着宝似的连忙说，太好了，太好了，仿佛说迟了宝贝就会掉到地上。

那一晚，何大明送我到家后，就赖着不走。我说今天太阳从哪边出来？还是你的太阳已经走了？他说我就知道阿萍嘴碎。人家不远万里回来一趟，我总要尽尽地主之谊吧，就见了一面，饭都没吃。说完叹了一声，我以为他遇见什么难事了，没想到他是卖乖子，他说我们老总明年就到站了，在这个节骨眼儿上我就想多担当一些。我想说这是好事呀，你该高兴才是呢，别说男人，就是女人在机会面前也会凡心荡漾。可看到他愁眉苦脸的样子，我隐约生出一丝异样的感觉。我想起了当年同样的情景，不同的是王宏伟在我面前掩不住的高兴。我还劝他有点儿城府，别都流露在脸上。

我知道何大明有城府，就像阿萍说的，哪个成功的男人没有城府呢？其实那时我是该为他高兴，也该为自己高兴的，因为他再提一级，就超越王宏伟了。我又想到我们的关系，他在关键时刻和我保持距离，是真的忙还是考验？这让我想到了震荡洗盘，我觉得我和何大明就像股票拉升阶段的筹码，我不知道震荡过后，我们彼此会不会被当作浮码洗掉。

四

其实，我还是在意何大明的，我甚至想为了他就不搬了，不只是因为母亲唠叨，而且是我想让老七看看，七年后的我依然是让她羡慕嫉妒的对象。但当我征询意见时，何大明并没有反对，他说搬就搬吧，总闲着也不是个事，只是我最近忙，不能帮你了。还说，让白永刚帮帮我。我说了声好，然后又给郝如意发了微信，我想她即使不一定激动万分，也会热情地说一句欢迎。可事实上她就回了个"好"。我心里不舒服，但想到跟她也没有太多交情，也就没往心里去。

搬家那天，我按照白永刚说的，八点前在自家小院里放了两挂鞭炮，红彤彤的两挂鞭还没全部从竹竿落到地面，物业巡逻车就风驰电掣般赶到了，二话不说，拿着灭火器就一顿猛喷，白花花的泡沫给喜庆打了折扣。

白永刚立马撸起胳膊叫停物业人员。物业人员为难地往对面看看，我隐约看到对面窗户上映出一张似曾相识的面孔。

物业人员理直气壮地说，市里有通知，春节期间不允许放烟花爆竹。白永刚说这可是三环外呀，我搬家时就这样放过，昨天邻居搬家放了整整六挂呢。你们看人下菜碟？

物业人员倒也干脆，直接说是有人举报。

嘿，你跟我说是谁？谁这么各色？我拉住白永刚劝道，好了好了，管她谁呢，炮还真放对了，把那些妖魔鬼怪都赶走了。咱们大喜的日子不能让别有用心的人坏了咱们的喜庆。我一边大声说一边往对面瞟。按我们这儿的习俗,搬家当天要发一盆面,包子、馒头、烙饼都行,晚上大家暖房时吃,当然还要有别的配菜。我搬家前是通知了郝如意的,我想既然是邻居,而且自己上次又爽了人家的约,不如趁搬家一并补上。因为这一出,我也就没再叫她。

在家聚餐是有些难为我,菜还好说,从业主餐厅叫,可包子烙大饼我都不在行。白永刚说这不叫事,他媳妇一个人就能搞定。到了下午他又从公司叫来几个人帮忙,还自作主张买了蔬菜、水果、肉食和海鲜。看着他越俎代庖地在那里指挥这个安排那个,我突然觉得这个家好像不是我的。本以为他是个大大咧咧的人,没想到他心还挺细,居然忙中偷闲解释道,我大哥忙,你可别怪我大哥哈。

股票的涨跌都是有原因的,白永刚这样帮我显然是看在何大明的面子上。可何大明向来公私分明,为何非要把白永刚介绍过来,是想到我一个人住这么大的房子,找个兄弟帮衬,还是……就在这时,白永刚的媳妇喊我去看看如何摆盘,白永刚说我这个媳妇就是笨,说好菜品她负责。我说嫂子才不笨呢,要长相有长相,要身材有身材,还做一手好家务,你就偷着乐吧。

白永刚说,乐,是乐极生悲吧,不给我找麻烦我就阿弥陀佛了。又说,还记得那个开修理厂的吗?说着瞟了一眼河对岸,撇着嘴叹了口气,前几天,那女人在业主群里给自己打广告,恨不得把邻居的车都弄到她家维修保养。本来她修日系,我修欧系,井水不犯河水,可她却总找事。看着我一脸疑惑,他继续解释,我也就给咱们BBA车行来了个软广告,我说"术业有专攻",我们车行只修高端车。有个开奔驰的业主就在群里和我聊,然后我就跟人家谈妥了,当然其他业主也有咨询的。邻居嘛,同等情况下,肯定是选邻居更放心,何况咱们小区好多业主早就是我们的客户。可我那傻媳妇在遛弯儿时竟然和那个女人搭讪,居然对人家说,其实我家啥车都修,前几天还给你修了霸道呢。那个女人就私下里造我的谣,说我们是挂羊头卖狗肉,挂个牌子为了多收钱。若不是奔驰车主跟我说,我还蒙在鼓里呢。

  他一口一个"那个女人",让我听着不舒服,可反过头来想,郝如意今天这一出也着实让我不舒服,但我不想和她针尖儿对麦芒儿。邻居嘛,对脾气、合得来就多来往,不喜欢就擦肩而过。白永刚确实是个聪明人,看着我不接话茬儿,就又起了个话题。他说,你们做投资的对市场分析透彻,都说未来是新能源的天下,可是我心里还是没底。说到市场,我就来了精神,不看在他和何大明的情分,就是看在他帮我忙前忙后的分儿上,我也想给他出点儿主意。我说,新能源汽车是个方向,节能减排是大势所趋,未来潜力巨大。你可以在稳定现有市场的基础上再添加一个新能源板块,比如早些和厂家联系做个代理。

  白永刚说,前几天何大哥也说过这个事,但我问了几个代理商，目前要销量没销量，要技术没技术，产品更新换代快，引进远水还需要考虑。他又问我，从投资的角度看，新能源电动汽车玄驹和希冀哪一个市场前景更好？

我知道他在筛选代理产品，但投资和市场是两码事，投资看的是未来收益，代理产品还是要看市场空间，我说新能源肯定是发展方向，具体到品牌，还是你们行业中人看得准。

何大明回来时，菜已经做好，我正在白永刚媳妇的指导下烙饼。白永刚媳妇说别的都可以，就是这个不能替，她又解释说只有我自己做才能"发"。等我们坐到餐桌前时，两个人明显在议论对面的郝如意。何大明说，前几天还假模假式请吃饭，今天就下狠手，这样也好，省得石媛媛被她蛊惑。我说，谁，除了你谁还蛊惑得了我。大家哈哈一笑，但我知道他们说的是郝如意。

晚上何大明刚要和我温存，也就是在我俩兴致盎然时，一声婴儿般的叫声传来，何大明瞬间就蔫了。他懊恼地打了一下自己，抱歉地说这破身体，一喝酒就出问题。我拍拍后背安抚他说，是你最近压力太大了，其实我知道他是对环境过敏，每次来别墅，他都像丢了魂一样。

喵，喵，喵，外面的声音愈发瘆人，我循声拉开窗帘，两束蓝光像鬼火一样射来，我不由得打了个激灵，若不是何大明搂住我，说不定我就摔倒了呢。何大明拉上窗帘说，是野猫。那个美好的夜晚就这样被野猫搅和了。

后来我才知道，那不是野猫，而是郝如意家养的猫。但我不知道家猫为什么那个时刻出来捣乱。我愤愤地跟白永刚说起这事时，白永刚也没了主意。他说，姐，咱们小区没有不让养小动物的规定，不过家猫一般不出家门呀，估计是看着你家搬家偷跑出来的吧。确实如白永刚所说，第二天、第三天那猫都没有再出来捣乱。再后来我发现一个规律，只要何大明过来，猫就偷偷从家溜出来，仿佛那猫就是寻着何大明的气味来的。

春天来了，园区里的迎春、玉兰、山杏、桃花一茬茬开放，惹得人春心荡漾，让我忍不住想起当年和王宏伟在花树下的美好时光，那些美好昙花一现后，便是更多的惆怅。我想有机会和郝如意缓和一下关系，和她的猫咪也搞好关系，为何大明铺铺路，毕竟猫咪的寿命有十几年呢，我们总不能因为一只猫影响了幸福生活吧。真是想什么就来什么，这天晚上下班后，我刚停下车，就看到郝如意的车也进来了。我想起早晨阿萍给我车里放了一盒咖啡，就想找出来送给郝如意。等我伸着胳膊从后座上拿起咖啡时，就看见一个瘦弱的男子跛着脚过来，此时郝如意已经打开后备厢，整理着里面的东西。她看见跛脚男子后埋怨说，让你等着，你就是不听话。跛脚男子搓搓手，嘿嘿一乐，也不说话，探过身拎了一袋青菜、一袋水果，还要再拎鸡蛋时被郝如意制止了。跛脚男子看着郝如意关上车门，就转身往回走。郝如意快步追了上去，又是抢水果，又是抢蔬菜地秀恩爱。

我像被定住了一般没有下车，直到他们进了电梯。眼前的场景既熟悉又陌生，让我眼里雾气蒙蒙，如果不是男子跛脚，我差不多就认定那就是多年前的我和王宏伟了。

五

再后来,我都有意避开这样的场景。虽然打交道不多,但我知道我和郝如意的性格一样,骨子里都有一股霸道劲儿,只是她的霸道透着娇嗔,也恣意着小女人的幸福。我常常想,这是个什么结构的家庭呢?是因为她老公宠着她,还是因为她老公太软,需要她顶着这个家?她怎么会嫁给一个跛脚男人?我一次次在脑海里想着这家人,我甚至后悔当初爽了约,不然也许我们会成为朋友。

这天白永刚敲门,请我去他们家吃饺子。正犹豫间,何大明来电话说晚上加班就不回来了。我不知道何大明加班是真是假,但知道何大明不愿来别墅这边。于是我带着瞬间蹿出来的孤独感去了白永刚的家。

我曾经问过何大明,怎么和土财主成了哥们儿?何大明说是多年的工作关系,如今因为我才跟白永刚走得近了些。白永刚家的装修风格土得不能再土了,他自豪地说,深红的门窗能辟邪,金色圆顶是官帽,然后又指了指墙上的木雕四扇屏,问我看出了啥?我扑哧一笑说,梅兰竹菊四君子。他说果然厉害!然后又问还看出了啥?

我瞅了瞅,也没有什么特别,就是木料好了些,乍一看是紫檀,但谁家会把紫檀镶在墙上?但我明白他炫耀的目的,就说是红木呗，白老板够"沉"的。"沉"是我们金城的方言，是富的意思，但比富更多了一层瓷实。白永刚很受用地哈哈大笑，笑完依然故弄玄虚让我再看。这时白永刚的媳妇出来和我打招呼，她说，何大哥那天来时一眼就看出来了，"虚心竹有低头叶，傲骨梅无仰面花"。

白永刚骂她，就你话多。他们后来说什么我没记住，但我心里突然有些难过，何大明什么时候来的？我怎么不知道？如果何大明去别的地方不告诉我，我没意见，可来湖畔别墅、来白永刚家应该跟我说一声呀。那顿饭我吃得寡淡无味，春天新鲜荠菜的味道一点儿都没吃出来。我几次想问问何大明几时来的，但看着他媳妇一副受气的样子，就不想再给他们找麻烦。

从白永刚家出来时，白永刚的媳妇要送我，她说也不是专程送，就是习惯每天晚上散散步。白永刚龇着牙喊，这大雾霾天，你就找死吧。我说白总你可不能大男子主义，有话和弟妹好好说。白永刚这才挤出一丝笑容说，愿意怎么疯就怎么疯吧。

不知是心理作怪还是被白永刚影响的，我这才意识到霾依然罩在头顶，仿佛多吸一口都要损伤多少细胞。但我还是忍不住问白永刚媳妇，你和何大明熟悉？她说，多年的朋友了，这个房子还是他帮我们选的呢。对了，好像你的南邻居也认识他，选房那天，我们本来要选你家那个街区，但看到你那南邻居后，老白就变了卦，说挨着河边蚊子多，又重新选了北区的。我"哦"了一声，心想选房时我还不认识何大明，不然他也不会让我选河北岸的，也许根本就不让我买这个小区的。白永刚媳妇确实话多，没等我问，她就说何总人可好啦，可帮我家老白了。但你说这么好的人咋就得罪了南岸那个女人？老白说搬家那天那女人不是故意给你找麻烦的，而是冲着何大哥去的。老白媳妇还安慰我，说邻居还是要搞好关系的，让我主动给人家说句好话，谁也不会打笑面人，和气生财嘛。

说话间就到我家门口了，我说就不留你了，等到周末，我请弟妹来家喝咖啡。白永刚媳妇有些激动，但还是嘱咐我，千万别把我们的话说给何总，也别说给老白。我说弟妹放心，我这人就一样好，嘴严。

那一夜我翻来覆去睡不着。何大明和白永刚好也正常，但为什么要瞒着我？还有何大明和郝如意是啥关系？为啥他一来郝如意就放猫出来捣乱？我想问问何大明，可我始终没有找到合适的机会，其实也不是没有找到机会，是我已经学会向生活妥协了。我不知道这是我的悲哀还是我的幸运，我只知道时间可以改变一个人。如果七年前我懂得这些，拿出对何大明包容的十分之一对待王宏伟，我们的生活就会是另一个版本。

六

外人都羡慕我的成功，羡慕我拿得起放得下，其实午夜梦回时，我还是放不下七年前那个小家的。有几次我在送王子和接王子时，都希望碰到王宏伟，希望他为我的咖啡续杯，希望我会像过去一样沉醉。但每次他都不在家。因为背着处分，他在邢州原地待了五年。李晓告诉我，王宏伟还是和上学时一样老实，活儿都是他干的，荣誉却是其他领导的。就拿招商引资来说吧，他一遍遍跑到深圳，每年都把邢州籍的那些企业家请到邢州来，让人家看家乡，让人家传经验，就是不提投资。三年后，有一个世界五百强的老板终于被感动了，在邢州建了分厂，然而站在签约仪式上的却是分管招商工作的副市长。若不是市委书记到企业调研知道这些后，王宏伟还不知道要在助理位置上待多少年呢。去年，王宏伟调回金城当副市长后，我在一个会议上看见他，台上的他比以往瘦了，也更有激情了，但我也在他的两鬓看到了白发。我问王子，爸爸忙什么呢？王子说，能忙啥呀，忙工作呗，估计也忙着找新妈妈。我看见奶奶拿了一大摞照片让爸爸选呢。李晓劝我，主动找王宏伟谈一谈，毕竟有王子。我嘴里说，好马不吃回头草，心里还是期待婆婆或者是王宏伟能抛个橄榄枝。但他们都没有，不仅没有，婆婆还开始嫌弃我了。王宏伟回来后，我再去接送王子时，婆婆门都不让我进，她总是慢悠悠地说，就不留你了，一会儿宏伟的对象还要来呢。母亲说我，你就是要面子，主动认个错，你婆婆那人看在孩子面上也不会为难你。我说错的是他，凭什么让我低头。再以后，我不等婆婆说，我先说，我得赶快去讲座，那些股民就等着听我分析呢。

我之所以这样说是因为我知道婆婆的性格。婆婆是把事业看得很重的人，王宏伟、王子有点儿小成绩她出门买菜时腰都

会变直，而且还会在和别人聊天时主动把话题引到她儿子、孙子身上。如今她的邻居有好几位都在我们证券公司开户，而且还有好几个人跟我套近乎，让我提供内部消息，让我指点股票操作。我说这些，就是变相刺激她，告诉她，如果我变回她的儿媳妇，她的腰板会更直。但婆婆不上当，她说快去吧，快去吧，可别让大家都炒成股东就行。因为有婆婆的"鞭策"，我就更加谨慎，但我还是错误估计了老七的杀伤力，这不，老七人还未到，一条破短信就打破了我的工作和生活。

春节后的市场，没有利好也没有利空，市场进入了温暾水箱体。市场可以等，但我们不能等，因为我们掌管的金城基金已经开始萎缩，市值缩水波及投资人的信心。我们当时设置这只基金时只有一年的软封闭期，也就是说一年后就没有申赎费用了。但在非正常情况下，投资人可以赎回，只是多个手续费。晨会后，阿萍说有个机构客户怕市值再跌，坚持赎回，让我出面做做工作。我又梳理了一遍基本面，一向抱着积极心态的我也有些动摇了，我总不能拍着胸脯打包票吧，再说市场谁又能说得准。

阿萍担心机构客户赎回的消息一传出去，就会产生多米诺骨牌效应。我说，我知道，但我们也可以营销几个客户进来，这个点位总比年前低吧，此时入市，风险会小一些。阿萍说道理是这个道理，但股票基金和房子一样买涨不买跌，人性的弱点谁也克服不了。我说死马当活马医吧，比如说你小姨，比如说世纪股份。我还说把投研团队也撒出去，他们的嘴能忽悠。

阿萍走后，我也开始在通讯录中寻找目标客户，翻了一遍都是老客户，让他们此时加仓只会起反作用。我忽然想起湖畔业主群，那个群里都是有钱人，白永刚和郝如意他们能发广告，能做宣传，我也可以呀，不仅这个群，我在同学群也发了同样的链接。我把我们的产品和对后市的研判附上，特别说明，如果你给我三年时间，我给你百分之五十的回报。阿萍又来提意见，她说人家都信誓旦旦三年翻番，咱们才百分之五十，怎么能营销出去？我说那咱们三年的平均业绩就是百分之五十，总不能只说大年不说小年吧？

网撒出去了，效果并不好，每日依然是负增长。一周后，基金规模缩水三成。我知道到了五成就要有人出来喊话了。我想我买哪门子别墅呢，这个别墅是不是不吉利呀，先是投资失手，再是我和何大明之间出了问题。于是我就想干脆把别墅卖了，把钱跟投在基金上。

我把别墅挂在房屋中介的当天，白永刚就来我家。他问我为什么要卖别墅。我当然不能说要自己跟投基金了，我只说和对面犯冲。白永刚说我猜就是这个原因。然后他来到晾台上，在窗户左右两侧挂了两个小镜子。我说这不好吧，镜子反光，那女人伶牙俐齿的，我可不愿再找麻烦。白永刚说白天镜子吸阳，她不在家，晚上看也看不见，先把"妖"镇住再说。走前又说，你可别动哈，吸阳就是把她的运气和财气都吸到咱家来。我笑了笑说，好吧。心想反正一有下家我就出手了。

第二天下班后，我还特意到晾台上看了看，镜子还在，泛

着明亮的光,顺着光看去就是郝如意家的厨房。跛脚男人在掌勺儿,郝如意在洗草莓,一个与王子年龄差不多的大男孩儿跑过来,跛脚男子马上关火,双手在围裙上快速擦一下,拿起肉串递到男孩儿嘴里,男孩儿叼着肉串要跑,被郝如意一把拽回来,跛脚男人再次关火,一颠一颠地过去把男孩儿从郝如意手中解救出来。正在这时,门铃响了起来,从那一遍又一遍的急促里,我就知道又是白永刚。我不想下楼,也不想再和他掺和,就原地站着,这时突然看到郝如意的猫蹿出来冲我"喵"了一声。我跟着猫的身影才注意到她家北晾台上支起了两个竹竿,竹竿上挂着两个黑色的垃圾袋。风一刮,垃圾袋哗哗作响。

我急忙把白永刚叫进来,让他看看这是什么名堂。白永刚说,就知道那娘儿们会弄鬼,她这是反吸收。不过这也没用,你看我带啥来了?

我带了两尊石狮子。白永刚说着又拿出强力胶,然后在晾台栏杆下的缝隙处一左一右摆了两只小狮子。白永刚拍拍狮子头,像个凯旋的将军调侃说,这回她铁定看不到,原来咱只要她运气、财气,这回要她命。我说那你快把狮子拿下来吧,我可不想惹人命官司。白永刚说,人家都跟你在那儿张牙舞爪开了,你还矜持。再说不也就是那么一说嘛,还真能要命呀!我想想也是,也就没再坚持。

七

母亲总说卤水点豆腐，一物降一物，说我放着王宏伟不原谅，和何大明又拿捏着，十全十美的人和事哪里有？我说再等一等，出一家门进一家门不容易。母亲说，等也要积极等呀，不努力，啥也等不来。我笑着揶揄老母亲，太对了，不然怎么说高手在民间呢，你这人生经验也是投资理论，我记下了。

如今想想，在何大明的问题上，我确实被降住了。尽管我想在老七面前把何大明带出来装门面，可他总是关键时刻掉链子，比如我让他陪我去营销他的好兄弟白永刚时，他第一次说开会、第二次说陪领导。我说，你有什么就直说。他就真说了，他说我的基金营销和他们的保险营销一样，事是个好事，但总让人觉得是骗钱。他还叮嘱我，不要给自己人、给身边人推介，那样会让人家有杀熟的感觉。他这样一说，我的心就凉了半截儿，把之前去 BBA 营销的计划全盘推翻了。我想还是把房子卖了自己跟投吧，从某种意义上说，我跟投也能坚定一下投资者的信心。

那天我是准备好了要回家的，房屋中介说有个客户要看房，那个客户看上了我们小区的别墅，可是目前房源少，房屋中介提示我把价格咬紧了。我扑哧一笑，想起登记时跟他说过，如果卖个好价钱，我给他提成，看来钱真能使鬼推磨呀。此时穷途末路的我似乎看到了柳暗花明。可念头刚一闪，阿萍就匆匆跑过来说，她小姨要跟我通个话，谈谈投资的问题。我想这必须谈呀，地球那端的钱也是钱呀。

和专业的人打交道就是痛快。阿萍的小姨很痛快地同意投我们的基金，她说她看好国内市场，目前这个弧形底做得很实，后续就等题材和时机了。她还说，她看好碳中和与新能源板块。我知道她在套我的投资方向，为了让她放心，也为了验证我的观点，我和她交流了调整仓位，下一步重点买入锂电池、新能源汽车比如玄驹股份的想法。她说这也是她想说的。我们谈得很愉快，仿佛多年的朋友。后来我们又谈了诸多细节，直觉告诉我，阿萍的小姨是个知性而又爽快的人，应该很好相处，那么她和何大明分开，仅仅因为喜欢国外的生活？我刚一分神，对方像有心灵感应一样就退出了三方通话。我拿不准是不是自己出了问题，就问阿萍，阿萍说没有。我正想着该不该回拨过去再客气一番，越洋电话又再次打了进来。阿萍的小姨说，石总，如果方便我有几句话想和你单独说说。

我一边说方便，一边示意阿萍出去。电话那头说，我家阿萍心气高，不过孩子还是个好孩子，你多关照。我连忙点头说，您尽管放心，她跟了我这么多年，再淬炼一下就可以自己担纲了。

那头又说，这个我放心，今天一视频，我心里就有底了。我要说的是另一件事。我是想说，我真的祝福你们，但如果将来你和何大明有什么问题，千万别埋怨阿萍。

我刚缓过神来，想追问一下，但那头却果断地说，石总，该说的不该说的我都说了，只是提个醒，说不准你真能拿住何大明呢。

募集资金带来的快乐就这样被抵消了，那一晚本来心里就有了疙瘩，再加上窗外的野猫叫春，我数羊、数星星、数有几个板块，有多少只股票，等我差不多把四千多只都捋个遍时，还是没有一点儿睡意。我调出玄驹股票的走势，这时，突然蹦出一条消息，玄驹准备增发。玄驹增发意味着它要技术更新，要在全国大范围建立销售和服务体系。我快速整理了我们的资料，向玄驹公司董事办提交了拟参与定项增发的报告。我知道如果不是市场低迷，定增轮不上我们，但问题是大家都不看好后市，新规出来以后，机构参与定向增发也只能打九折，而且半年后才可以抛售。如今那些大基金都盯着锂电池、芯片等，也不一定看上玄驹这样刚起步的新能源汽车。数据模型里显示，能参与定向增发是大概率事件。如果这样，那么目前手里的资金就不能再投出去了，我又给阿萍发了一个邮件，让她明天先做国债回购。办完这些后，我真的困了，第二天醒来时已是上午十点。我打开手机，有阿萍打来的十几个未接电话，我知道她是问我今天为啥不投。

我的投资习惯是看早盘，如果早盘大跌就考虑择机加仓，早盘大涨就择机减仓。但看到大盘翻着跟头下跌，我又怀疑此时参与定增风险是不是太大了？是不是应该择机补仓？大盘让人纠结，决策更是多了不确定性。我又是模型，又是K线，又是政策面地逐一分析，想得到一个理性的结论，但结果也是复杂的，那些附加条件再次在肯定与否定之间游弋，把我带入了迷宫。其实投资和其他事情一样没有多复杂，复杂的是人，是好多事情被人为地搞复杂了。

这时，郝如意的猫"喵"的一声就蹿出来了，我下意识地打了个寒战，心想这个郝如意怎么此刻没去上班？我想惹不起总躲得起吧。刚要转身，就听对面传来男人的声音，我知道那是郝如意的跛脚男人在说话。他轻轻地喊了一声，北岸的邻居留步。

我不想留，但脚却如有魔力般迈不开。跛脚男人说，北岸邻居，抱歉呀，我马上把这些拿下来，也请您多包涵哈。他说完就把竹竿放平，把黑塑料袋取了下来。在这个男人伸手够塑料袋时，那个竹竿绊了他一脚，他哎呀一声摔倒在地上，这时只见对面的男人从裤管里拽出一个假肢，然后扶着栏杆站起来。我真是吓呆了。男人说，没事，没事，你回去吧，只是麻烦你方便时把小镜子摘了吧。

扑通一声，一尾红色鲤鱼跃出河面，然后又快速跳入河中，在那一圈圈波纹里，有一片粼光特别刺眼，我知道那是小镜子反射的。我什么也没说，站在椅子上把小镜子取了下来。从反光中我看到跛脚男人笑了笑，那笑容也似曾相识。

喝了咖啡，又经历了这一场，午觉是没得睡了。我把玩着小镜子梳理我和何大明的关系，也想着郝如意和这个男人的关系。我想郝如意脾气那么急，不会是被那硬邦邦的假肢刺激的吧，又想，这个郝如意也挺不容易的。这时中介来电话说要看房，我说我不想卖了。中介说不卖也行，但这个客户之前都约了好几次了，还是让先看看，没准价格合适你又想卖了呢。我说，好吧。大约是下午五点，中介带着客户来了，看到那个客户的一瞬，我们两个都怔住了。

石媛媛。老七像在宿舍时一样伸开双臂说。

我后退一步说，魅惑男人没够，还来狐媚我呀。

老七尴尬地垂下手臂，低下头说，哎，我先看看房再说行吗？我说不行，这房我不卖了。你喜欢二手货，可以到别人那儿淘去，别老到我这儿找便宜。

中介看着我俩说，卖房买房要理智，她出好价钱，你也有好预期，多好呀。我说，你听不懂她听得懂，这房就是我卖，她敢买吗？

老七把中介叫到一边，然后把中介送走了，中介临走时老七还说，你放心，绝对不会飞单。我顺势要往外推她，她却转身坐到了沙发里，然后对站着的我说，你闹够了没有？跟你说过多少回了，我们比窦娥还冤。

我哼了一声，以我的性格是要赶她出门的，但凡事都有个坚持，老七这些年来总是通过各种渠道说自己冤枉，为了证明这冤，她还出国了。她走前来找我，我当着阿萍的面把她关在门外，她到了国外又给我打长途电话，我听到是她，"啪"的一声就果断挂掉了。没想到如今她依然鬼一般撞进来。我不说话，就像当年在邢州撞见她和王宏伟一样。她不值得我费口舌，我只用两只眼睛向她喷火。老七没有像以往那样落荒而逃，也没有用手捂脸，甚至眼皮也没眨一眨，依然淡定从容，仿佛做错事的是我。

她说，我们是不是可以好好谈一谈，比如王宏伟，比如这房子，比如我们之间的事？

我冷笑了一声说，王宏伟和我没关系了，房子我不卖了。我们之间，从你钻到王宏伟被窝里那天我们就是陌路人了。看在我们上下铺你熏了我四年的分儿上，你快点儿离开吧。

老七的脸色一下就变了，她恶狠狠地说，本来我还在犹豫，看到你在这里后，这房子我买定了。我说我不卖。老七说你不卖有人卖。然后她哼了一声向我示威，我就明说吧，我在国外又动了一次手术，这回臭胳肢窝彻底根除了，我知道王宏伟还单着，我要继续追他，要让他对我负责。

八

老七走后我的心就乱了起来。客观地说，像我这样在资本市场搏击的人，最忌讳的就是受情绪左右，不管是生活还是投资，追涨杀跌轻易割肉都是不理智的。比如当年割掉王宏伟就是错误的操作，尽管我一直不肯承认。王宏伟依然在我的"自选"里，但他不是股票，我和他的感情也不是资本交易，说拿回就能拿回的。正在我胡思乱想时，对面的猫又蹿到窗台上拉着长音叫唤。跛脚男人匆忙走出来，歉意地冲我这边拱拱手，把猫吆喝回去。当时我坐在客厅的沙发上，再加上室外和室内光线的差异，我相信那个角度他看不到我。

第一次看到跛脚男人和郝如意在一起时，我有一丝惋惜，仿佛鲜花插在牛粪上，这些日子看到对面灯影里的烟火气，跛脚男人敦厚善意，小男孩儿的顽皮，郝如意的伶俐，让我眼前固定的幸福模式波动起来，虽然各项指标参差不齐，但绝对是一条牛市红线。有这一家人参照，我越发觉得自己往谷底跌，而且没有止跌企稳的迹象。

我约何大明晚上见面，我迫切想找个人说话，也迫切想把自己和何大明的关系再确认一遍。我明白，目前何大明是我补仓止跌的唯一选择。

果然何大明带来了好消息，他说今天总公司领导找他谈话了。我知道谈话的意思是他的事八字有一撇了，如果考核和民意测验不出问题，他就胜出了，那么何大明的级别就比王宏伟还要高一个格。这对我来说绝对是利好，这个利好在一瞬间消弭着第一段婚姻的阴霾，也提振了我的士气，我恨不能此刻就挎着何大明的胳膊从老七面前飘然走过。

那一晚，我和何大明都很兴奋，何大明说等正式任命后，就和我领证，他就搬到别墅来。我想问他你不怕猫了？但我还是没问，仿佛我一问，何大明就会从我身边飞走一样。何大明喝着红酒，我品着咖啡，尽管内容不同，但并不影响我们频频举杯。我们仿佛走在时光的红地毯上，从老七的羡慕眼神里走过。咖啡的氤氲和红酒的醇香在房间里流淌，泛着十几年前蓝屋的味道，让我沉醉，若不是何大明的突然发问把我拉回到生活的轨道上,我真会借着这缕炊烟飞入云端呢。他像突然想起什么一样问我的基金怎么样了?我定定神说,在市场低迷时只能如履薄冰。本来我是不想说工作的,但也不知哪根弦搭错了,居然跟他说阿萍的小姨投了我们的基金。何大明笑了笑说,如果她投,那就证明你们的基金有潜力。我笑了笑说,这是夸我还是夸阿萍的小姨?

何大明怔了一下转开话题,他说之前你让我帮着寻找投资客户,我一直拉不下面子,如今我也想开了,正常的投资,正规的渠道,他有需求,你有产品,也是可以试一试的。我疑惑地看着他,从他的眼神里确认着这些话的真伪。何大明说BBA在寻求合作,要卖出一部分股份,那些闲置资金总不能在账上趴着吧,举贤不避亲,双赢才是硬道理。再说这需要你自己去营销,我只是提供个信息。

你知道我这个人,一听到投资,眼睛就放光。我说,虽然目前市场不太好,但正是入市的好时机。

那真是一个美好的夜晚,那个夜晚,我眼里雾气朦胧,何大明也含情脉脉。不能不承认,事业的激发在两个成年人生活中的分量,是不是交易并不重要,重要的是这交易让日子更加光鲜,我们相约等何大明正式上任后就去办手续。

第二天白永刚就来找我。我跟他讲投资如果是长期持有,要有风险意识,当然我也把我们过往的业绩给他看,说实在的,我们的业绩还是可圈可点的,三年平均下来增长百分之二十左右。白永刚说他一切都听哥哥嫂子的。我心里一热,知道何大明是为我拉客户，虽然只有区区两千万，但在这样市场低迷的时候，无异于雪中送炭。

大概是白永刚买基金的一周后，那天下班我刚把车停好，郝如意就从车里面钻出来。不知道是用力过猛还是天气凉，郝如意还没开口就咳起来。我躲在车里想等着她走后再出来，谁知，她却上来敲我的玻璃。我装作在车里整理东西，然后才急忙打开车门出来。我刚想开口，就被她剧烈的咳嗽挡回去了。我赶忙上前为她拍背，她挥挥手说，让你看笑话了。这时就看见她的跛脚男人来接她，男人从口袋里拿出一个水杯，拧开盖子，递了上来。我羡慕地说，你就幸福吧，我才狼狈呢，进进出出连个端茶倒水的都没有。郝如意和跛脚男人都笑了笑，郝如意说你若不嫌弃，就到我家来吃饭吧。跛脚男人也红着脸说欢迎。我不奢望和邻居做朋友，而且看起来郝如意的脸色那么难看，我就说不打扰了。跛脚男人说，如意难得请人来家里，再说我们是想咨询你一些投资的问题。我疑惑地看了一眼郝如意，想从那脸上看到答案。郝如意脸上什么也没有，她只是反问我，不会是又有约吧？我想起半年前的那场爽约，就尴尬地笑了笑跟着他俩走了。

一进门，那只猫咪就蹿了出来，郝如意伸出手，猫咪就跃到她身边舔她，郝如意俯下身子温柔地对猫咪说，Lucky，这是邻居姐姐，以后要友好呀。还没等她说完，Lucky 就一脸谄媚相地冲我"喵喵"两声。我尴尬地笑了笑说，我怕猫，怕狗，怕所有的小动物。郝如意说，你得尝试和动物交朋友，其实小动物最懂人心最分好坏了。说完又叮嘱Lucky，只许远远地看，不许骚扰姐姐。我笑了笑没说话，心想一只猫，又不是孩子，它懂个屁呀。

接下来，跛脚男人给我们倒了鲜榨果汁和一杯化橘红水。我和郝如意喝了一杯水的工夫，跛脚男人就把饭端上桌了。有水煮虾、清蒸鱼，还有上汤白菜、西蓝花等两个小菜。郝如意说也没提前准备，但我看着那架势就是有备而来。

郝如意夹了几只虾放到我的盘子里说，先吃这个，补充蛋白质还不长肉。跛脚男人说你们趁热吃，灶上还煲着银耳羹呢。郝如意一把扯住他说，你先别走，咱们仨喝点儿红酒。趁跛脚男人拿酒时，郝如意问我，我家男人不错吧。我说，你聪明，找了个暖男。郝如意说，你只说对了一半，他还是个才男。我说，看出来了，玉树临风文质彬彬。郝如意笑了笑说，给你如何？

我没想到她开这种玩笑，忙不迭地说好呀，好呀。郝如意说，那就一言为定，绝对比你那三脚猫强。她这样一说，我就觉得不对劲儿了，我说你认识何大明？她说岂止认识，但话到这里，她突然咳嗽起来，再之后我想问，但终究是没能开口。跛脚男人急忙给她倒了一杯化橘红水，我也说咱们就以茶代酒。郝如意说，不行，你第一次来我家，必须上酒。

我们三个叮叮当当干了几杯，我看出每干一杯，跛脚男人的眉心就拧一下。他既不想破坏气氛，又恨不能快点儿结束。我挡住了郝如意倒酒的手，说酒也喝了，咱们又是邻居，之前有什么不妥你们多担待,之后就不用客气了。郝如意拍了一下我的手说,我果然没有看错。然后话锋一转说,明天,明天我就去你那里认购两千万私募。

我说,基金有风险,投资需慎重。郝如意说,白永刚的为人我看不上,但他做生意还是一把好手。然后她又问我,白永刚是不是投了两千万?我问,你怎么知道的?她笑了笑说,他老婆告诉我的。我还知道这几天指数又跌了,我明天买比白永刚低几个点吧。我没有笑,而是认真地跟她讲,投资不是赌气,也不是跟风,是要自己真的看好认准,而且指数有可能还要下跌,说不准后天,又有邻居抄了你的后路呢。

郝如意说,我不是赌气。从买车位时我就关注你们的基金了,只是我最近忙着扩大店面,再加上市场总是不见底,就一直等着。我说,你可以呀,还知道市场底?她笑了笑说,那天夜里排队时,你说目前是政策底,政策底出来后还要确认市场底,市场底反复确认后才能止跌呀。我再次睁大了眼睛看着这个邻居,这种话是我和大家谈论市场时常说的,但并没有几个人上心,没想到她却记下了。投资是好事,但把邻居发展成客户,还不是我所愿意的。我说你们做商业的需要资金周转,一旦投资,不是说赎回就赎回的。郝如意说,放心,这是我和老公的私房钱。说完她又咳嗽起来,看着她要把肺咳出来的样子,我不忍心再多坐下去了,尽管我想问问她和何大明的关系。

我把阿萍的电话给了她,抱歉地说明天我要去外地上市公司调研。其实我是可以晚去一天的,但潜意识里我还是想躲开她。

回到家时,我在金城晚间新闻里看到了王宏伟,王副市长带领招商引资团考察玄驹汽车公司。在屏幕上我还看到两个熟悉的面孔,一个是何大明,一个是老七。何大明的保险公司和玄驹相关,但老七呢?即便是她追求王宏伟,也不能在大庭广众之下无所顾忌吧。屏幕上老七春风得意,一直抬着手臂左右摆动着为王宏伟一行介绍。她在屏幕里肆无忌惮地看着我,我知道她就是让我看,向我宣告她的臭胳肢窝彻底好了,因为她知道我关心每一个上市企业的动态。想到玄驹的出身,想到老七在国外闯荡的几年,想到从学生时代她就认死理,我明白了。老七应该是和玄驹一起杀回来的,她不仅要王宏伟,还想要市场。

我把玄驹的相关信息全部调出来,逐一分析,除了前几天玄驹高调宣传智能驾驶系统和降价策略外,今天又发布了在国内市场全面布点的招商信息。我梳理了一下思路,一是我投新能源板块投对了,如有可能,我们还要再追加投资;二是谁能拿下玄驹代理权,谁就等于打开了未来的盈利空间;三是金城稍具规模的汽车销售服务公司有二十多家,白永刚的BBA和郝如意的如意应该都是早就有准备的,这样一想,那两千万的基金也就能解释通了。为了在竞争中胜出,他们还会追加投资,因为玄驹看服务能力和市场调研,更看资金实力,机构投资资产是资金实力和眼光的最好背书。按说基金规模扩大是好事情，但我的心里却有些失落，心想世界上真没有无缘无故的爱。

九

一连几天我们的基金开始快速拉升，阿萍说照这个架势，年底进入百强就指日可待了。这时白永刚又找我说要追加投资。我知道两周后玄驹就要开标了，为了保险起见，他想再追投一千万。我提醒他，这几天连续上涨，在高位要有风险意识。白永刚说，赌一把吧，舍不得孩子套不住狼。我知道这样一来 BBA 就比如意公司的投资多了一千万。其实在白永刚来之前，郝如意也打过电话的，她说是不是可以追加一点儿。我说也可以，但市场瞬息万变，如果长期持有，应该没问题，短期确实有追高的风险。

在市场快速拉升和下跌时，我都习惯屏住气息盯盘，何况如今我什么杂念也没有了，那些天除了接了老七一个电话，我几乎隔绝了和外界的一切联系。老七问我和 BBA 公司的关系，我说无可奉告。老七并不生气，她说她是对事不对人，但 BBA 确实不错。她说这些时，我就明白她准备选择 BBA，但这和我有什么关系呢。于是我说，你有的是手腕，只是不知道这次又要作什么妖。

老七说，我从来就没作过妖，倒是你总是小人之心。算了，我只是告诉你，我做的一切都是围绕市场，没有个人感情，当然同等条件下，可以考虑互惠互利，我看得出保险公司的何总偏爱BBA。

我不知道她知道多少，但有一点是肯定的，王宏伟知道我和何大明谈恋爱，老七也就知道了。她在向我卖人情，不管我接受不接受。我气鼓鼓地说，你少来，少拿何大明来寒碜我。然后就啪的一声挂断了电话。

那一刻我特别后悔，后悔没有告诉郝如意追加投资，没有告诉郝如意她是人家的分母。其实当时按我和郝如意的约定，如果回调，就再追加一些投资。这对她对我都是好事，但也许是郝如意家的幸福画面刺激了我，我并没有通知她。

两周后，我和团队都觉得新能源板块企稳，还有上升空间时，阿萍问是不是给客户提个醒。我知道阿萍是憋着劲儿做大，憋着劲儿往基金管理人奔。我点了头，市场好时确实是扩容规模的好时机。但出乎意料的是，白永刚和郝如意都没有追加的意思了。我仔细一问，才明白原来BBA和玄驹签了协议，郝如意虽然没有拿下与玄驹的合作，但就她那好胜的性格不会轻易认输，她不可能看着隔壁红红火火，自己只守着一个饱和的市场，她一定早就有安排，比如可以和国内新能源汽车"希冀"谈合作，总之在事情没有明朗的时候，她是不会追加投资的。

转眼到了秋天，市场也和季节一样迎来了收获的时节，那些数据也仿佛树叶一样涂上了金色。周五那天收盘后，看着飘红的数字，阿萍提醒我当初答应规模超百亿后请投研团队吃大餐。我说那就今天。还是老规矩,阿萍他们喝酒,我喝咖啡。多年来,要盯盘、要分析、要煎熬,我不敢让神经放松,哪怕片刻。为此,母亲批评我,王宏伟也批评过我,但我知道自己戒不掉咖啡了。不知是心里的苦胜过了咖啡,还是已经适应了咖啡,当年的咖啡加糖加伴侣都觉得苦,如今一杯接一杯啥都不加,却如白开水一样。看着大家举杯欢庆的样子,我心里却突然一紧。我想告诉大家,其实不是我们有多大本事,是市场给了我们机会罢了,而且市场瞬息万变,没有落袋,谈不上安全。但看着年轻人自信的笑脸,我不愿扫大家的兴,心想还是等到例会再说吧。

咖啡喝多了也会醉,就像琴弦绷太紧了会断一样。我有些头晕,我知道自己又喝咖啡喝醉了,好在不是酒醉,我还能开车回家。谁知刚要下车,我就腿一软,摔了个倒栽葱。偌大的车库,除了昏暗的灯光就是我自己的影子,一瞬间,我悲哀地想站起来,可右脚就像抽了筋骨一样着不了地。我坐在地上揉着右脚,等着缓冲之后的努力。这时,郝如意的跛脚男人扶着她进来了。我想站但还是没站起来。郝如意一边扶我一边问,要紧不?我说你们忙你们的,把我放到车上缓一会儿就好了。

郝如意却坚持把我送回家,她让我把腿平放在沙发上,然后又指挥跛脚男人回家取了虎牌万金油,把我安顿好后才离开。我问她,这深更半夜的你们有急事?她咳了一声说,刚才雷暴预警,我们想去公司看一看。我说秋天都是绵绵细雨,不会有事。郝如意说她们公司扩建后,还没有经过排水试验,再说他们和 BBA 就隔着一堵墙。我笑了笑说，你怕他往你这边抽水呀。郝如意笑了笑说，那倒不至于。

那一宿雨确实下得挺大，早晨就在朋友圈里看到各种晒照片，什么平安立交桥告急，什么中山路路口水没脚脖子了，什么南二环要划船了，等等，然后是一条条秋汛预警。但这些跟我无关。我们湖畔虽在水系北面，但高出堤坝二十余米，再者水系已经提闸，也就是说，家里安全得很。单位更不用说，我们在十几层的写字楼上，没有水漫金山的可能。我的脚依然肿胀，但已经不那么疼了。我打开电脑，整理分析各种数据，那些基金经理都说不用择时，做时间的朋友。但我从不那样认为，我保守，求稳，时刻关注市场，时时准备撤离。我看到一条有关玄驹的负面新闻，一玄驹车主开启自动驾驶系统后，撞进路边商店，车主和玄驹公司各执一词，玄驹公司说是车主操作有误，车主说是车载系统有缺陷。负面新闻往往是引起股价下跌的导火索。我想问问白永刚玄驹公司对此事的态度，便在微信上发了个表情，但等了许久，也没有回复。

十

周一例会，我把自己的意见阐述了一遍，一是连续上涨，从技术层面上看要回调了，二是如果负面新闻有发酵的态势，我建议可以先出一部分。阿萍和投研团队都说量价双高，还有上升空间，玄驹应该是能看到翻番的，而且阿萍还调出我们对标的明星基金公司的持仓报告，二季度大家都增加了新能源占比。在数据面前，我只好保留了自己的观点。

晚上浏览新闻，我被那条玄驹自动操作持续发酵的新闻闹得坐卧不安。按以往惯例，我该去玄驹公司做个调研，毕竟持有了他家那么多股票，但这次我竟然没去，自我检讨有盲目自信也有回避老七的原因。这个老七，就是我宿命的天敌，只要她一出现，我就会乱了方寸，不然我和王子和王宏伟也会有对面三口一样的画面。想到这里，我不由自主地往对面望了望，但对面没有灯光。我想也许这个点，他们一家人在公园里散步，雨后空气凉爽宜人，去山顶数星星也说不定呢。

我等呀等，伸着脖子等着看对面的灯光，就像等着看星星一样。但那一晚，我没有看见星星。第二天，我特意看了看，对面还是黑着灯，我想发个微信问一问，但点了几次还是撤回了。心神不宁的我一边到楼下散步，一边向郝如意家张望。这时，听见一个女人问，这几天怎么不见你邻居？另一个说，她得了肺癌。然后说，其实呀，三年前体检她就查出来结节了，我家李大夫让她住院手术，她没当回事。我想生老病死是不可回避的问题，癌症也是见怪不怪了，其实什么还不都是一样，比如资本市场，看着风和日丽，说不定后一秒就有哪只股票暴雷。我不想听她们八卦，就转过身看夜幕中的月季，那一抹倔强的红，让深秋的夜晚饱满起来。

前几天下雨，她还跑到公司去搬沙袋，被雨浇病了，去医院一查，唉，结节变成癌了。那个女人的声音还是击破了我的耳膜，雨和沙袋就像两条新闻俘获了我的神经，我像审视一只股票一样竖起了耳朵。

你说这人是图啥呢？她就是太爱争强好胜了，那个病十有八九是累出来的。

是呀，女人再厉害也争不过男人。车王没争上，命都快丢了。不过听李大夫说，是中期，还有手术的可能。

"车王"一词犹如惊雷，让我准确地辨识出那个生病女人的信息。在小区里，大家都不愿暴露信息，比如那天我看到金城银行的王行长，我们俩都点个头，算是心照不宣打个招呼。其实像我们这样的人很多，虽然都在业主群，但都潜在水里，不像白永刚和郝如意，高调地亮身份，高调地拉客户，仿佛生活中就为了一件事，把那些做"吃、喝、住"生意的都比下去。

回家后我看看对面，那熟悉的灯光依然没有出现。第二天闭市后，我给郝如意发了微信，果然她说在医院，我提出看看她时，她说不太方便，但她说想请我帮个忙，让我帮着留意一下有意向并购的客户。我心想，这还用找，现成的就有BBA呀。可我没说，我觉得我的手还没有那么长，我和郝如意的关系也没有到那一步。但不说并不等于我心里不想，那几天我心里总是想着一句话：只有共同的利益，没有永远的敌人。我想周末问问何大明的意见，没准儿就能套出他和郝如意的关系。但还没等到周末，事情就有了变化。

老七进来时，我正在给阿萍下指令，我让她在集合竞价时低一个点卖出一半。但老七连门都没敲就进来了。我说见过脸皮厚的，没见过这么厚的。她说，行了行了，我认输可以不？我说这不是你的风格呀，老七说我今天没心情跟你斗嘴，我是求你帮忙来了。

我说，你一个炙手可热的总监，我能帮上啥忙？放假消息把你们的股票炒起来，还是跟你做个老鼠仓毁了自己的饭碗？

老七说，都不是，是想在合规的红线内，把白永刚的投资赎回来变现。我说，咱俩都是学投资的，本人提交申请，简单得很，不存在帮忙一说。

老七说，关键是白永刚不愿意赎回。需要你劝劝他。

我冷笑了一声，你们才是合伙人，我有什么资格？告诉他明天股市大跌吗？

老七说，我知道他听你和何总的，你们劝劝他，不能只顾自己的利益，要识大体顾大局。

我说，急火火赎回就是顾大局了？你又要什么花样？

老七问，你不知道？白永刚的店被水淹了，也就是说我们新上的那些车全部被泡了。我想筹集一些资金修车，然后降价出售，把损失降到最低，这也是唯一的办法。

我真没听说，但马上就明白了。我说，招商是你做的，业务是他做砸的，你们是一条船上的呀。

老七说，可白永刚不这么想，他总想把损失转嫁出去，先是找保险，可这个新扩建的场地没有上场地保险。

我说怎么可能没上场地险？这是常识。我想说他和何大明那么好，可后半句我咽下去了。

老七说，我们都忽略了。左侧的BBA有场地险，但右侧新扩建的玄驹没来得及上。白永刚说钱都去买基金了，想着卖了这批车就上，他也没有料到。

我说，他大意、他糊涂，那你呢？你不会也忙着追王宏伟忽略了上保险吧？

老七说，我还真是忽略了。可是即便上了也不一定能赔，表面看是排水系统倒灌引发的，实际上是我们施工中的隐患，我们急着一炮打响旺季营销，没等到验收就开业。再说涉及市政就涉及王宏伟，我不愿看着王宏伟再为这事受牵连。

我听明白了，她是想用白永刚的投资来弥补这个亏空，若是我也不愿意呀。要么老七自己拿钱和白永刚一起填这个漏洞，要么往总部报，一旦上报，就会追责。我没有点破老七，她出不出钱、追不追责跟我没有关系，但我心里不舒服的是她竟然这么护着王宏伟。想到这里，我就给了她一句，你倒是蛮心疼王宏伟的，但是老天有眼呀。

没等我说完，老七一甩门走了。

她走后，我像投对了股票一样兴奋。我看了一眼大盘，又调出新能源板块看了看，大部分依然是上涨，兴奋之余，我给郝如意打了个电话，把白永刚的事情给她讲了。没想到郝如意却一反常态地说，白永刚那个人是可恶，但那些车还真是可惜了。又说，其实那天她看到排水口倒灌了，后悔当时只顾着往自己那边堆沙袋，没给他打个电话。说完还叹了一口气，怪自己不该意气用事。我哦了一声，问了问她的身体，她说，还要感谢这场秋雨，不然她就不会发烧，不发烧就不会去医院，不去医院就发现不了这个肿瘤，还好还能手术。我说，那你的店还往外盘不盘？她说，不是盘，是找个合作方。我笑了笑说，其实BBA是个不错的选择，墙一拆，就两家变一家，只是目前他们损失了很多。郝如意笑了笑说，好是好，可是太熟悉了，熟悉得都没了感觉。最后她又给我戴了高帽，她说，你熟悉资本市场，帮我选个合作方吧。我说，好，就怕到时候你从手术室出来，又斗志昂扬地不肯放手了，她说，嗯，还真说不定。

我这个人是不爱管闲事的，但一涉及资本市场我就来精神。企业的并购也是我们的业务之一，但这几年我的主要精力放在私募基金管理上，如今郝如意的业务送到了手里，我就开始两眼放光，于公于私我都要先问问白永刚。

我瞄了一眼今天的新能源板块，依然是一路高歌。股票一好，我的心情就大好，我想趁着这好运给白永刚打个电话，可刚拨通号码，门口就响起铃声，白永刚变戏法儿般闪了进来。我说，今天也许是出货的好机会，如果你用资金，就先赎回一部分。

他问，那个女人找你了？一瞬间我以为他指的是郝如意呢，因为他总是"那个女人、那个女人"地说郝如意。我就说，嗯，她想把公司盘出去。白永刚急了，凭什么，虽然我持股百分之四十五，但我不同意，她也休想。我说你还持着如意公司的股份？

白永刚说，没有呀。看着他呆呆的表情，我才发现自己理解错了，我说，你们的齐总监确实来过，她让我赎回你的基金。

哼，本以为她和市政府关系好，能享受一些政策，谁知她还要牺牲我们的权利为政府买单。白永刚气呼呼地说，我不仅不赎回，我还再追加一部分，一分钱也不给她留。然后又问，我刚才没听错吧，如意公司要盘出？

我说，我一直觉得你们合作是个双方受益的事情。

白永刚又哼了一声说，不可能。那个女人也挺不是东西的。又说，我大哥怕你硌硬，才没告诉你，其实我们三人早就认识。白永刚看着我的表情欲言又止。我开玩笑说，有啥硌硬的，即便好过也都过去这么多年了。白永刚说，既然你知道，我就跟你说了吧，你也好提防着点儿。当年我和那个女人都在金城汽车厂，厂里效益不行，我们新分来的几个人就停薪留职办了个汽修厂，那时公车有定点维修，私家车还少，生意只能勉强维持。还记得八年前那场洪水吧，我们有辆正在修理的车被泡，挣的钱还不够赔的呢。那会儿我大哥正和她搞对象。说完，他看看我，又顿了一下说，我大哥仁义呀，见我们愁成那个样子，就提出来做个现场，变通一下为我们办点儿理赔，减少一点儿损失。可那个女人不同意，不仅不同意，还把这事捅了出去，大哥也被停职了。我一生气就出来另起炉灶了，后来我才知道，她是攀上那个车主了，那个车主不仅没让她赔，还给她投了一笔钱。不过老天有眼,那个男人后来出了车祸,少了一条腿。

我哦了一声说,其实她也没有错,错的是你大哥。

当时管理不规范,保险员和修理厂搞个小动作也是正常的,再说那些车辆都上着保险呢。我大哥还不是为了她好。白永刚说完又看了我一眼说,大哥是个好人。

我说,那这次,你大哥不能变通吗?

白永刚说,如今都规范了,我倒是想呢,比如说我们BBA展位就有场地险,打个擦边球也未尝不可,可那个女人比当年的郝如意有过之无不及,我们怕井绳呀。

我笑了笑说,你这个大哥关键时刻还不糊涂,你们要感谢郝如意呀,要不是当年,如今你们还不知捅多大娄子呢。

白永刚一边苦笑,一边搓着两只胖手说,都怪我,想着一促销,就一下子都卖出去了,哪承想还有秋汛一说。然后他又说,我的BBA好好的,真是昏了头了,非要和玄驹合作,本来是想跟那个女人争一把,这回却让她看笑话了。

我说,看来你是误解她了,我把那天郝如意的话说给了他。白永刚问,她真的是那样说的?我说是,然后我又把郝如意生病的事情也告诉了他。我还没说完,白永刚就急了,他问真的?我说真的。白永刚二话不说,拉着我就往家走,他说,快,快,咱们赶快把你家晾台上的狮子敲下来,不然真会要她命呀。

往下敲石狮子时,郝如意家的猫又溜出来喵喵叫,白永刚第一次温和地喊，Lucky，Lucky，咱们不叫哈。我问白永刚你认识 Lucky？白永刚说咋不认识，这猫是我大哥送给郝如意的。我再看那猫，果真就不叫了，但它一直盯着我俩，我不知道它是留恋还是嫉恨。

白永刚走前，我问他是否想找一家公司合作？白永刚苦笑了一下说，这次招商把同行都得罪了，这个时候，人家都等着看我笑话，等着我倒闭，谁会这个时候接盘呢？我笑了笑说，说到接盘，我倒是有个心得，在低位接盘应该是不错的选择。比如 Lucky 的主人，她一直想进军新能源呢。

十一

金城当年冬季第一场小雪那天，何大明正式走马上任了。值得欣慰的是，他坐到总经理办公室里第一个电话是打给我的，他说明天就和我一起去把证领了。

那个上午，大盘依然震荡，但交易量很大。阿萍拿着投研团队的报告进来，我知道他们还是想追加玄驹。但我却不愿下这个指令，我知道投资要克服个人情感，玄驹是玄驹，老七是老七，我不能将它们混为一谈，但从情感上，我却放不过自己。我说，咱们再看看，再看看。

下午收盘后，我早早回到家，把羊肚菌、松茸、鸡腿菇等泡发，想着煲一锅素佛跳墙为何大明庆祝。也许是我长时间不做，也许是我根本就没掌握要领，不是火大溢出来，就是温暾暾不打滚，煲了三个小时，一点儿香气也没有。我突然想起七年前王宏伟给我写过要诀，我把火关到最小，然后去地下室的箱子里翻当时的本子。正当我一页页寻找时，门铃响了起来。

我不予理会，何大明有电子锁的密码，至于其他人，当然没有什么比煲汤更重要了，我不想让这个美好的夜晚被打扰。但铃声一直在响，响得我不得不去开门。

让我没想到的是，站在门外的竟然是老七。我说，王宏伟早就让给你了，又来作什么妖？

老七哭着说，你快跟我去趟医院吧，王宏伟他出车祸了。

我被老七爆出的惊雷击中，直挺挺定在了门口，脑子里一片空白，心却是被刀绞的感觉。我想说，那个男人跟我还有关系吗？你们终于作出事来了，可那一刻，受伤的却是我，伤得我什么也说不出来。我们赶到医院时，医生正在找家属签字，婆婆的头摇得像个拨浪鼓。

老七说，如果截肢，他怎么当市长？

婆婆说，你们再找专家想想办法，有没有更好的方案？

医生说，目前情况看，保守治疗危险系数太大了。

断臂求生。那一瞬间，我的脑子里突然就长出了这四个字。我推开老七，也推开婆婆，在家属一栏签下了王子和自己的名字。

王宏伟被推进手术室后，婆婆狠狠瞪了我一眼，仿佛我是在落井下石，抑或是我在谋害她的儿子。我转过身时，老七抓住了我，她不是征求意见，而是倒打一耙，石媛媛，你就别作了。

我冷笑了一声问，是我把你们作到一起的吗？

老七说，还真是。可惜至今王宏伟不肯就范，就是醉着还说"老七有臭胳肢窝"。

我熟悉，这是我的原话，是我当年和王宏伟调侃时说的。当年我和王宏伟搞上对象后，就惹了众怒，只有老七还搭理我。不过老七也说我，不该这么高调地和王宏伟出双入对，如果再高调，说不准全院的女生都要和我为敌呢。在她的劝说下，我稍微收敛些，也为了避人耳目，看电影时就带上她，当然是我坐中间。王宏伟有些不满意，说我带个电灯泡，就不怕他移情老七。我说不怕，然后我做了一件不厚道的事，我告诉王宏伟，老七有臭胳肢窝。我知道老七特别在意这件事情，所以她每天喷法国香水。我们宿舍除了我，别人都以为她是哗众取宠，只有我知道她是为了遮掩。我作为她下铺的舍友也一直保守着这个秘密。我也不知道怎么就在王宏伟面前出卖了老七的秘密。毕业后，老七虽然分回老家荆州，但只要来省城，就住在我们家，和我们两口子走得比较近。每次老七走后，我都有事没事问王宏伟，当年想没想过移情老七，王宏伟就会摇摇头说，老七有臭胳肢窝。想着想着我就"扑哧"一下差点儿笑出声来，显然此刻笑太不合时宜了，我及时转化成冷笑对她说，知道有臭胳肢窝还往人家身上扑。

老七说，石媛媛，你知道我为什么扑？就是因为你总说我有臭胳肢窝，我的事是不是你说出去的？弄得我连个对象也搞不成。我说,你的狐臭味三里外都能闻见,还用我说?老七说,你知道我上大学前是做了手术的,只是没那么彻底,该洗澡时才臭。然后她叹了口气说,这个我就不跟你掰扯了,谁知道你都那么幸福了,还往别人的刀口上撒盐。有一天在你家厕所,听见你们两口子在客厅编派我,我当时那个气呀,愣是在厕所蹲了半天。其实每次去你家,我可注意了,去之前洗,晚上还洗,不可能还有味道。我想起来是有那么一回,王宏伟一进门就问,老七来了?我笑着说,就你鼻子灵,闻到臭胳肢窝味了?那之后好像老七还真没再来过。不过也不可能再来了,因为没多久王宏伟就去邢州挂职去了。

我居高临下地盯着老七,看她能不能说出花儿来。

老七继续说,王宏伟来到我们这儿挂职,我是又高兴又嫉妒。高兴的是又多了一个同学,嫉妒的是好事都让你们两口子占了。那天同学们为你们俩祝贺,你偏偏要牛,说好来又不来,故意想引起大家重视。你家王宏伟又实在,就替你喝呀喝,喝着喝着就醉了。这事不赖我,赖就赖你自己。他喝多了,人家都抢着送他,他说不用,非让我送。同学们也说,太晚了,一个女同学不方便,没办法跟石媛媛交代。你知道王宏伟说啥,他说石媛媛才不怕呢,老七有臭胳肢窝。

我一生气就扶着他上了楼。

那你也不该上床,是他拉你的?

不是,上楼后他一仰就睡了。如果他真和我说说话,可能也就没有后来了,可是他理都不理我,简直就把我当成空气。

我一生气就亲了他,他居然推我,嘴里还嘟囔着"老七有臭胳肢窝"。他这样一说我就更生气了,一生气,就躺在了他身边,我想就这样熏着你。我知道你第二天要来,你来后肯定能闻到我的气味。我想躺一会儿就去冲个澡,然后就回家,谁知躺着躺着他就过来搂我,搂着搂着就睡着了……

十二

玫瑰需要时间,圆寂却是刹那。

仅仅两周,当大家都沉浸在风和日丽的亢奋中时,股市就掉头杀跌,尤其是前期涨幅过大的股票。一向坚持价值投资的我,被概念先行带入了误区,忽略了玫瑰成长中的蚜虫和冰雹。其实在王宏伟出车祸后,我就该及时抛出手中的玄驹了,哪怕是先避避风头也好,但我第一次忽略了这个利空消息。王宏伟的车祸是去调研玄驹被泡车辆现场时发生的,他的车是进门时被使用无人驾驶技术的玄驹试驾车迎面撞上的。

手术后的郝如意前来赎回基金,这些基金都是在公司名下,她要提前做个切割,然后把公司盘出去,然后和她那个跛脚男人去山里生活。我明白她的意思,但目前不是赎回的时机,我劝她再等一等,或者可以找个公司合作,不一定非要卖掉。郝如意笑着摇摇头,我只好满怀歉意地答应她尽快找个合适价位赎回。

我不知道是因为老七的话还是因为王宏伟的车祸,我和何大明的证一直没领,母亲催过我几次,又说了一通夜长梦多之类的话。李晓也劝我慎重,陪伴自己后半生的人一定不要选错。

做了半辈子投资的我却不知道该怎么选了,但我期待风和日丽。

吉 祥 渡

一

湖畔公园在平安河北岸，因为在外环，又是市政环城水系工程的受益者，面积就比城内公园大了些。但大归大，里面的名堂并不多，无非是一个人工湖，两座小桥，还有一个垃圾堆起来的假山。总之湖畔公园是外环外新修建的公园，当时是和一墙之隔的湖畔别墅同时开工的。有人说是湖畔公园沾了开发商的光，不然原来那个臭气熏天的养鸡场怎能摇身变成吉祥湖，那个寸草不生的垃圾山怎能变成远眺台；也有人说是湖畔别墅沾了湖畔公园的光，不然房子一套也卖不出去。吕晓青知道这些说法不是空穴来风，但他们都忽略了事情的本质，实际上不管是湖畔公园还是湖畔别墅，都是得益于环城水系。吕晓青看到市政规划在环城水系民心工程论证时就开始把眼光投向那个区域。

看热闹的人说，不知道李嘉诚说过呀，买房子看的是"地段，地段，还是地段"。别看开发商建公园，打吉祥湖的牌，花里胡哨地置办了十来艘游船停泊在湖东岸，还装模作样地在湖边修了个带码头的小广场，都是忽悠人买房的。确实如此，吕晓青搬到湖畔别墅跟湖畔公园成为邻居后并没有看到那些脚踏船，甚至连当时看房时模型上的老木船也没有。她心中对湖畔公园碧波荡漾的诗意也就倏忽而去了。嘴一撇，嘟囔了一句，这些开发商就会耍这些小把戏。

但搬进来不久她就不再这么想了，做了半辈子经济工作的她看了几回就琢磨出了门道。天气晴好时，偌大的公园也就三两个人，而且大都是小区里来锻炼身体的。即便是节假日，来游园的人也不多，因为不远处的平安河就有码头，有沙滩，有花海，有各种儿童游乐设施。有人图新鲜来一两次也就不再来了，湖是普通的湖，山是普通的山，尽管有一个远眺台，有一个怡然亭，但站在远眺台上看到的并不是远方的风景，而是眼前湖畔别墅掩映在绿树之中的一座座法式小楼。有好事者拿了望远镜看，但除了楼顶和绿树还是什么也看不到。与其说这些人是来游园，不如说是来湖畔别墅看新鲜。吕晓青就曾遇到过这样的人。那天吕晓青像往常一样从山前大道跑上远眺台，背对着阳光，望着湖面拉伸，就听到左面有个人骂骂咧咧："他妈的，守着个大公园，还栽那么多树，你倒是多盖几座，多加几层，不知道现在房子值钱呀。"她瞥了一眼，看到有个男子正拿着望远镜远眺。她本以为是小区里晨练的，但听那话音、看那架势，她知道这是外面的人。她不愿和外面的人掺和，就从栏杆上收起刚伸直的腿。这时又听到旁边有人应和道："这是别墅区，真要盖高盖密集了就不值钱了。"

拿望远镜的人把望远镜往肩上一挎说："咱们下去看看，

也开开洋荤。"

旁边的人一咧嘴,吱了一声:"快别找那个不自在了,别看人家小区的人进出自由。若是外人,那就不是一道门了。"

"不是门是啥?"

"是铜墙铁壁!"

"啧,老子才不信这个邪呢,老子偏要去撞撞这道墙。"

吕晓青一边扶着栏杆甩腿,一边用余光打量着那个挎望远镜的男子,那男子虽然嘴里不干不净,但眉眼还算周正,一身黑色的运动装越发显得精神,只是胳膊和腿上的三道白线条太过显眼,让懂行的人一眼就能发现高仿的端倪。

吕晓青本想下山回家,可想到刚才那个挎望远镜的人的话,就不由得又换了一条腿甩。一边甩一边想,一会儿下山如果那个人就在门口堵着,自己是进还是不进呢?

"哎,哎,是我。你可警惕了,有个穿阿迪的人要闯关呢,我怎么也劝不住。"

吕晓青听到这话不由得打了个激灵,一瞬间觉得是生生遇到鬼了。这时"嗯嗯,嗯嗯"又清晰地传来,她循声望去,只见身穿绿色上衣的一个男子靠在台阶下的一棵栾树上,从后影看过去,看不到电话,只看到三个手指头握在一起紧紧贴在耳朵上,小指和无名指处光秃秃的像个突兀的小山头。

公园里人并不多,山顶的远眺台上就他们三个人。从身影和声音上吕晓青断定这个人就是刚才和挎望远镜的人说话的那个人。打电话的男子收起右手开始一跛一跛往下走,一边走,一边在草丛里扒拉，先是把矿泉水瓶子夹起来放在左手拖着的白色编织袋里，再是把塑料袋、卫生纸逐一夹起来放在黑色的垃圾袋里。吕晓青从他的衣着上猜想他应该是园林工人，只是她不明白这工人和小区有啥关系，是小区物业安排的便衣？按说不应该呀。小区管理是很好，但物业费也贵呀，因为贵，小区物业干一点儿小事都会张大嘴巴宣传很久，让业主觉得自己的物业费交得不冤枉。吕晓青从跛脚男人身边走过时，不由自主地回了一下头，目光恰巧就和跛脚男人碰到了一起，一脸媚笑堆积在男人又黑又皱的脸上。那张脸像胡乱架起的一堆干柴，若不是两只眼睛还透着一点儿生气，吕晓青真觉得是撞见鬼了。她快速收回目光，煞有介事得像做颈椎操一样把头向反方向扭了扭，然后跑步下山了。

　　挎望远镜的男子在大门前正和看门阿姨争执，显然看门阿姨已经成功拦截了男子。吕晓青不愿此时进门，但看看手机，已经比平时晚了二十分钟，若再晚，上班就会迟到了，她只好硬着头皮往院里走。没想到门刚开了一道缝，那个挎望远镜的男子还是先她一步进来了。看门阿姨一个箭步上前拽住男子，男子一甩胳膊，就把看门阿姨甩到了门上，又黏又腥的血点子刹那就溅到了吕晓青的脸上，吕晓青"啊"都没"啊"，就摔倒在地上。但这个晕只是短暂的几秒，等保安人员伸手扶她时，她已经清醒了。她可不愿当众出这个丑，一边连连摆手说我没事，就是晕血，一边迅速逃离了现场。

　　事后物业经理带着看门阿姨来家看望吕晓青，吕晓青才知道看门阿姨是小区的保洁员，负责她们家前后那两条街道的卫生，因为通往公园的门就在她们这条街上，所以阿姨也兼管铁门的开关。物业经理介绍时，吕晓青记起来物业服务合同上好像有这么个人，合同上的保洁员叫周洁，圆圆的脸蛋，黑亮亮的大眼睛。眼前这位却是黑黑的瘦瘦的，如果不仔细看，还真是找不到照片上的痕迹。物业经理说："平白给您添了堵，我们和周嫂都很过意不去。"

吕晓青说："我真没什么，倒是周嫂头上还带着伤，应该多休息休息。"

吕晓青的话还没说完，周嫂就急忙说："我没事，真的没事，只是皮外伤。"一边说一边小心翼翼地看着物业经理。

物业经理和周嫂反复解释闯入者事件，但都没有提园林工人和那个神秘的电话。吕晓青在他们的唠叨里回忆着当时的情景，几次都想打断他们问问是不是有这么个电话，但看着急于解释的物业经理，看着满脸通红的周嫂，自己都不能确定有没有这么个电话了。她开始怀疑那是不是自己的幻觉。这样一想自己就有些生自己的气，心里一气就对物业经理埋怨起来："你们物业也太会省钱了，给保洁员额外加活儿。如果派个男保安在那里，估计也就没人敢擅闯了。"

物业经理愣了一下旋即就使劲儿地点头："是，是这样的，我们马上改正。"

二

湖畔公园的船还真不是开发商的鬼把戏，因为湖畔别墅还有十几套别墅没有卖出去。那十几套别墅不是不好卖，是因为国家出了政策，对城市用地建别墅管理越来越严，物以稀为贵，开发商攥着这十几套别墅估值待卖。就冲这点，周边环境和物业管理也不会降低规格的。所以那些船即便是摆龙门也要摆一摆的，但摆了一段开发商发现那些船在那里不仅没有给别墅提色，反而让购房者觉得小区太冷清，少了烟火气。有一个南非挖矿的老板看上了一套紧邻公园的大独栋，但到公园溜了一圈后就没再签合同。他说你看看那些船在那里动也不动多荒凉呀，房子选在这里太没有安全感了。开发商嘴里说这房子你不买抢的人多呢，但还是把责任推在了那些船上。

没人喝彩，那些船也就摆得索然无趣，时间一长筋骨僵硬了，血液也生锈了，与之前画龙点睛的初衷相差甚远，既不能争光添彩，还要浪费资源维护，于是公园管理处就把它们遣散了。谁知那些游船停靠在码头时，码头上一天没有几个人，游船开走了，码头上却热闹起来。先是小区里的几个老人在码头上打太极拳，再后来就成了湖畔别墅舞蹈队活动的场地。

湖畔舞蹈队的组织者是之前她们小区的领舞，搬过来后的一段时间，依然每天到原来的小区去跳舞，但可嘉的精神终究是没能抵过实际的困难。比如夏天一下大雨，湖畔立交桥下就容易积水，一不小心就容易把车陷进去；再比如冬天一下大雪，路面没有市区清理的及时，出行也是冒了风险的；再比如近几年机动车保有量越来越多，二把刀也越来越多，领舞就有好几次被堵在高架桥上下不来。到原来的小区跳舞并不是长久之计，领舞就约了小区里几个相熟的姐妹在公园码头的小广场上跳，跳着跳着，小区里的女人们就陆陆续续被吸引了进来。

吕晓青一开始对舞蹈队并没有兴趣，因为在她的印象里广场舞是大妈们的专利，临近退休的她现在最怕的就是混入大妈行列，何况已经习惯了在机关正襟危坐的她觉得自己就没有那个细胞。但音乐和舞蹈是有魅力的，时间一长，她就对曲子熟悉起来，熟悉起来就不自觉地在心里哼哼，哼着哼着就在遛弯儿的间隙多看了几眼，这一看身体竟不由自主地比画起来。领舞是个热心人，就过来鼓励吕晓青加入舞蹈队。领舞说吕晓青不仅身材好，一招一式里还透着跳舞的天赋，之前肯定练过。

吕晓青极力解释着："没有，没有，真的没有。就是上大学时参加过学校的舞会，周六在食堂大厅里那种三步四步的瞎晃悠。"

领舞瞪大了眼睛说："一看你就有基础，你气质这么好，不跳舞可惜了。"又问吕晓青在哪个学校的食堂跳过舞。

"就是咱们金城大学。"说完，她又画蛇添足道，"当年没考好，是从北京大学漏下来的，五分害了一辈子。"

"当年能上金城大学一定是特别优秀，就是现在金城大学也是咱们省的名牌呢。真让我们这些没进过大学校门的羡慕。"

　　吕晓青在领舞的鼓动下加入了舞蹈队。加入后她不仅爱上了舞蹈，而且也找到了湖畔别墅业主的感觉。每天晚饭后，面朝湖水背靠土山和姐妹们跳上一个小时，然后一边聊天一边结伴回小区。虽然是抱着锻炼身体的目的，但女人们心里还是免不了争奇斗艳地暗自比较。领舞更是主动进入了舞蹈队队长的角色，不仅热心地教大家，而且还总在指导中强调自己教的不是广场舞，而是专业水准的舞蹈。吕晓青开始时也是暗自发笑，什么专业舞蹈，在广场上跳的就是广场舞，你以为你是专业舞蹈老师，你的舞蹈队也是专业舞蹈队了？但跳着跳着吕晓青自己也觉得自己跳的是专业水准了。有一次学弟王源打来电话，说导师从院长位置上退下来了，几个弟子跟完美收官的导师吃顿饭，以示祝贺。吕晓青知道王源这是打着导师旗号又动鬼心眼，就想给他搅和黄了。吕晓青就说，最好安排在中午吧，我晚上还跳舞呢。王源不知就里地把吕晓青跳的舞想当然成广场舞。其实不光是王源，这应该是所有人的第一反应，广场舞就广场舞，没有人在意这些，更没有什么大惊小怪的。吕晓青却此地无银地解释，我们跳的是正规的舞蹈，不是广场舞。丈夫王海涛在一旁揶揄她："你以为是学历呢？还什么正规不正规，广场上跳的就是广场舞。"

　　"我们的舞蹈是按着舞蹈学校课程教的、练的，不是低俗的广场舞。"

　　"真逗。啥教程、啥老师也改变不了广场舞的事实，广场

舞怎么就低俗了？不过你们确实是环境好、服饰好、老师好、跳得也好。"

吕晓青本来还气呼呼的，但听到夸奖也就借着坡下来了，她心里也知道，是优越感在作怪。她之前也受过广场舞的烦扰，一群大妈们在街边、在公园、在小区的空地上随时随地操练，人员不固定，服装不固定，在吕晓青心里那些广场舞就是在给狭窄的区域和密集人口添乱。可湖畔舞蹈队就不同了，首先是人员年龄整齐，年轻人因为离市区太远不愿在湖畔住，即便有住进来的也没那个时间和心情跳舞；老年人想加入，但因为舞蹈难度系数大，人家美美地跳，你自己瞎比画，不用劝，最多两三天，也就打了退堂鼓。偌大的湖畔公园，除了几个小区里遛弯儿的，几乎就是舞蹈队的天下了。舞者在码头上起舞，望着倒影在湖面上的云霓和湖岸绿树掩映下的家园，难免不生出梦瑶台的感觉，有了梦瑶台的感觉，广场舞也就变成霓裳羽衣舞了。

跳舞成了吕晓青业余的一大乐趣，为了那乐趣，她真就搅和黄了学弟王源的那顿饭。后来她才知道，那顿饭实际上是庆贺学弟王源接导师的班荣升院长，再后来她知道那顿饭还有一层意思，就是学弟王源要把自己的学生金城证券的小王经理引荐给她。王源说："师姐在政府机关，站得高看得远，宏观上多给小学弟指点一二。"吕晓青当时还调侃说："证券的经理，看市场比咱们准，我都要退休的人，以后就只有跳广场舞的份了。"吕晓青再次用舞蹈堵住了王源的嘴，尽管这次她不惜用上了"广场舞"。

不管是广场舞也好,是专业舞也好,反正吕晓青是真的迷恋上舞蹈了。虽然说是临近退休,但这不是还没退吗,而且局长说了,环城水系工程不完工,就是到站了,也要把她再聘回去。局长说:"知道你心里委屈,我们也想给你个主任,但干部年轻化闹得年龄关过不去,你虽然是副主任但也是正职待遇。你这个经济学专家,碰上了环城水系的项目,资金的筹措和使用都交给你了,管好了用好了是功在当代也利在千秋呀。"吕晓青知道局长是在激励她,可是不激励她也得干呀。早在几年前环城水系项目论证后,作为财政局预算处的副处长吕晓青就提出了资金问题,提出目前财政资金满足不了这么大项目的投资,建议成立投资部门专项向社会发行债券筹措资金。当时的局领导都认为她是想出风头,想给自己找个正职的位置,就否定了她的提议。尽管环城水系在轰轰烈烈中开工,但因为后续资金问题也只好悄无声息地沦为半拉子工程。去年新市长上任后,几轮听证论证下来,就提出了资金取之社会,用之社会,造福于民的思路。这个思路和吕晓青之前的建议不谋而合,局长就想当然觉得是吕晓青给市长出的主意,因为市长简历上的毕业院校是金城大学,况且年龄和吕晓青也相仿,那么就没有理由不认识当年金城大学的校花吕晓青。任凭吕晓青怎么解释,局长都不相信吕晓青和市长不认识,反而是愈解释,就愈觉得吕晓青水深,后悔之前没有把吕晓青提到处长位置上。如今想安排、推荐吕晓青,却绕不开年龄限制,只好退

而求其次把吕晓青安排在新成立的投资办副主任位置上，括弧正主任待遇。

局长对吕晓青说："市政府对城市建设很重视，道路要新建扩建，环城水系工程也要重新上马，资金募集筹措就交给你这专业人士了，你在前方冲锋，我在后面火力支持，绝对不能给市政府掉链子。"吕晓青当然知道局长的心思，也就不再解释，便全身心投入工作中去。按说白天工作一忙起来，晚上就没有时间跳舞了，谁知越忙吕晓青越不愿意放弃跳舞。她嘴里对王海涛说白天忙了一天，需要活动活动筋骨，其实在心里她是延续工作带来的快感，像接受局长表扬一样接受领舞的表扬，享受年少时三好学生的感觉。

三

闯入者事件后，吕晓青每天上下班时都会与在门前收拾擦洗的周嫂打个招呼，其实之前周嫂也是这样的，只是吕晓青并没在意，之前的吕晓青即便点头也是盲目地点头。如今周嫂就和舞蹈一样成为吕晓青生活的元素了，如果哪天出来看不见周嫂，就会觉得少了些什么，心里有时会想周嫂是不是生病了？是不是家里出什么事了？但想归想，她还是不愿意也没有时间和周嫂过多交谈，不啻天渊的她和她能有什么共同语言呢？她起舞时周嫂还在清理一天的垃圾，她每年交的物业费是周嫂工资的两倍，何况周嫂也是个寡言的人，是个用微笑代替话语的人，所以她们之间的交往也就停留在微笑和点头上。尤其是那天跳舞回来无意中撞见周嫂捡拾她扔在垃圾桶里的大米后，她就更不愿意和周嫂多说了。那天舞蹈队学新的舞蹈，领舞教了几遍，总是有人做不好，领舞就让吕晓青给大家示范，吕晓青就兴致勃勃地把自己的理解分享给大家。那是一个藏族舞蹈，在向前四步中两只胳膊要从腰后往前上方挥，但好多人就是做不出味道来，急得领舞嘴巴直起白沫。吕晓青想了想说："会撵鸡吗？就是那个撵鸡的架势。"众人按着一比画，恍然大悟，果然就找到感觉了，就夸还是吕晓青聪明。受到了领舞器重和舞友们赞许的吕晓青就有些飘，她婀娜着脚步往家走时看见周嫂还在垃圾箱附近忙活，就袅袅地唤了一句："周嫂，你还在忙呀？"

周嫂像受了惊吓的老牛，"啊"的一声直起了身子。应着"啊"声，"哗啦"声像复调般让塑料袋里的大米大摇大摆地滑落在她们面前。

那是跳舞前吕晓青随手拎出来生了虫的大米，当时她是系了口的，往垃圾箱里扔时也发出了这样的"哗啦"声。她当时还想下次一定要把口子系紧一点儿，如果那样，它们就不会散落在垃圾箱里了。其实散落和不散落也没有多大区别，反正都要随垃圾车运走，她没想过那些米还会被周嫂捡回来。周嫂的脸在灯光下红得像一个灯笼，吕晓青不敢多说也不敢多看，她怕自己的气息随着风刮过去，灯笼心里的火苗就会把周嫂的脸颊烧着。

吕晓青是个特别注意养生的人,总是说如今大环境食品安全已经岌岌可危了,个体就更要格外注意,这一注意就有了矫枉过正的嫌疑。米面生不生虫,只要时间一长,比方说,过一个夏天她就会处理掉。冰箱里的食品更是这样,别说过期的冻肉,就是快到期的食品她也会随手扔掉,而且扔得不留一丝情面。眼前的情景再明显不过了,周嫂在拾她扔掉的大米,而且是生了虫被她丢弃在垃圾箱里的大米。她快步跨上台阶,开门进屋,像做了错事的孩子一样一边捋着思绪,一边对王海涛说:"周嫂,刚才我看到周嫂在垃圾箱里捡米,你说说多不卫生,多不卫生呀。"

正在看电视的王海涛说:"农村人更懂得粒粒皆辛苦,见不得浪费,下次要扔就别放垃圾箱了,直接放旁边。"

"什么粒粒皆辛苦,就是贪便宜,本以为她又勤快又老实,没想到也和那些保洁员没两样。"

吕晓青再见到周嫂时脸上的表情就僵硬了许多,周嫂尽管依然微笑,但那笑容也明显不如原来自然。

后来有一天,物业人员上门检修供暖设备,无意中吕晓青听到检修人员说起公园大门值班的事情。两个检修人员聊天说,人家也就是好奇别墅里啥样子,进来溜一圈就溜一圈呗,那么认真干啥,这可好自己把自己的夜草断了,她老头再能拾破烂还能拾五百元?害得我们大家还得轮流值班。吕晓青就问了一句:"你们是说周嫂吗?"

高个儿检修工说:"就是她,昨天我值班时脱了一会儿岗，其实也是帮一个业主修个阀门，她就当成大事一个劲儿给我发微信，还装模作样帮我盯着，我可没钱补贴她，你说这人是不是有毛病？"

矮个儿检修工说："是脑子不清楚，尤其是逞能这一点让人不舒服。不过她也是够倒霉的，老头逞能落个残疾，她逞能丢了五百元的补贴，如今还要逞能供儿子读书。"

"是呀，若是我，早就让儿子去打工挣钱了，你说你一没财力，二没关系，上的又是普通院校，就是将来毕业了不还是打工。"

吕晓青才知道之前那道铁门因为有人脸识别，物业就没有安排专职的看门员，每月给兼职的周嫂加了五百元，早晨六点负责打开识别系统，晚上十点再关闭上。周嫂兼职看门比专职还上心，不仅自己时时盯着，还让老公帮着"巡逻"。

这样一想，吕晓青就能把那个跛脚男人和神秘电话与周嫂联系起来了。那个男人无疑是周嫂的男人，那个电话显而易见是提醒周嫂不让挎望远镜的男子闯入。她问维修工："你说周嫂老公是公园那个环卫工人吗？"

高个儿维修工说："也算吧，他只是个没签合同的临时工。"

吕晓青又问："你说他是逞能落的残疾？一个环卫工人能逞啥能？"

高个儿维修工说："他们是外地人，本来在家种着一亩三分地也能过活，她儿子考上大学后，两口子就跑到市里来打工，说是要供儿子上学。其实像她那样的家庭，那种普通大学不读也罢,可周嫂却心气高得很,说是将来还要供儿子读研究生呢。哦,原来码头边停靠了一些游船,你知道吗?"

吕晓青说:"知道,我就是被那些船忽悠着买的这个房子。"

高个儿维修工笑了笑说:"卖完房那些船就没用了,他来时正赶上清理那些生锈的船。因为发动不起来,我们就说先抹些机油润一润,等过几天再开。管理处的人当然嫌麻烦了,一个劲儿问还有没办法?大家都说没有办法。这时她老公冒出来逞能说,他先用扳手人工带着转一转,转动后,再用电机带就行了。"

高个儿维修工觉得说明白了,可吕晓青却没有想清楚致残的原因,她疑惑地看着高个儿维修工。高个儿维修工又解释道:"生锈的船桨,转了几下后,确实动了,但人也被卷了进去,伤了一条腿,伤了一只胳膊,卷进去两根手指。"

吕晓青打了个冷战,问:"开发商和公园没赔偿吗?"

"没有,要不怎么说都怪他儿子呢!他儿子课外在售楼处打工,就把他爸妈介绍到咱们物业,上班第一天,还没给他派活儿,他就自己逞能出事了,能怪谁?物业为了照顾他们,给她老公安排在公园扫厕所,给她安排在小区做保洁。"

"他们是不是就住在厕所边那个小房子里?"吕晓青有一次在公园上厕所时闻到了葱花的味道,左右看了看,才发现后面还有一间小房子。

两个维修工同时说:"是。"

吕晓青"哦"了一声,没再说话,但心里却自责起来,后悔自己多事，好心办了坏事，让周嫂失去了那五百元的看门费。

第二天再看到周嫂时，吕晓青心里就有些不自在，顺手把后备厢里的饮料拿出来给周嫂。周嫂受宠若惊地说我不喝，我有水，说着就从小推车上拿出一个大水杯晃了晃。尽管那个大水杯带着红色编织套，但吕晓青还是一眼就认出那是她淘汰的白色塑料杯。杯子很大，还带着提手，适合出门时拎着，但不管怎么洗都除不尽那股塑料味，吕晓青就把它和垃圾一起扔掉了。给周嫂饮料，周嫂拒绝，拎着苹果拿着其他东西送周嫂，周嫂也不肯收。周嫂越不收，吕晓青却越惦记着给。慢慢地，吕晓青就摸到了门道，别看给好东西她不要，若扔点儿垃圾她捡的还是挺欢的。于是吕晓青就把家中的纸箱和一些旧报纸搬出来放在门前，喊一句周嫂麻烦你给收走吧，周嫂就会毫不犹豫地快步赶来。再后来，不仅纸箱报纸，就连不要的衣物和即将过期的食品吕晓青也拿出来喊一声，周嫂，麻烦你给拿走吧。

每次把家中废弃的物品清理给周嫂后，吕晓青都会高兴好几天。王海涛揶揄她："是不是有了普度众生的感觉啦？"不过揶揄归揶揄，在这方面王海涛还是很乐于配合吕晓青的。比如有一次王海涛参加一个开业仪式，就把剪彩发的红围巾拿回来了，这在以前他是绝对不会拿回家的。吕晓青有些纳闷地问王海涛，这破化纤的你拿回来干啥？王海涛说，让你给周嫂呗。王海涛发现搬到湖畔别墅后，吕晓青脾气小多了，动不动就拿自己和周嫂比,越比吕晓青的幸福指数就越高,越高王海涛的日子就越滋润。当然每到这时王海涛就会夸吕晓青,你眼光真好,这房子真是买对了。

吕晓青也会感慨一番,是呀,当时总是拿经济的眼光看,以为环城水系建好周边房价就会涨,谁知不光增值,还这么宜居呢。王海涛说,是呀,你看市区雾霾这么严重,一下二环,尤其是一进咱们院,明显的清爽。每每说到这里,吕晓青心里就想,还好没有错过。她记得看房时自己曾经颇有微词地对售楼员说:"怎么能叫湖畔别墅呢?明明是在河畔。"

售楼员说:"楼盘的名字是我们刘总请高人起的。湖和河都一样。"

吕晓青白了售楼员一眼:"湖和河怎么能一样呢?比如你说渡河,能说成渡湖吗?再比如黄河的河,能改成湖吗?湖明显有局限,好好的平安河畔,就叫河畔别墅吗?"

售楼员固执说:"是不能改,可你不觉得湖畔别墅比河畔别墅更洋气吗?"

吕晓青说:"不觉得。"

售楼员滚了一下喉结,说:"咱们买的是房子,就不纠结这名字了。你看这几栋都临着河,而且在小区中心位置,离公园就一墙之隔,去公园的门就开在这条街上。"

"什么叫不纠结了?名字当然重要了,就像相对象,第一眼看不中,还怎么谈?"

售楼员脸一红,说:"你先看看房子,这几栋真的抢手,名字真不重要。"

后来是停在吉祥湖码头上的小木船，给了吕晓青无尽的遐想，才让她毫不犹豫地定下了那套别墅。

四

吕晓青晚饭后去跳舞时，周嫂拎着一个塑料袋站在小院铁艺门前，看到吕晓青从房门出来，周嫂就迎了上来。周嫂说："昨天早晨又听见王老师咳嗽了，正巧我家孩子他爸回老家，家里还有点儿烧糖梨，就给王老师拿来了。"吕晓青心里想刚才还和王海涛说起烧糖梨的事呢，真是想什么来什么。

王海涛的气管炎是从小的毛病，每年冬天都会犯上几次，一咳起来不仅脸红脖子粗，还常常咳得胸脯疼，当然觉也就睡不好。吃药、输液折腾好一阵子，咳嗽却消停不了几天，稍不注意就又反复。市里有名的大夫都找遍了，都说没大问题，但总也除不了根。吕晓青就埋怨起婆婆，问王海涛是不是他妈亲生的，小时候怎么就不给他好好治治呢。王海涛刚开始还解释，说他妈带着他把金城的医院都看遍了，因为体质过敏，娘胎里的，治不了。年复一年，就不解释了。吕晓青一说话，他就咳嗽。吕晓青知道这是王海涛的免战牌，但她还是不甘心地"哼"一声，然后再怼上一句，搞对象时，你也不说一声！

去年冬天王海涛的气管炎又发作时，周嫂也是这样拎着几个黑不溜秋的梨站在吕晓青门前，让去跳舞的吕晓青吓了一跳。周嫂说这种黑梨是他们老宅子的老梨树结的,在他们老家叫"烧糖梨",加上冰糖煮水对咳嗽可管用了。当时望着那几个又黑又软像烂了的水果一样的梨,吕晓青连忙摆手说谢谢,但就是不肯接,心想,我每天给他雪梨、川贝、百合水煨着都不顶用,像这样又小又黑都快流汤的破梨能管个屁事!

周嫂说:"你让王老师试试吧,我们在老家一咳嗽就用它煮水喝,喝上三几天就好了呢。"

吕晓青依然没接,说要去跳舞了,再不走就迟到了。说完扔下周嫂就去了公园。走了一段路,回头望,只见周嫂还拎着塑料袋站在门口。让她更没想到的是,等她跳完舞回来,周嫂还在门口等着。

吕晓青进屋后本想把梨子扔了,王海涛却不让,说:"你这样多不尊重别人呀,扔也要过几天再扔,最起码要顾忌人家的感受吧。"

吕晓青看着那几个黑不溜秋的梨,心想都是你咳咳咳惹的麻烦。但还是把梨洗了加上冰糖放在汤锅里煨。

睡前王海涛一边喝黑梨水一边吸溜嘴问:"快酸掉牙了,没放冰糖?"

看到王海涛拧眉咧嘴的样子,吕晓青笑笑说:"放了呀,良药苦口,你就忍着多喝点儿,周嫂为了这几个梨子可是冻了一个多小时呢。"

让他俩惊喜的是,第二天早晨王海涛的咳嗽真就好多了。吕晓青笑他,不会是心理作用吧。但笑归笑,出门时吕晓青还是忍不住问了周嫂一句:"我还从没见过这种梨子呢,咋那么黑那么酸?"

周嫂告诉她,烧糖梨和烧糖梨也不一样,个大发甜的好吃不治病。她家这棵树的梨子虽小,但却能治咳嗽。她家那棵梨树是嫁接的,长了百十年了。因为梨子又黑又酸,她刚嫁过来时也想把树砍了。可孩子他爸说,梨子虽然难吃,但被雪打后摘下来,放到院子里冻一冬天,就会变成"烧糖梨",用烧糖梨和冰糖一起煮,能治咳嗽。

吕晓青说:"你家守着个这么神的宝贝树,每年卖梨子的钱就够孩子读书了,干吗还出来打工?"

"孩子他爸不让卖,俺也没想过要卖,这么多年十里八乡的谁家需要了就来要几个,也没提过钱的事,如今咋好意思要钱?再说都是自家院里的,也不值几个钱。"

这土方子虽然没有让王海涛的气管炎除根,但每次都能缓解很多。后来周嫂又给吕晓青送了几次烧糖梨,周嫂告诉吕晓青把烧糖梨冻在冰箱里,用的时候化开直接煮就行。

往年立春后,王海涛的咳嗽基本就不再犯了。今年立春那天,王海涛喝了场酒,又赶上倒春寒,咳嗽就又厉害起来。半夜里吕晓青去冰箱里翻腾半天,才发现烧糖梨已经都用光了。王海涛让吕晓青明天问问周嫂家还有没有。吕晓青说不用问了,她家就厕所那么个屁大点儿的地方,又没有冰箱,有,也存不下,存下了也不敢喝呀。第二天吕晓青就买了丰水梨和川贝煮水,王海涛依旧咳个不停,闹得两个人都没有睡好。

吕晓青想这个周嫂看着蔫乎乎的，还挺有心，王海涛咳嗽犯了没几天，她就又给送烧糖梨来了。不会是有什么事要她帮忙吧？转念又想能帮就帮吧。自己虽然不是观音菩萨能普度众生，但只要不违反原则，让自己的亲朋、身边人舒服舒服还是能做到的。但周嫂和往常一样，只是说："你快回去吧，赶快给王老师熬水喝。"

王海涛当晚喝了烧糖梨水，症状明显缓解了许多，不再撕心裂肺地咳，吕晓青也睡得很踏实了，第二天上午就把发行环城水系债券的签报报了上去。下班时，局长表扬她这个方案好。晚饭后，她叮嘱王海涛在家多喝烧糖梨水，然后迈着轻盈的步子去公园跳舞。

新舞蹈是领舞新改编的藏族舞蹈《吉祥渡》，是舞蹈队用来参加电视台舞蹈大赛的。其实领舞最开始选的是傣族舞，也就是杨丽萍的孔雀舞。但吕晓青在领舞众多的舞蹈视频里看到藏族舞蹈《吉祥渡》时，就拍了一下手叫道："这个舞蹈的名字好呀，内容也好，共产党把翻身农奴从苦难过渡到了幸福生活，如果我们跳这个，一定能拿奖。"领舞说好是好，但是难跳好。藏族舞蹈简单，但藏愚守拙的踩脚、抖肩功夫可不好练，加上这个舞蹈还有转三圈的难度系数。吕晓青以为领舞还会坚持孔雀舞，可到了第二天领舞跟大家说的却是《吉祥渡》。还把吕晓青当时说的理由说了一遍。

领舞教了几个基本动作后，就又喊吕晓青出来给舞友们示范。舞友们纷纷赞叹道："你看看人家吕姐，就是悟性好。"

吕晓青嘴里说大家都差不了多少，心里还是很高兴被众人追捧的感觉，也知道更多的是领舞给自己吃了偏饭，比如周六日下午，领舞就会和她微信，如果有时间领舞就会到吕晓青家的阁楼一边喝茶，一边切磋。领舞说吕晓青素质高，见识广，每次选舞蹈时都要和吕晓青商量，吕晓青说好她才有信心，她们一边选也一边练。有了领舞单独教学，凭吕晓青的天资，等大家开始学时，吕晓青就不显山露水地鹤立鸡群了。吕晓青很享受这种感觉，别墅里女人的财富、职务的攀比都是在心里的，谁都知道山外有山楼外有楼，但人气就不一样了，比如舞蹈跳得好，大家不管心里服不服气，表面上总是要夸赞聪明、悟性好，而且这种夸奖还是可以摆上桌面的。为了保持魅力，吕晓青就愈发努力，愈发和领舞绑在一起。这天跳完舞她和领舞往家走时，领舞接了个电话，说："我哪里认识金城大学的人，哦，你姐夫就更不认识了。哎哎，你别哭呀，好吧，你到家等着我，我刚跳完舞，马上就回去了。"放下电话她就对吕晓青说："我表妹真是的，明明知道她家闺女一大考就"秃噜"，还报首经贸的研究生，刚才说差两分没进提档线，准备调剂回金城大学，但又怕老师生她的气，不要她。"

吕晓青说："只要分数够调剂还是可以的，如今最公平的莫过于高考了。"

领舞叹了一口气说："你不知道，我表妹家闺女就是金城大学金融专业的，在班里还前十名呢，导师当时选上她，要保本校的研，她拒绝了。"

吕晓青"哦"了一声。她知道最难办的就是学生的事和找工作的事。眼看就到小区门口了，她就没有再接话头。但吕晓青没料到舞友也是校友李艳却半路杀了出来："你算找对人了，金城大学金融的事找吕晓青就行了，她的导师就是金融学院的院长，金院还有她一帮子师兄弟呢。"

"哎呀，哎呀，你看我这猪脑子，我怎么就没想到呢，我表妹可有救了，可有救了。"领舞大声说。

吕晓青只好转换口气说："我老师今年就退休了，我和学弟也很久没有联系了，你先把基本情况发给我，我一会儿到家了给他们打个电话问问。"

这时等在小区门口的表妹看见她们走过来，就带着哭腔说："姐，你怎么还有心思跳舞，还有心思说笑呀。"

领舞一边批评表妹，一边说我不跳舞能认识吕姐，不认识吕姐你家雪萌就真要哭了。领舞的表妹就上前拽住吕晓青的胳膊，激动地说着感谢的话。

"都给你说了，没问题了，你就别啰唆了。吕姐如果办不成那就谁也办不成了。"领舞赶快制止住表妹。

李艳也起哄："你就把心放肚子里吧，你姐是舞蹈队队长，吕姐是舞蹈队的优秀队员，若是办不成还怎么好意思跟着你姐跳舞呀。"

吕晓青也只是笑。其实这点儿事在吕晓青心里也不叫事，导师早就多次说过，只要过了分数线，还是有机会的，最怕的是卡在分数线外。如果确如领舞所说，跟首经贸差两分，调剂到金大应该不是难事。但难就难在如今导师已经退下来，要办这事就绕不开学弟王源。之前王源三番五次找她吃饭，她都以晚上跳舞回绝了，如今却要觍着脸找人家。回家后左思右想也想不出好借口，索性就硬着头皮找王源试一试。没等吕晓青开口，王源就道："大师姐，有什么指示？"吕晓青顾不上和他贫嘴，就直接把学生的情况说了一遍。又强调是自己表妹家的孩子。

王源倒是痛快，说应该没有问题，又嘱咐吕晓青把孩子的信息发给他。

王海涛看到吕晓青眉飞色舞，说："你怎么现在谎话张口就来，你表妹家孩子都上班好几年了，考的哪门子研究生。"

"我这也是在度人，你没见领舞表妹那个着急的样子，她那孩子都快抑郁了。再说那孩子学习是真好，就是每次考试都不走运。"吕晓青连忙解释。

"不走运的人多着呢，你度得过来？"王海涛建议她最好不要参与。

"行，行，我也知道，我也就是点到为止，以后的事看她们自己造化了。其实能帮的还是帮一把好，就像周嫂，如果不是我们总给人家东西，人家也不会给咱们烧糖梨呀。"

话题说到周嫂，王海涛说他们运动会要发身运动服，他也不穿，让吕晓青问问周嫂她儿子穿多大号，回头领了给她。

吕晓青知道周嫂那个人要面子，问她是不会要的。她不喜欢周嫂这一点。春节时去三亚过年，临走前就把家里的水果收拾了一下送给了周嫂，周嫂说什么也不要，直到吕晓青说家里有暖气，水果放不住，等他们回来这些就烂掉了，周嫂才不情愿地拿走，仿佛是周嫂在为她解决麻烦一般。有时吕晓青就想，再也不直接给她了，放在垃圾边，让她自己捡吧。可从周嫂给她们送烧糖梨后，这想法也就只在脑子里晃一晃。她知道王海涛离不了周嫂家的烧糖梨了，好在周嫂许诺以后每年都给王海涛留着烧糖梨。周嫂说她儿子在家总说要知恩图报，吕阿姨总接济他们，等他毕业了要好好报答呢，梨子给王老师是留定了的。

五

吕晓青加了王源的微信，把雪萌的情况发给王源后，王源说这个学生他认识，让雪萌直接联系他就行。不仅事情答应得痛快，还吹捧了吕晓青两句，什么师姐正忙民心工程的大事，就不要为这点儿小事分心了。

事情办到这个程度，吕晓青觉得自己也就不用再多操心了。该上班上班、该跳舞跳舞，中间还把王海涛领回来的运动装给了周嫂。但雪萌的事情却没她想得那么顺利。

这天跳舞时，领舞精力就不集中，接了个电话后，舞步就更乱了。散场后，领舞让吕晓青跟她去她们家，说她表妹有事要商量。吕晓青心想这表妹也太笨了，都给你们联系好了，还商量个啥？像人家周嫂家儿子找谁去，跟谁商量？

思忖间，表妹远远就迎上来拉住吕晓青的胳膊说，前几天说得好好的，今天突然不接电话了。吕晓青说事情说清楚就可以了，也不用每天都打电话。表妹这才说了实话，原来雪萌的笔试成绩刚够着了边，今年金大金融调剂的人又多，王源就让她们放弃金融专业，改报国际商务或者市场营销。表妹就觉得是王源在敷衍她们，关键时刻还要吕晓青出马。表妹也是急昏了头，当时就要跟着吕晓青回家，看着吕晓青给王源打电话。吕晓青想，如果让王海涛知道她还在管闲事，就会又上纲上线批评她破坏生态法则，怕是好几天耳朵边也安静不了。她有些为难地说老王咳嗽又犯了。表妹还想坚持，就被领舞的话截了回来，领舞一边说她爱人出差了，去她家方便，一边又歉意地对吕晓青说，我这个表妹呀，就是急脾气，你要不给她问问，我这一晚上就睡不了了。

领舞家和吕晓青家隔着两条街。这街名义上叫街，实际上就是一条小道，虽说隔两条街，比隔着一栋楼还近呢。领舞的表妹为了讨好吕晓青就埋怨领舞没眼光，选房时也不知道选个离公园近点儿的中心位置，位置一偏连保洁员都偷懒。为了证实自己的观点，她又举例道："我每次来都能看见吕姐街上的保洁员在不停地打扫，我姐家可好，门口的树叶都一层了，也看不见个人影。"

领舞说，这倒是事实，小区里都知道吕晓青那条街的保洁员干活儿实在，不像其他保洁员每天就拿个笤帚划拉一下应付差事。

吕晓青笑了笑,并没接话,周嫂的勤快和实在她当然知道。

领舞家的别墅是独栋,入户门在二楼,吕晓青在心里暗暗比较着,高高的台阶大气尊贵,但并不实用,比方说有个腰酸腿疼,比方说拎点儿东西,爬起来还是蛮费劲儿的。这样想时突然脚下一滑,若不是领舞手疾眼快拽住了她,摔个嘴啃地也不好说呢。领舞生气地说:"明天真要投诉他们了,我去跳舞时这个大塑料袋就在街上飞,他们要及时清理,哪还能出这种事!"

吕晓青本来被这无端的绑架搞得有些烦,又趔趄了一下,就有些不高兴,一屁股坐在餐厅的椅子上调出了王源的号码。吕晓青本意是当着她们的面给王源打个电话,让她们吃个定心丸,自己也好交差,可王源的电话响了半天,却没人接。

领舞一边对吕晓青说不着急,一边让保姆把车厘子拿来。表妹追着保姆的背影又加了句,你顺便把我刚拿的草莓洗一盘,留着那箱整的别往冰箱放了,一会儿给吕姐拿走。

吕晓青刚说了句不用,王源的电话就打过来了。王源解释他刚才在开会,布置后天面试的事情,所以不方便接师姐的电话。又说他把导师安排在面试组里面了。如若在过去,听到王源口气这么大,吕晓青肯定会揶揄他,但如今有事相求,就只能耐着性子听他嘚瑟,还好王源并没有再多说,直接就跟吕晓青讲:"我今天告诉雪萌了,她那个分数入不了金融专业的围,还好刚够市场营销专业提档线,让她赶快报一下,然后我再帮她运作。"

吕晓青知道笔试是硬杠杠，别说王源，就是校长也不敢触碰这条红线。她谢过王源后问表妹："雪萌是怎么想的呢？是想换专业还是？"

表妹说："雪萌今天和王院长通完话后就哭，你面子大，再跟院长说说。"

领舞也说："是呀，雪萌一直想学金融，一直把你当成偶像呢，你看看有什么办法？"

吕晓青想，把我当成偶像，我才认识她几天。可她也只是想想，这种话她是说不出口的。这时她真的后悔没有听王海涛的话，管了这闲事，别说上不了，就是上了也会埋怨她办事不力。可眼前也没有选择了，她只好解释道："咱们大人可能不明白，但雪萌应该知道，笔试分数入不了线，肯定不行。其实研究生的专业也不是太重要，毕业找工作时相关专业也可以的。你们跟雪萌商量一下，如果她同意调剂到市场营销专业，就抓紧报。"

表妹还在坚持比如参加社会实践等能不能加分，吕晓青说就是能也晚了，这个是考前的事情。领舞看了看吕晓青，吕晓青有些不耐烦地用手扯着裙摆在手心里攥，仿佛再多说一句都是多余的了。领舞就没好气地支开表妹，让表妹上楼拿她新买的舞蹈服。表妹不知就里地说："都这个时候了，什么事比雪萌的事情重要呢？"

领舞说："吕姐都给你打问清楚了，该说的也说了，我让吕姐试试舞蹈服，如果吕姐穿着好看我们才统一买呢。"

表妹扭着肥硕的屁股一晃一晃上楼去了。

领舞说："我们家这一辈里面表妹最小，都让我姥姥姥爷宠坏了，只长肉不长脑子。别笑我哈，我没上过学，想问问是不是分数不够真的不行？"

"真的不行，这是硬杠杠。其实你们条件都这么好，可以出国的。"

"我也是这样劝她，雪萌出国还可以跟我家儿子做个伴，但我表妹一天见不着她家闺女都难受，就别说出国了。"

说话间表妹拿着玫红色镶老绿的长裙从楼上走了下来，说："这裙子这么侉气，你不说我还以为是给保洁阿姨买的呢。"

领舞瞪了她一眼说："你快给雪萌打个电话，如果再磨蹭，其他专业人满了，哭都来不及啦，快去，就给你五分钟呀，如果搞不定我们就不管了。"

吕晓青听到领舞的话，下意识地松开裙摆，她看了一眼领舞，这哪像没上过学的，那气势给她个千军万马怕是也能纹丝不乱呢。正思忖间，领舞让吕晓青换上新买的舞蹈服。吕晓青不喜欢什么玫红老绿，"扑哧"一下就笑出了声。其实在表妹托着那裙子下来时她就笑了，只是那时是会心的微笑。她想起了下雪时周嫂穿着公园的绿上衣，头上包着她给的红围巾，人一跳一跳在台阶上铲雪的情景。当时周嫂不好意思地问俺像个鸡冠子花吧？吕晓青哪里知道什么是鸡冠子花，但那时的周嫂真像是雪里钻出的一朵花。当时吕晓青笑着问啥是鸡冠子花？

周嫂告诉吕晓青，就是那花像大公鸡的鸡冠子，肥肥的厚厚的，她们老家的人都说这种花吉祥，也叫吉祥花。这种花在他们老家墙边街角可多了，都不用种，年年自己生自己长。她还答应春天给吕晓青带点儿籽，让吕晓青种在屋后的空地上。

吕晓青想告诉领舞，这衣服有点儿像鸡冠子花，但还是忍住了，她不好拂了领舞勃勃的兴致，应付差事地把衣服换上，没想到这衣服看着土，却很衬人。吕晓青自己都觉得曼妙灵动起来，不用甩水袖就能行云流水。吕晓青想这也真是巧了，在吉祥湖畔穿着吉祥花般的舞蹈服跳《吉祥渡》，简直就是绝配。

六

"吕姐，你等我一下。"吕晓青刚打开车门，周嫂的声音就传了过来。

"有事？"吕晓青一边发动车一边问。

周嫂快步赶过来，从车窗外递过来一个塑料袋，塑料袋里装着两个红皮熟鸡蛋，虽然隔着塑料袋，吕晓青的手还是被烫了一下。周嫂红着脸说："吕姐，俺们老家有个风俗，遇到大事要用红皮鸡蛋押运。今天上午俺儿子面试，你是俺在这个城市里的贵人，你就帮俺儿子押押运吧。"

吕晓青虽然觉得新奇，但也就是吃个鸡蛋的事，就痛快地答应了。

"孩子上午九点面试,面试前你吃了就行。一定要把两个都吃了!"周嫂追着车子又叮嘱了几句。

吕晓青一边开车一边想,这个周嫂真有意思,一会儿穿新衣服,一会儿吃鸡蛋,还吃那么多,说是图吉利,其实是白白给孩子制造紧张空气。好在周嫂家儿子笔试成绩好,面试再怎么差也不至于加权平均掉,倒是雪萌千万别出问题。

吕晓青到单位后,车还没停稳,收发室的保安就领着一个年轻人走过来了,年轻人一边拿出名片递给吕晓青,一边热情地喊师姐。吕晓青一下就会意了,猜到他就是之前王源要推介给他的那个小学弟,是为环城水系债券来的。发行环城水系债券的公告刚发出去,他便来认自己这个大师姐,意图再明显不过。按以往惯例,吕晓青是谁也不会见的,但这次她却不能拒绝。

小学弟跟着吕晓青来到办公室,先是调出王源的微信给吕晓青看,说王源是如何如何崇拜他这个师姐,又说王源如今还兼任着哪个哪个上市公司的独立董事,哪个哪个上市公司是他们公司保荐的,还说将来大师姐退休了就给他们当个顾问,或者他也给大师姐介绍几个公司去当独立董事。

吕晓青心想你都做了那么多大公司的大项目,干吗还在乎区区一个水系债券。小学弟王经理像看透了吕晓青一样,话锋一转,说:"环城水系项目对我们真的很重要,您也知道企业最会跟风了,谁能拿到政府的项目,那些摇摆的企业就会跟着谁跑。"也就是说这一单关乎着他们后来的若干单。吕晓青在心里把报来计划书的券商梳理了一遍，金城证券是规模最小的，本来并没有在她的考虑范围，但因为是本土企业，就另当别论了。她知道财政局的领导对本土企业是另眼相看的，哪个领导不乐见自己人挣钱，纳税。想到这，她就对小学弟说："你说的我都明白了，你回去把方案再细化一些，准备得充分一些。市里领导也说了，同等条件下，肯定会考虑本土企业。"

"谢谢师姐指点，您多费心。"

"评审的事情也不是一个人说了算，关键还是要看你们的过往业绩和营销方案，你们就好好准备吧。"

吕晓青不是在敷衍，是真的左右不了评选。她也不愿左右。她是副主任，但上面还有主任，主任上面还有副局长、局长，人家尊敬她是尊敬她的业务水平，她自己怎么好凭着这点自恃徇私舞弊呢。她想尽快把小学弟打发走，可话说到这个份儿上小学弟就是没有走的迹象。他想进一步得到吕晓青的指点，比方手续费几个点合适？代销债可不可以分级处理，打两三个包，一部分让机构认购，一部分公募，一部分私募。吕晓青知道这是来探其他券商的底细了，就比如一个学生拿着书来让老师画重点。想到学生，她就想起周嫂给的两个红皮鸡蛋还在车里，就有些不耐烦地说这些形式都很好，都可以用，术业有专攻，在这方面你们是专家，过几天天就要评审了，你还是赶快回去把方案再完善一下吧。

终于把小学弟说动时，手机鸣唱了起来。电话是王源打来的。吕晓青瞥了一眼小学弟，硬着头皮接听了电话。

"给你报告个好消息,雪萌刚刚面试过了,就在导师那个组,我跟导师说是你表妹家孩子,导师给了个最高分,这回你就放心吧。"

"谢谢院长老弟!"

"谢什么,孩子的事是大事,自己人,互相帮助是应该的。"

挂断电话,吕晓青在心里掂量了一下,对小学弟说:"银行每年也代理一些政府债券,费率通常都是一个点,债券应该比银行低吧。还是回去好好完善一下方案吧,领导再偏爱本地企业,方案也要让评审委员认可才行。"

送走小学弟,吕晓青从车里拿出了那两个红皮鸡蛋,但那两个红皮鸡蛋已经没有了早晨的温润之感,像两个冰块沁得手指头疼。吕晓青本想把两个鸡蛋在热水里泡一泡,但想到雪萌的成绩都出来了,周嫂的儿子应该也已经考完了,就没必要再吃两个鸡蛋补牢。何况那高出的二十多分已经把羊圈扎得牢牢的,怎么可能亡呢?

七

真是人配衣服马配鞍。舞蹈队统一了那个"鸡冠子"舞蹈服后,《吉祥渡》就显得更有模有样了。春雨过后的小广场上,空气透着亮光,余晖落在湖对岸的一栋栋别墅上像个慈祥的老人,用安宁吉祥的目光抚慰着绿油油的湖水,也抚慰着湖边的舞者。吕晓青被这目光熨烫得有些浮想联翩,一个圈一个圈将长袖向湖边甩去，领舞就一个圈一个圈将长袖挽起，然后整个队伍就像浪花一样翻卷而来，一浪高过一浪。

不知是春天的缘故，还是被舞者吸引，这个春天公园里的人忽然就多了起来。有小区里散步的人，也有慕名而来的，前几天就有两个二环内小区的人跟着比画，后来就提出要加入舞蹈队。吕晓青笑着对领舞说："照这样发展下去，估计要成立分队了。"

领舞顾不上这些人，目前的头等大事是舞蹈比赛。领舞对《吉祥渡》获奖志在必得。她把原本"三渡"旋转系数加到了"六渡"，并让表妹每天给她们录像，根据录像再反复查找每个人的问题。这天练习前她又对吕晓青说，咱们两个领舞是不是可以提到"九渡"，如果可以我就给大家再编一个撑帆的动作，说完就毫不费力地转了九个圈。吕晓青被领舞的舞姿惊艳了，她嘴里说我功底不行，心里却想着试一试。

吕晓青还真不是个人来疯，但那天晚上转着转着就被人来疯附体了。她转第一圈时看到有相熟的邻居在那里用手机录像，才发现今天表妹没来。是呀，如果表妹来就会咋咋呼呼让其他录像的人往后退，以保证她专职摄影师的位置。吕晓青知道表妹来是冲着雪萌的事。当时吕晓青还对表妹说过"已经板上钉钉了，不用天天跑了"。表妹说，只要通知书不下来，她就不安心，只有跟着吕晓青她的心才能定下来。

今天莫非是通知书下来了？

表妹没来，就没有人拦着那些邻居和游园的人。他们跟在舞蹈队后面，有的用手机拍，有的给舞蹈队叫好。众人捧着领舞和吕晓青转过了第六圈、第七圈、第八圈，领舞和吕晓青犹如飞身升仙的仙女，引渡着如意，引渡着吉祥。吕晓青在邻居们的目光中，在邻居们的喝彩声中兴奋地转着、转着、转着，不知不觉间就转到了湖边，就在第九圈即将结束时，就在她甩出的水袖即将和领舞挽在一起幻化成双桨时，她的脚被裙摆绊了一下，倏忽一下，人飞落在湖中。

围观的人以为"跳水"是舞蹈的一部分，围在湖边看着吕晓青在里面挣扎。领舞一边喊着快救人，一边把水袖往湖里甩。

"让一让，让一让。"周嫂和她跛脚的男人拨开众人闯了进来，跛脚的男人脱下绿色的环卫服后跳到湖中，明显地晃了一下，但还是用那只健全的手抓住了吕晓青。

周嫂在岸上喊："吕姐，你站起来，站起来就没事了，湖边的水没有那么深。"

又惊又冷又狼狈的吕晓青试了两下，可不知是被舞蹈服缠着还是淤泥太深，她的脚在水底下一直打滑，站也站不住，更不用说迈步了，只能任由跛脚男人用仅存的一只手拖着她拉纤般往湖边靠……

王海涛带着吕晓青去医院检查，医生建议留院观察。坠河事件实在是太丢面子了，吕晓青想借着住院躲避一下。岂料第二天，小学弟就来了医院探望她，王源也打来电话问候，领舞更是不停地给她发微信表示歉意，说她们专业舞者"六渡"

也是极限了，不该异想天开让吕晓青转九圈。

在医院时，吕晓青和王海涛就想着请周嫂两口子吃顿饭。但出院后，看到家门前台阶上的一层树叶，吕晓青心里就生出了怨气："看来周嫂也和那些保洁员也没什么两样。"

"也许人家有事请假了，再说人家老公还救了你呢。"王海涛劝她。

"什么救呀，那湖水还没没到我脖子，只是我当时转晕了，吓蒙了。他们两口子都知道湖水浅，若是湖水深，他一个残疾人会下去吗？"

"知道也好，不知道也好，当时那么多人，就人家下去了，咱们欠人家声谢谢呢。对了，说好中午请人家吃饭，你联系了吗？"

"没有，我没有她电话，也没有她微信，以为她就在门口呢，谁知这才没几天，她就偷懒。"

进了家门，吕晓青一边收拾，一边盯着门口。但快到中午，依然不见周嫂的影子。王海涛说这样干等着也不是事，两个人径直去了周嫂的家。

周嫂两口子正在收拾行李，像是要出远门。看到吕晓青，周嫂一把拉住她："你可让人急呢，第二天去看你就不见人影了，俺正着急怎么给你留个信呢。"

"留啥信？"

"俺想给你留个俺家的地址，万一冬天俺不能给王老师送烧糖梨，你们就自己去拿去。这不，俺们下午就回老家了。"

"回老家？那你们的班呢？你们不是还要陪儿子读书吗？"

"都是你说得对，俺不能迷信，白白让你吃了两个红鸡蛋，俺知道吕姐怕胆固醇高，平常一个蛋黄都不吃呢。"

"怎么就白吃了？"吕晓青心里一惊，想起了办公室花盆边那两个红皮鸡蛋。

"那天俺儿子吃了鸡蛋去面试，就肚子疼，儿子忍着疼答得没有比平时好，就被刷下来了。"

"怎么会这样？我记得他考的是金城大学，他是哪个专业？"吕晓青说。

王海涛咳嗽了一声。吕晓青知道王海涛又嫌她管闲事了。

"俺儿子叫连壮，报的是金大金融学院市场营销专业的研究生。"周嫂连磕巴都没打，语气像扫台阶上的树叶一样，又快又麻利，又说，"那天，小壮回来说录取通知下来了，他没被录取，俺就想去你跳舞的那问问你吃红鸡蛋了没，还没来得及问，你就掉湖里了。后来小壮说是他那天肚子疼，没答好。"

吕晓青"啊"了一声，说："怎么会这样？怎么会这样呢？"

"算了，这都是命，都是命，儿子认命，说啥也不读了。他要去外地打工，你说他去打工，俺还在这干啥？"

那天周嫂两口子说什么也不让吕晓青他们请吃饭，说家里还有一把米，如果不吃就浪费了。王海涛还要坚持，可吕晓青已经没心情吃饭了。她们相互留了电话，周嫂说冬天等着他们去摘烧糖梨，并从屋外的一个破罐子里摸出仅剩的两个烧糖梨给了吕晓青。

从周嫂家一出来，吕晓青就给王源打了个电话，问连壮的事情还有没有转机。

"大师姐，以连壮的成绩一点儿问题都没有，雪萌都能录取，何况连壮。可是现在说太晚了。"说完，王源又问，"连壮和你是啥关系？"

"没啥关系，是我们小区保洁员的儿子。"

"那就好，那就好，其实连壮的分数也是太可惜了，可有人上去就总得有人下来。对了，师姐哪天有时间，请您吃饭，代销的那个环城水系债券秒光，咱们这小学弟火了。"

"不用了，若论请客，我请你才对。"

吕晓青还没说完，王海涛就咳嗽起来。吕晓青以为王海涛又在阻止自己，但那咳嗽一阵紧似一阵，没有停下来的意思。她给王海涛拍后背，给他递水，咳嗽还是止不住。看到手里的那两个烧糖梨，她再也顾不上干不干净，赶紧送到了王海涛的嘴边。

平 安 渡

一

平安河在我们小区的南面。这么说吧,也就一墙之隔。买这个房子时,我就是看中了这一点。尤其是听那个董大师讲了一通后,我就开始趸摸合适的房源。新建的小区太多了,不仅是我们这个城市,全国各地每天都有一批又一批的房子雨后春笋般往外冒。我望着规划图一遍又一遍地看,符合条件的还真没有。也就在我偃旗息鼓时,秘书科的小王探了探头,说北城区的杨局来了。说完小王又补充道,有可能是为了建桥的事。

这个杨局我是认识的,其实他不是局长,因为名字叫杨驹,又是局长助理,大家就杨局、杨局地叫。据说杨驹是三清博士,也就是本科、研究生、博士都是在学清大学读的,是副市长许伟招来的小师弟。我们的副市长原本是我的小师弟。哎哟,您看我,一扯,话就长了,但若不扯,还真捋不清楚。我是金城大学建筑系89级,他是92级。我是学生会主席,他是副主席。我们搭档那一年我就发现许伟很厉害,一个新人不知不觉间就把我三年才坐稳的位置架空了。好在也就一年,所以我们之间也没有产生太大的矛盾,友谊的小船只是颠簸着,并没有打翻。二十年兜兜转转后，许伟来到了金城，成了我的顶头上司。别人都说若不是年龄卡在那儿，我还能进步。这位副市长的师弟也总是激励我，咱们摽在一起好好干，面包会有的。我面带微笑点头称是，但心里也有小九九：你的年龄和级别都允许，我的胃口我自己清楚，所以当许伟去学清大学读硕士时，我放弃了陪读。杨驹就是许伟读硕士时结识的，同届不同届我不知道，我唯一知道的是，每到毕业季，许伟都以大师兄的身份去学清大学相千里马。

我不是爱端官架子的人，即便是八项规定前，我也是很自律的，何况现在。但对于杨驹的造访我确实有些犹豫，虽然见过几次，但因为他头上有许伟的光环，我就不得不考虑晃眼和眩晕的事。这样说你们就明白我为什么不愿见杨驹了吧。据小王秘书说杨驹来过两次了，恰巧那两次我真的不在。于是我便让小王秘书再顺延一次不在现场。说完我继续看城市规划图，不仅看还假装皱起眉头，意思是我有比见杨驹更重要的事。

看图是我的偏好也是特长，更是我专业敬业的标签。我家夫人李晓曼有一次来办公室找我，当时几个副局长正为一件事争执，我不好表态，就站在图前面看图。我的沉思状不怒自威，尽管几位副局长情绪仍停留在刚才的话题上，但还是嘘声，一起跟着看。事后李晓曼说，你们简直就是一幅图，你就像土豪戴眼镜，假儒雅。那几位更是目光迷离，哈哈，哈哈哈。我说你懂个什么？她说，懂你的眼神，虚得很，都没对上焦距，能看出个啥呀？说完她又安慰我，好啦好啦，别那么在意,也只有我火眼金睛,别人看不出来的。你尽管虚,你尽管虚。李晓曼就是这样,你说她没啥正形吧,眼睛却毒得很;你说她一本正经吧,常常又稀里糊涂,仿佛老天就让她说半截儿话。更多的时候,是现在人嘴里的"佛系"中年。她这样的性格是没有什么杀伤力的,而且她对我、对这个家是毫无保留的爱。我做事时就忍不住要考虑考虑她的感受,也就是说我从心里在乎她。在乎你懂吧,就是怕。但我这怕别人不知道,只有我自己心里清楚。无论亲戚朋友还是同事,大家都一个腔调,李晓曼的性格真好,陈逸群这小子的日子真他妈的舒服。

此时看图目光也是虚的。每次往图前一站,我总会想起李晓曼的话,反复想几次,眼睛才能对上焦距。其实对上、对不上也无所谓,整个城市早就印在我脑子里了。对了,忘了跟您说了,我是这个城市的规划局局长,虽然我在局长位置上也就六年时间,但三年一大变样,六年您不用闭眼也能算出来是怎样的改观了。

六年呀,我就跟做梦似的,一天一个样,跟着这个城市赛跑。如今也不是跑累了,但确实没有那股冲劲儿了。年龄的杠杠画在那里,还有,这个不说也罢,大气候你们也是都懂的,我不敢也不愿再冲了,想得更多的是保住胜利果实,比如退休后的生活环境。那天董大师要了我和李晓曼的生辰八字,又用罗盘在我单位、在我家里摆捣半天后,捏着花白的胡须提点了我两件事,一是居所前面最好有水,一是可以养一条狗。我问是楼前还是小区前?董大师眯缝着眼说,都行,但最好是小区，最好小区前面还要有一条道。

我一听，就苦着一张脸想啥房子、啥小区能有这道行，即便有我也看不出来呀。董大师显然看出了我的心思，他又指点说，这个道是道，也是渡。

董大师是我们这个城市周易研究会的会长，虽然是民间组织，却声名鹊起。哪个企业盖楼选址，哪个开发商拿地，包括店铺开张也要让他给看一看才踏实。但我不找他，我说我做规划、批规划遵循的是理性标准。李晓曼说，不招惹董老三是对的。别人不清楚，我可是知道他的老底。我说，咱们不找他是因为咱们不信那些，和人家的老底没关系，毕竟他是你叔的发小，三步没有两步近，别老董老三、董老三地叫，你叔叫人家董老三时，人家都不抬眼皮的。李晓曼说，知道了，这不是在家嘛，你不是也总那个副主席、副主席地说，那你以后也叫许市长，免得说秃噜嘴了。

我嘴里应着，心里却想，我怎么敢秃噜嘴。许伟副市长来后，虽然对我客气有加，但我还是有些不自在。越想保持平常心，就越是不自在。许副市长应该也察觉到了，就有意无意点我。秘书小王悄悄说了几次，让我找董大师指点一下。我本来也起这个心了，可小王一说反而又灭了这个念头，我是不愿让一个小秘书牵着走。我对小王秘书说随缘吧。

不久这缘分就真来了。那天和许副市长陪一个客人，没想到在饭桌上竟然和董大师偶遇，他也不客气地送上了箴言。我当时也没太当真，谁知后来就应验了，若不是及时校正，那次还真是差一点儿就惹出大乱子。再后来我就半推半就听一句。

前些天我遇见一点儿小麻烦,但这小麻烦我没敢跟李晓曼说,就偷偷找了董大师,董大师倒是很给我面子,还没等我开口,就送了锦囊。道也好、渡也好,遇见事了,就由不得不信其有。我还在云里雾里纠结这个道,抑或这个渡时,董大师点化我,道,可以看成规划中的道,道前面就是河,流动的河水,你懂得。我当下就茅塞顿开了,与这个情况沾边的已建、在建小区,当即就在我脑子里哗哗流过。

李晓曼也来了兴趣,但她不关心水的问题,她关心养什么狗好,是大型犬还是小型犬?董大师眼睛睁开,微微向上挑了一下,嘴角也跟着扯了扯,像老师夸奖他的得意门生一样说,问到点子上了。大狗不好,容易生是非;小狗,小狗是旺财又护家的。然后又友情赠送一句,比熊、泰迪、博美都好。李晓曼听后就像个傻白甜,和平常的佛系简直就是云泥之别。她激动地拍着手说,终于可以名正言顺养狗了。然后扔下我和董大师就直奔了狗市。等她带着白色的小比熊回家时,邻居家的菜香正好飘进来。我说你听风就是雨,也不征求一下我的意见。她说,这不正如你所愿,是你请的董大师,我这是在外人面前给你撑足面子呀。

我当然知道她喜欢小动物。三十年前搞对象时,见到猫猫狗狗,她就会停下来,把手里的零食递过去贿赂一下小动物,然后换取摸一摸人家的权利。如果人家高兴,还能额外享受被舔的幸福。等她再挎我胳膊时,我总会皱皱眉。我说那些小动物再干净也有细菌，也有病毒。结婚后，她曾经抱回来一只猫，那只猫其实也是挺乖的，长得也妖艳，玻璃球似的眼睛总是滴溜溜围着我俩转，但我不喜欢猫，甚至害怕猫，总觉得一不小心它就会挠我。而且我还有神经性鼻炎，一紧张，就犯。在我的哧溜、哧溜擤鼻涕声中，李晓曼把猫咪送给了闺蜜。有了女儿后，李晓曼带着女儿去市场看小动物，看看猫，看看我，看看狗，再看看我。我呢，任由她看，就是不表态。等女儿哭着要买时，李晓曼就许诺，如果女儿好好学习，考上大学就给她买。女儿呲摸呲摸，仿佛尝到了糖棒的滋味，学习上也没费什么劲儿，就稳稳地成了别的家长口中的孩子。也有家长说，比不了，比不了，人家基因好。但我知道这其中有糖棒高悬的功劳。反正李晓曼一竿子支到了大学，我也就乐见其成。其中也是有反复的，比如女儿看到隔壁迪迪家养了一只茶杯泰迪，就开始不淡定了。不仅女儿不淡定，李晓曼也心旌摇荡，支着耳朵听隔壁的门响，只要听到隔壁带着小泰迪出门，就会以倒垃圾、散步等各种理由偶遇，然后摸一摸、逗一逗，夸几句可爱，甚至有一次还扯下金凤扒鸡的大腿去讨好小泰迪。泰迪高兴地上蹿下跳、摇头摆尾，但主人不乐意了。主人抱起茶杯泰迪就逃，一边逃一边说，宝宝不吃那个，那个太咸了，对肾脏不好。李晓曼和女儿蔫头耷脑回来说，有什么了不起的，我们也养一只。就这么说着说着，李晓曼居然就被女儿绕了进去，信誓旦旦说"养"，直到把鸡腿扔到垃圾桶时才有些缓过神来。缓过神来的李晓曼向我讨主意，我当然不上她的当，看着女儿渴望的眼神，用一句"你做主"，把球踢了回去。有了之前的经验，我不跟她讨论狗狗，因为一说到狗狗，李晓曼出的招我都接不住。

家里没有图纸可看，但家里有地球仪，我就看地球仪，看那些沟壑山川、岛屿湖泊，想象着那些沟壑山川之间的桥梁道路，想象着那些岛屿土地上的建筑。这是我上大学时，老师开题前分享的。老师当时就是转了一下地球仪说，学建筑规划的，要先学会看地球。顺便再说一句，李晓曼是我的师妹，也是学建筑设计的，但她毕业后去了市政府。园林管理局成立时，她自告奋勇去了园林管理局，她说她就不愿看地球，地球都被人类戳得千疮百孔了，她还是去栽花种草吧。

那时我看图、看地球仪都是能看进去的，眼睛一扫，就能聚光，那些高山大河就在脑子里啪啪啪闪现出来。波涛汹涌后我一点点收缩，目光就落在我们金城。金城是省会城市，但因为年轻，就总让人轻视。金城人自己也不反驳，反而自豪地说我们是火车拉来的城市，把没有历史的短处又带了出来。每次开会时，周边那些地级市的人就说，这个项目你们别争了，你们没有什么非遗。邯州的、磁州的说我们历史短，兴城、燕门的说我们经济不如人家，镜门、山庄的说他们是首都后花园。人家说这些时，我就只是笑笑。您说这笑是长处也好，是心虚也罢，反正我是不和他们逗口舌之快的。不是常说嘛，一张白纸才可以画出最新最美的图画，事实证明，我个人和我的城市发展空间都比他们大。

女儿上大学后，李晓曼也不知怎么就翻出了当年的旧账，说要兑现养狗的承诺。女儿忙着买电脑、换手机，一心都在新生活上，对李晓曼的守信不置可否。正巧那几天我跟着市长去小月河调研，泛着绿浮萍的水确实有点儿臭，去了一次我的鼻炎就犯了。我鼻炎一发作，养狗的事就不了了之了。李晓曼确实喜欢狗，但与一家人的平安健康比起来，她还是能分出孰轻孰重的。

话说引起我鼻炎的那次小月河调研，真是糗大了。回来后我就把城调处长叫来训了一通。你知道我这个人，轻易不做得罪人的事，即便是下级，我也不说伤人的话。但那天我齉齉着鼻子伤他，让他到小月河边住一周，如果忙，住一晚也行。我还说，你可以住北岸荷塘月色，吃住我都给你报销。

城调处长虽然把小月河的信息漏报了，但对我和市长的行踪却了如指掌，当然也就知道在荷塘月色吃住的出处是市长那里。他厚着脸皮检讨说，其实他的提案里有，只不过让……说到这里他欲言又止，咽了几口唾沫，终于还是把其实的细节咽了回去。缓了缓又说，提案就在文档里，一分钟后就提交我。虽然他没说出后面"让"的缘由，但我不用问也知道一定有什么难以启齿的原因。只是如今这原因已经不重要了，重要的是如何挽回这失误的一局。我一贯认为杀人不过头点地，一起亡羊补牢才是上策。于是当晚我们召开紧急会议，天明不过宿就把规划放在了市长办公桌上。

一年后的春暖花开时节，小月河就摇身一变为幸福河。幸福河的名字是那些文人墨客起的,河道刚疏通完,两边的树木花草还没配齐,就有人拿着相机去咔嚓、咔嚓。也有人背着画板去写生,荷塘月色的老板更是请了一群诗人搞了个幸福生活诗歌大赛,幸福河就呼之欲出了。我跟城调处长说,打个签报,就叫幸福河吧。其实叫什么名字不重要,让市长看到幸福,能会心一笑,才是我的初衷。果然签报上去,市长的脸色又恢复了以往,只是市长把"幸福"圈了个圈,然后引出一个蝌蚪,蝌蚪肚子里写了两个字"平安"。面对带着问号的平安,我不得其解。问那些平常无所不知、无所不晓、无所不能的大神们,他们也都抓耳挠腮,"平安?""幸福?""幸福?""平安?"车轱辘在那儿转磨磨,就是停不下来。晚上我转着地球仪时眼睛就是虚的,李晓曼看出我和以往不一样,我就把批示跟她秃噜了。她说我,真是聪明一世糊涂一时。先平安,再幸福。市长改造这条河的初衷是啥?还不是周边居民反映这条河影响了他们的健康,还天天学习呢,初心,同志,保持初心,要不人家咋是市长呢。我恍然大悟,真是这么个道理,只有平安才有幸福呀。于是,我们城北三环外的小月河就有了学名平安河。

二

啰唆了一圈,还是再回到杨驹来找我那说吧。我不接秘书小王的话茬儿,就等于明确告诉他,不管是杨局也好,是杨驹也好，我不愿见。在以前，小王什么也不会多说，只是把大拇哥和二拇指捏在一起画个圈，其他三个指头冲我扬扬，做个搞定的手势，然后轻轻关上门，就把来访者挡了回去。我说小王会来事，李晓曼却不以为然说，如果秘书连这一点儿眼力见儿都没有也就别当了。但今天小王的手没伸，嘴巴却开了：杨局说是建平安桥的事。

我说，什么平安桥？平安河上有桥呀，快速路是和平安桥连在一起的，有双向六车道，还有人行和自行车道，还想咋？要架个二层吗？不知你注意了没有，如今我说话越来越难听了，李晓曼为此提醒我，注意保持本色，不能官升脾气涨。我竟然也开始怼她，升升升，升啥了？连那个副主席都压在我头上了。那个副主席我说的是我们的副市长，这在前面我是交代过的。李晓曼就丢下一句，你爱咋、咋。就去摆弄她的花草去了。

我想这回小王即便不做手势比画"欧"，也该听明白走人了。小王是关了一下门，但人关在了里面。他靠近我低声说，杨局说圣龙房地产不是拿了平安河北面的两个地块嘛，从方便居民出行和安全角度，应该在平安桥上再架个过街天桥。

"我的个去"，这是我的口头禅，差不多相当于"哼、哈、天呀"，我先吐出一句"我的个去"，然后我冷笑了一下揶揄道，这杨驹真是未雨绸缪呀，公园还没建，桥就要搭。是为了方便桥西安居房的住户到桥东面的湖畔公园去吧。

小王说，也许是许副市长的意思呢。

杨驹是许伟从学清招来的，这在圈里本就不是秘密。我看了一眼小王说，也有可能，可是许副市长为什么要出这招呢？

小王越发不如以前乖，竟然在我面前抖机灵，圣龙那个地块建什么？

我瞪了他一眼，心想你小子明知故问，但还是包容地回答了他。为了显示领导的涵养，我还多发挥了一句，建房呀，西边的地块是密密麻麻、高得让人眼晕的安居房，哦，这次东边的商品房也好不到哪里去，还不是为了卖房子？

小王说，领导就是聪明，但上午圣龙的一个副总说，那个地块正在走手续，要建别墅区。

我的个去。是谁呀这么能绕，还好没把我绕晕。我不仅没晕，眼前反而一亮，若不是当着小王我一定会拍一下自己的大脑袋的，这不就是董大师提点的那个房子吗？——比对，严丝合缝。我举起的手落在小王的肩上，那就听听杨驹怎么说。

杨驹进来时，和以往一样眉头紧锁，像个答辩没通过的学生。蓝色西装皱皱巴巴，不过也好，能埋住一部分落在肩上的头皮屑。他倒是也不隐晦，直接就说，平安桥上应该再建个过街天桥，如今幸福里小区的居民到对面去要绕一里多地呢。他说的幸福里就是那个密密麻麻的安居房。当初幸福里那块地批规划时，我提出过异议，把30层砍掉了5层，批了25层。后来封顶后，城调处的人告诉我是31层。我让他们核实后，雷厉风行就开了罚单，让他们整改。当时小王就说，陈局，先沉一沉再处理，万一，万里有一呢？

我说，沉什么沉，我就够陈的了，这帮开发商见利忘义，胆子也太大了，必须整改，杀一儆百。话说出去后，我就等着圣龙的老总来检讨，我也准备了回击他的话，我甚至都没让小王和几个副局出门，为的是到时候大家都在场，好让我给圣龙摆的这个龙门阵更有威力。

确实在罚单开出的当天下午，圣龙的龙老总就披挂上阵了。龙老总先是一番悔过，几次伸出手，恨不能扇自己嘴巴。事实上他是把手抬起来，放到脸边了，只是被小王秘书及时拦住了。在小王秘书拦住的瞬间，我说，知错就改好，我们党的方针历来是惩前毖后、治病救人。

龙总用感激的目光看着我，连连点头。我觉得一个大老板能做到这样，也算孺子可教，我们的立场和尊严会很快在这个城市流转。既然目的已经达到，也就见好就收了。可我没想到的是，那只是前奏。随后龙总就说，咱们的政府好呀，对贫困家庭不抛弃、不放弃，再三要求我们多盖房子，争取不让一户掉队。但你知道地皮有限，要么往密里插，要么往高里加。我算了算，往高里加跟老天抢空间，比往密里插跟人抢空间好一点，就自作主张了。我也是一时昏了头，忙着赶进度，忘了跟各位领导汇报。说完手又伸到脸旁边。小王秘书听得入神，忘了去拦龙总的手，我不忍心看这样的场面，下意识闭上了眼睛。但房间里静悄悄的，并没有巴掌响，只有均匀的呼吸。

龙总划拉了一下自己板寸说，那天许市长给我交代任务时说，陈局是最有大局意识的了，许市长还说你的政治素质在大学就显露出来了，让我们这些大老粗望尘莫及呀。

这个烧鸡大窝脖闹的，所有人都蔫了。同学牌、亲情牌我可以不管，领导的圣旨我不敢不接呀。还是小王机灵，小王一拍脑袋说，那天市办来了个公函，文件一多，就忘了处理了。我瞪他一眼，仿佛小王真是个不成器的秘书，我恨铁不成钢地训他踢了这么大的一个乌龙球。

如今杨驹拿着幸福里的居民说事，我当然明白醉翁之意了。我不满意地乜斜了一眼杨驹，都是关乎百姓幸福平安的好事，该报就报吧，但是论证能不能通过，要看专家评委的意见和民意调查。杨驹说，我这几天在那边走了几趟，幸福里的居民听说路东要建公园，要建二期生活区，可高兴了，建这个桥就是他们提出来的。

杨驹走后，我对小王说，你今天表现不错哈。只不过这个杨驹看着敦厚老实，实际上太有城府了，建别墅就建别墅呗，都是明白人，架桥不就是为了让圣龙的别墅卖个好价钱吗？也不是多么大的事，至于这么迂回？小王说，这样的人更得罪不得呀。

我挥挥手，不再提杨驹，反正就是一个桥，他们报上来，我们加到规划里就可以了，什么时间修，就是财政和交通的事了。小王像是钻到我肚子里的蛔虫，他往门边走了走，听听外面没声音才说，嫂子不是刚买了条狗吗，你们是不是考虑也买套别墅？

我说当然想了，可是买不起呀，再说总不能为了一条狗就换套房子吧？其实那时我是想如果可能我就把现有的住房卖掉，再贷点儿款，换到南面有河的房子里去。但天机不可泄露，我在小王面前该装还要装，只有这样，才可以进退自如，牢牢掌握主动权。我不能让小王秘书牵着我走，我要看他怎么出招。

小王说，市区的别墅买不起，郊区的总可以吧。幸福里都在三环外了，贵不到哪儿去？最起码一期不会贵，毕竟地段不占优势。

小王说的是事实，挨着快速路，又在三环外，二期地块原来还是个养鸡场。政府征地时，养鸡场老板还较劲不肯出让，可没几天一场鸡瘟赔了个底掉。在挂牌时，地块的价格就跌到了脚脖子。

我还是定力不行，小王一说我也就被他带了进去，心情就暗了下来。嘟囔着孩子上学，成年人上班，是远了些。说这些话时，我几乎就把买房的念头放弃了。谁知小王的话锋一转又往外拉我，嫂子再有两年就退休了吧？别墅盖好、装修怎么也要两三年，到时候你们愿意住就住，不愿意住就当投资。如今三环外也不再批别墅用地了。不等我说话，小王又说，知道您不愿找熟人，我先给咱占个号。据说圣龙把五百户的沙盘都做出来了，西边挨着快车道的，是联排，价格比市区的房子便宜一半；中间是双拼；东边挨着公园的是独栋。他们规划六期完工，目前内部认购一期，内部认购就是一个白菜价。这个龙老板别看是个大老粗，人家会营销。大家都不看好幸福里二期，即便是别墅，认同的也寥寥无几，龙老板就想出内部认购这招，一期只收成本价，虽然是购房者自己的钱盖自己的房，但人气就会慢慢养上来，到那时后面的价格肯定会翻着跟头涨。

看着小王说得脸色绯红，我知道他入戏了。我不喜欢这样，我喜欢点到为止，所以我就想把他往回拉拉。我说国家的政策，房子是用来住的，不是炒的，龙老板再有力气也翻不起跟头。不过幸福里要是从居住环境看确实不错，远离闹市也不失为一种选择。我又问他内部认购有什么说道，不会是变相把我们装进去吧。我说的变相就是怕龙老板用房子行贿，当初我都把那些利益忍痛割舍了，如今就更没必要顶风作案了。

说起这个，我还要啰唆两句，什么茶呀、月饼票呀我也偶尔收一点儿，但都被李晓曼给扔门外了。她说茶有农药，月饼太甜，我们正常吃饭，健健康康、平平安安比啥都强，千万别给自己找麻烦。其实她平常既喝茶也吃甜点，她这样大大咧咧地说与做，实际上是给我擂重锤。她说我可不愿看着你走李叔的老路。她说的李叔是她的堂叔，是我们这个城市的前副市长，也就是那个董大师的发小。其实吧，李叔的副市长也没当几天就被五万块钱拉下了马。我曾经问李晓曼，为啥当年董大师没给李叔提示？

李晓曼鼻子一哼说，连我都知道董老三的老底，何况李叔。要我说董老三就是你们这些人捧起来的。李叔还是没有注意小节，所以呀……

所以我们要堵住每一个蚁穴。我赶忙用抢答结束这场对话。你发现了吧,虽然我在外面也人五人六,但在家里就是说不过李晓曼,每次一个小话题,她都要推导出一个结论,然后云淡风轻地就把结论套在我头上。我还想问问李叔在家也这样吗?但我不敢,我不愿再在头上套一个结论。

年轻时李叔是我俩的榜样,我俩毕业时就想将来混成李叔那样的人,那时的李叔刚从部队转业到市日报社,是新闻部主任,还不是副市长。李叔的新闻成就了一些企业,也坏了一些人的好事。当年他穿着胶鞋到邯州采访假农药、假种子窝案,揪出了不法投机者,还撼动了背后的官员。本来那个案子有人顶罪就过去了,但李叔一篇一篇不屈不挠,直到把线头抻干净才收手。我和李晓曼为了陪李婶,在李叔家住了半年。那半年他家的窗户里时不时就飞来一颗石子。甚至还有人在我办公室的抽屉里放了一封信和一张银行卡,让我劝李叔见好就收,不然就是敬酒不吃吃罚酒了。我当时茫然四顾,总觉得有双眼睛盯着我。我和李晓曼回了几个义正词严的字夹在信里,等着有人来取,但那个人始终没有出现。如今那封信、那张卡和我们的回复,依然在我单位的抽屉里。但就是这样一个让我们尊敬的李叔,当上副市长半年就被一个企业拖下了水,好在当时我还不是局长,不然我也就被牵连进去了。事后我和李晓曼想想都后怕,据李婶说,其实她不说我们也知道,李叔还是比较自律的,就从他每天坚持跑步这点,你就能看出他的自律。对了,如果你想听李叔的事,就听我简单说一下;如果不想听,跨过去,啥也不影响。

李叔一直是跑步上下班的，他说早晨、晚上专门拿出时间跑步太奢侈，他没那个闲情逸致。那个小经理就是他上班途中遇到的跑友，大致就是和他要当副市长的小道消息一同出现的。小经理不显山露水，李叔就没在意。再后来熟悉了，因为小经理诉求确实不高，就是想在工程招标时能给个一视同仁的机会。这话是李叔和小经理跑上金城过街天桥台阶时说的。

那天李叔心情正好，就问了一句，你是做什么的？小经理说，一个小的包工头，学桥梁工程的，毕业后先是画图，因为没名气，图纸卖不上价，索性自己承包工程，但谁知包工程比画图还难。那是李叔上任第二天，因为分管城建，不由得就滋生出微服私访的欲望。他用邻家大叔的口吻问，这行好做吗？小经理就说了那句话。李叔说各行都这样，头三脚难踹，拿出精品，慢慢积累，路就宽了。小经理点头称是，还红着脸拍了拍栏杆说，这个桥就是我们建的。李叔诧异地看了小经理一眼，说，小伙子可以呀，这个桥是咱们金城的样板工程呢。小经理并没因夸赞高兴，反而哭丧着脸说，为了这个工程，我们赔了近百万。李叔问怎么可能呢？小经理说，我们没有靠山，只能靠价格拿到标，原本以为赔钱做个好工程，后续就有了资本，可是这点儿资本怎么和人家的各种路数比呀，赔了钱吆喝也没赚到。李叔说，好好的经，让他们念歪了。说这话时就不自觉露出先天下之忧而忧的优越性，小经理趁机奉承，两个人就交了心。我一直没明白是小经理高明还是李叔运气不好，如今想想还是觉得李叔冤得慌。如果不是小经理也进去了，我真以为是他给李叔下的套呢。

如今再回想，我总觉得小经理貌似敦厚，实则狡猾。金城桥是他修的不假，他在那个工程上赔了钱也不假，假的是他后来又如法炮制争揽了几个工程。工程中标后，他就开始降低成本，偷工减料，水泥、钢筋都降了标号。当然以他的专业水准，也不是无限制地降，这个降他是按着书本上的极限值降的，也就是说还在安全范围之内。这是小经理的如意算盘，他觉得自己有专业技术和数据在手，可以取这个巧。但他还是漏算了人性，他是极限值，钢筋水泥商也是极限值，一叠加，就低于人性极限值了。于是就出现了彩虹桥垮塌事故。

桥面坍塌时，李叔上任半年，按理说事故跟他没有关系，但小经理新拿到的工程，也就是中山路过街天桥工程跟李叔有关系。竞标时李叔再三要求公平、公正、公开。按说这也没错，但大家就觉得有所指，把竞标公司捋了一遍，就发现了李叔的跑友小经理，于是小经理就中了标。事情到了这里，依然也扯不上李叔，坏就坏在李叔收了小经理一盒茶。李叔是记者出身，除了喝茶，没别的爱好，而且爱喝新鲜的绿茶。那天跑步时，小经理说去贵州出差，在同学家的茶园里采了点儿绿茶。小经理打开一盒让李叔看了看，就是普通绿茶，顶多二百块钱，于是李叔就收了。收完了如果及时喝也就没事了，但他没喝，当上副市长后他忙得没有时间喝茶。等纪检找他谈话时，他才知道另一罐里有一张银行卡。后面的事不用我说你们也猜到了，李叔没有进去，但熬了半辈子才到手的副市长就这样跑了。

如今的李叔不再是榜样,而是前车之鉴了。所以我不能在内部认购上栽跟头。

三

小王秘书说,陈局您想多了,圣龙说是内部认购,实际上还是对外认购。内部认购是为了故弄玄虚,多招揽几个买主。我研究过了,幸福里二期绝对是潜力股,只是大家都没认识到。买房子都喜欢右侧交易,但在左侧洼地买才是上上策。

我瞟了他一眼,真是越说越来劲儿,在我面前这么一通卖弄,连右侧交易都用上了。右侧交易是我常说的,也就是相对安全的方法,拿股市打比方吧,就是下跌时不要补仓,因为你不知道底在哪里,如果盲目补下去,除非有钱,不然要么套牢,要么就崩溃了;最好的时机没有,但相对好的时机是有的。股价企稳,开始启动时进入,就是右侧交易。买房则不同,买房可以左侧交易,但左侧要赌一个眼光。听小王秘书一说,我就放心了,公开认购,我倒是真想赌一把。

其实也不是赌,是志在必得。我前面说过了,买房是董大师建议的,董大师能掐会算,卦象上早就说要避祸趋旺了。果然买了狗之后,我和许副市长又和解了,前提是他没再坚持让我规划湖心岛。

说起这个湖心岛我就堵心。前些天我和许副市长因为这个湖心岛闹得不欢而散。因为当时就我俩，所以我就没给他面子，不给面子也不是我要师哥的派头，而是他非要让我规划出一个湖心岛，那不是胡扯吗？他要在平安河连接水库的西山脚下建湖心岛，还要招募一百零八个岛主。我说不管啥主，都不能建，那是泄洪口。他建议再修几条引河，就像高架的引桥一样。我说桥可以，河是不可以的。我想说让他回学校补补课，看来他的研究生白读了，但我没说出口，他就咣当一下出门走了。我一个人在办公室喘粗气，一边喘一边摇头，这事闹的。后来董大师就来了，我怀疑是小王猜出了几分，不然那个董大师也不会那么巧就过来。董大师说他在家里看见罗盘上我所在的方向颤动，应当是遇上坎了。他在我办公室晃了一圈，又回家量了半天后，就说出了买房和买狗的化解之策。买狗正中李晓曼的命门，可买房却不是轻易就能买的。

如今幸福里二期公开"内部认购"，我就动了试一试的念头。于是我就让小王秘书先给排个号，告诉他就以普通购房者的身份，而不是我的名字。小王说，那是当然。

还真让小王说对了，到圣龙咨询的人不少，但看过幸福里二期地块，又顺路看了一期安居房，大多数人就不了了之，他们不看好幸福里二期。我征求李叔意见时，李叔也说，换房可以，买市区内的洋房多好呀，郊区那么远，老了看个病都不方便，再说那个地方也没有升值的可能。李晓曼也不愿意，我便搬出董大师的话，还不是为了平安？

李晓曼也就点了头。后来排上号后，我就让小王用李晓曼的名字分三期交了房款。果真像小王说的那样，别人的别墅都六百来万，我们的别墅只用了不到三百万。当然三百万对我来说也是一笔巨资，当时李晓曼非要买西边联排，她说这些年我俩就攒了百十来万，多了负担不起。她不愿贷款，再说内部认购银行也不给贷款。还是小王有头脑，他说嫂子单位分的公产房不是也到自己名下了，那个地段没有拆迁的规划，房子又老又旧，租也租不了几个钱，不如卖了。李晓曼还是不愿意，怎么劝也不行，她说她一个老百姓工作半辈子就落了套房，还是留作纪念吧。我突然看见她怀里刚买来的泰迪，灵机一动说，宝宝也需要好的环境呀，目前咱们小院里的光都被前面的高楼挡住了，一天日照不够两小时，你不怕宝宝生病？

这招果然奏效，李晓曼当即就松动了。然后我又因势利导，顺利完成了卖房买房。真像小王说得那样，我们的新房装修好后，李晓曼就退休了。

我们搬进了幸福里二期。哎，我真是糊涂了，我们小区早就不叫幸福里二期，在二期开盘前就改名湖畔别墅了。据说当时龙老板请高人起的名字叫河畔别墅，许副市长说，若论居住，还是湖好，湖水不会波涛汹涌，只是微微涟漪。于是和湖畔别墅一墙之隔的河畔公园也换成了湖畔公园。李晓曼带着李小宝搬进来时还嘟囔，好好的河畔为啥叫湖畔？其实不只她，好多人都这么问，开发商就耐心把一字之差的缘由讲一遍，先是开发商的售楼小姐、售楼先生讲，再是物业管理人员讲，后来连公园的员工也知道了这典故。李晓曼撇着嘴说，你这个师弟也真能转。我赶紧捂住她的嘴，看看左右说，千万不可随意，那些园丁都是你的子民，你不为自己也要为他们哈。你没发现湖畔公园的园丁工作服比其他园林的新，没发现湖畔公园的设施也比其他公园好，这都要拜托我那师弟。李晓曼说，这又不对了，金城的公园还分个厚此薄彼？说完叹口气对李小宝说，咱不管了，咱也管不了，只要让咱进公园就可以。

市区公园是不让狗狗入内的，但三环外的湖畔可以。李晓曼一直反对特权，天天像个探照灯照了我这么多年，就连我正当的样品房装修征集，她也反对。为此，我俩吵了一架，我说我们总不能搬进毛坯别墅吧。她说那就贷款装修。我说也不是不可以，只是人家征集装修样品房，费用半折，是面向所有一期业主。我们报名，抽上了就捡个便宜，抽不上也别红眼，没有必要撇这么清吧。她这才肯到现场去报名、去抽号。回来跟我说，得亏你，不然真是错过了，装修公司各个户型抽了一套，共六套。但就是风格得按他们设计来，我们没得选。我说，天下没有免费的午餐，有得就有失，我们钱少，就只能按着人家装修公司的模式来。我家是低奢的现代中式，钱不多，味道却足，尤其是木作，那工真叫一个好。后来我们的装修在小区里复制了 N 套。

有一天，李晓曼遛完李小宝后回来说，你知道旺财家装修花了多少钱？旺财是五期一个同户型业主家的柯基犬，也是明星狗。这点让李晓曼很不高兴，她常回来抱怨，旺财不如我们李小宝可爱，老爱流哈喇子，每次都流我们李小宝一身。他主人还说，那哈喇子不是水，那是钱呀，仿佛我们沾了他们多少光一样。那时我的笑就会带着响声从各个汗毛眼透出来。看着我笑，李晓曼就越发不满意地说，他家主人简直了，一口一个：旺财，爸爸生气了；旺财，跟阿姨问好；旺财，跟小妹妹打招呼。看着李晓曼认真的样子，我想说你俩半斤八两，但我不会说，我只是笑，用笑迎合她。不过我的笑是发自内心的。心里笑，终于有让李晓曼同志情绪起伏的啦。

我知道她想让我猜旺财家装修花了多少钱，我不猜也能知道花了很多，一是我们是半价，二是材料费人工费随着市场行情也翻着涨。就如小王说的那样，别墅价格翻了一倍多，装修也是水涨船高。李晓曼见我不答复就直接亮开谜底，她说太难以想象了，价格居然是我们的一倍多，而且还不赠送家具，不赠送窗帘。灯倒是带的，但旺财爸爸不要统一配的，自己买了水晶灯，里外里又花去一大笔。我说中式装修挂水晶灯，旺财爸爸脑子不会坏掉吧？李晓曼说，是不正常。说完又对李小宝说，快来，妈妈给你擦擦，这个旺财流了我们李小宝一身哈喇子。

日子就这样云淡风轻地过着，我虽然上班远点儿，但我早出发半小时，赶在早高峰前出发也不叫事。唯一不方便的就是买菜，虽然李晓曼在我家院子里种了些菜，但总有青黄不接的日子，况且院里的土都是生土。我们小区有个小超市，菜倒是不少，也新鲜，据说是无公害蔬菜，为此价格就高得离谱儿。李晓曼买过一次后就不去了。她说，你看看，就这么一小把菠菜，外面是五块钱两大捆，湖畔超市却要六块钱。又比画说，如果是笨鸡蛋也就算了，这个普通鸡蛋价格也比幸福里贵一倍。简直了。

她说的幸福里是幸福里超市。装修时，我俩中午就在幸福里超市吃牛肉面，味道比我们市区家旁边的"牛拉"一点儿不差，而且肉还比"牛拉"多。吃完我俩在超市考察了一圈，还别说，因为人流大，商品流通快，尤其是吃的，特别新鲜。李晓曼说，吃就要吃新鲜，就冲着这个超市，这房子就买值了。

其实刚搬进来时，李晓曼还是去幸福里超市买菜的。我说你可以两天一次，没必要天天跑。她说这么近，就是过个马路的事，还是天天买，吃新鲜的吧。那时我们西门和幸福里的东门确实就隔着一条南北的快速路。我之前跟您说过，我们南面有一条林荫路，那条林荫路不宽，但也是东西穿过快速路的。说是林荫路，其实就是之前的河堤，小月河变成观景的平安河后，就规划了这个观光带。本来还要在观光带外修一条路，可后来圣龙地产施工时把规划中的道路盖上了安居房。观光带就变成了路。修快速路时，不知是疏忽了，还是有什么原因，反正架桥时就把林荫路甩下了，林荫路和快速路变成十字路口。车走到这里不能随意快，要按着红绿灯的规矩来，然后再上桥，再撒开欢儿跑。这也是邯州、磁州同仁拿在手里的笑柄。他们说，还是陈局人性化，体谅车一直跑太累，进城出城都让歇歇脚，渴了还可以在平安河边喝口水。我说，修快速路时我和你俩在党校封闭学习，你俩比谁都清楚。

我所以说让李晓曼两天买一次菜就是觉得过路口不安全，尽管有红绿灯，但保不齐有司机色盲，有司机打盹呀。李晓曼说，没事，没事，每天都有那么多人来回过，我注意就是了。但后来也不知是哪个业主打了市长热线，说平安桥南头的十字路口不安全，不仅不安全还总是堵车，直行的要停，进小区的也要停，太不合理了。建议快车道留一个匝道下道，其余全封闭。果然没几天就看见施工队叮叮当当，在东西方向设了围栏，红绿灯也就下岗了。那天李晓曼去李叔家，我在院里遛李小宝，远远就听见旺财爸爸对一个邻居说，没错，就是我打的电话，你看现在不堵车了吧，该出城的出城，该进别墅的进别墅。

其实路封不封对我也没啥影响，只是李晓曼买菜要多走二里地。这时，杨驹说的过街天桥就浮现在我脑海里。时隔三年，我也忘了当时这个规划批没批，不过批与不批，在我心里都是小事一桩，批了就让督导处监督落实，没批让接任杨驹的人重新报一下。对了，顺便解释一下，那个杨驹两年前就裸辞了。其实他早该裸辞，一个三清博士，居然像个愤青，这不顺眼那不顺眼，一开始大家让着他、敬着他，但发现他连市长也不敬也不让时，事情就有改观了。好多人跟我一样看走眼了，他不是城府深，是傻。不过这会儿想起来不得不承认杨驹还是有点儿水平，能在圣龙拿到土地时就高瞻远瞩建一座桥上桥，想到这儿，我竟然生出英雄相惜的感慨。

第二天一上班，我就把王秘书叫过来，现在的王秘书已经不是王秘书了，他当上了办公室主任，但我还是习惯支使他。新来的秘书也是学清研究生，但做事特别轴，自己表情不丰富，还看不懂我的眼色。若不是怕人说三道四，我早就换了他了。如今的王主任也有点儿变了，我电话打了一刻钟后他才踱着方步进来。他解释道，刚接了个电话，许市长秘书的电话。

我的脸有些阴，心想你小子少拿许市长压我，那个副局我就不给你报。我们一位副局到站了，有三四个竞争者，按资历王主任最浅。也不是非要论资排辈，但人家都是业务线，我是业务出身的，虽然如今不再看地球仪，也不再看图，但还是对业务干部高看一眼。尤其是王主任拿话暗示我后，我就开始反感。他总说湖畔别墅的房价坚挺，出一套，秒光，不像市区的房子，有价无市。我知道他在暗示，没有他，我就买不上那么便宜的房子，住不上那么好的环境。其实我是感激他的，不然也不能提他当办公室主任呀。但人心不足蛇吞象，我显然是低估他的胃口了。我懒得跟他兜圈子，直接说，把当年杨驹架平安桥的规划找出来，让督导处去落实。

王主任说，老大，还真不行。

我一听不行就来气，你说他是老大还是我是老大？于是我就拐了个弯地抢白他，别老大、老大，如今什么气候，八项规定白学了，镜子白照了，澡白洗了。我还想说下去，却被王主任的求饶打断。他说，好啦好啦，我的大局长，不，局长大人，也不对，是陈局，哈哈。然后向我靠了靠，压低声音说，许市长把建桥的钱拨给"城市绿肺"了。

我的眼睛应该一下就变成牛眼了。不然王主任也不会不自觉退了半步。我想说那个"城市绿肺"不是批给盛达实业了？怎么政府又掺和进去了？但我还是没有说出口，我知道自己一个大局长这样问底下的人，明显露出了政治和业务的低能。所以我只是瞪着牛眼，让王主任猜这里面的意思。

王主任不愧是当年的小王秘书，他往我跟前凑了凑说，"城市绿肺"是形象工程，也是城市名片。然后又神秘地压低嗓音说，挪用平安桥的资金只是说辞，症结在于领导不愿建平安桥。

我看了一眼王主任，心想你这家伙又开始揣摩领导的意图了，一个小小的平安桥，若说资金紧张可以理解，说领导不愿意建那真就小题大做了。我乜斜了他一眼，不想说话，但还是忍不住张口问，怎么可能呢？

王主任习惯性地看了看门，然后又往前凑了凑，说，还不是为了保证你们湖畔别墅业主的生活质量。也许是他的口臭熏得我有点儿晕，我反正一时没反应过来。我等着他压低嗓音继续解惑，谁知他却提高了嗓门问我，你每天到公园遛弯儿吗？我说当然。他又问公园里空气好吧，人也少吧？我瞪了他一眼说，别说那些没用的，直奔主题。

他笑着说，为啥三环外的别墅价格这么高，还不是因为有湖畔公园傍身，如果建了平安桥，幸福里的居民都乌泱乌泱过来，湖畔公园还能这么清净？

我瞪了他一眼说，这样做就太过分了。

王主任又要往前凑，我挡住了他。他无法近身，只好压低嗓子说，是许市长的意思。然后又问，你不知道？见我不理他就又说，他岳母、小舅子都在你们别墅住。

我说就为这？他说也不全是，据说你们小区的人都不愿建桥。

我说，他们打市长热线了？这也摆不上桌面呀？

这倒没有，湖畔的业主非富即贵，不用热线就能直达天庭。

四

都说人闲是非多，一点儿没错。我一直觉得李晓曼除了喜欢小动物，还真没什么不良嗜好，尤其是不会东家长西家短地长舌，但最近总是跟我吐槽湖畔家园的事情。昨天我一进家，她就气鼓鼓地说，还住别墅呢，你瞧瞧这素质。我说，五个手指头还不一般齐呢，想说了多说两句，不想说点头一笑、嗯哈过去就行了，咋还动真格的？她说，其实也不关咱的事，就是看着上火。那个旺财，就那个柯基犬的主人，你还记得吧？

我一听她说狗，就想笑，但我没笑出来，耐着性子让她发泄。为了配合，我说，知道，不就是打市长热线的那个暴发户？

李晓曼果然情绪好了许多，她说，嗯，就是他。这个人也太奇葩了。昨天他也不知抽了什么风，拉着旺财去西门外遛，走到平安路口时，旺财看见刘嫂带着胖胖在路东边，就挣脱了主人跑了过去。

我心里一惊，心想如果旺财被撞了，市长热线还不得被打爆了。就忍不住问，不是有隔离带，它怎么能过去，伤了没有？

哎呀，伤倒没伤着，就是刺啦、刺啦逼停了好几辆车，有一个车差一拳就和前面的车撞上了。但这不是重点，重点是旺财过去就扑了胖胖，然后就把胖胖那个了。

我以为旺财把一个叫胖胖的小朋友咬了，就说狗毕竟是畜生，急了会咬人的。

不是咬，是扑！不知是因为我没理解还是太激动了，李晓曼脸涨得通红。然后又愤愤地说，等旺财主人跨过马路时劈头盖脸就把刘嫂骂了一通，他说他家旺财是处男，本来和院里的替妮订了婚的。

这是什么跟什么呀？

是呢，都说狗眼看人低，旺财爸爸就没把刘嫂当人看。对了，你不知道吧，刘嫂就是旺财家的保姆，胖胖是刘嫂捡的流浪狗，一条短腿的黄色土狗。我和李小宝见过胖胖，憨憨的挺可爱的。刘嫂说胖胖自己在家待了一天，她刚牵出来遛，其实胖胖的发情期就快过去了，没想到旺财会扑过来，拦也拦不住。旺财爸爸不依不饶地骂了刘嫂半天，最后居然说明天就别来上班了，他看见刘嫂就会想起旺财破处的事。

我基本捋清楚了，心想你们养狗的人还真把狗当人了。忽然我想到一个问题，我说路口不是封闭了？旺财咋过去的？

哈，路口隔离带有个缝，人都能从那儿侧着身过，就更挡不住狗了。

我心里又是一惊。问，你不会也从那儿过吧？

李晓曼脸一红说，偶尔。

我说偶尔也不行，太危险了，要么就别去幸福里买菜了，要么你就绕到桥底下。为了杜绝这种事情，我还说，你是谁呀，素质那么高，可不能跟他们一样。

李晓曼红着脸说，放心，我不会的。据说旺财横穿马路时一辆宝马轧住了牵狗绳，把伸缩盒轧坏了。旺财爸爸还跟人家理论了两句。想想都后怕。

昨天一晚上李晓曼的话题就没有离开过这点儿狗事，今天我一回家，李晓曼又说下午遛李小宝时，旺财爸爸跟她说刘嫂心术不正，比如在他家时，就总拉拢旺财，若是刘嫂在家，旺财都不跟他出来。还说刘嫂想钱想疯了，她知道柯基价格高，就想法借旺财的种，恨不能让她那土狗改换门庭，生一窝混血。还说即便是混血的柯基，一只也能卖上千元呢。我不想听这些狗事，但李晓曼却不管那些，从进门换鞋开始，她就一直跟着我身后说。我问饭需要我帮忙不，她说都做好了。我以为这事就绕过去了，谁知坐在餐桌前，她又接着说，旺财爸爸还真把自己的狗当成小王子了，你猜他今天还说啥？我刚往嘴里放了一口青菜，嘟哝着摇了摇头，而且还咳嗽了两声。李晓曼只说了句，你慢点儿，就又开始说狗事。旺财爸爸说真是可惜他们家旺财了,今天旺财见了替妮都不感兴趣,替妮主人也不愿搭理他们。旺财爸爸说替妮还是个处女,是替妮主人从英国带回来的,估计人家嫌弃他们了。

我说像旺财爸爸这样的人,你以后躲着走。李晓曼说,是呢,公园这么大,紧躲慢躲还总碰上,如果以后不让进了,在院里遛就更躲不开了。对了,有人说要在路口建桥,说是建成了,公园人一多,就不让狗狗进了,有这个规划吗?

我说,有是有,就是目前这边居民少,资金紧张,还在排队中。

李晓曼说,咱们东边是人少,可西边幸福里怎么也有上万人吧,这桥应该早点儿建起来,都方便。说完又嘟囔一句,不建也好,清净,建起来人一多估计真不让狗狗入园了。

我没再吱声。我知道李晓曼说的是实情,也知道李晓曼每天去马路对面买菜。说心里话,我还是愿意把桥早日建起来,可有些事情我是不好坚持的,毕竟上面有我那同学,下面还有王主任,等等。可有时看似不经意的一个小事,就会平添无尽的烦恼,有些事也只有睁一只眼闭一只眼了,这是生活教给我的智慧。若不是湖心岛的事和许同学顶了牛,也不至于被穿了大半年的小鞋,也不至于被人写了检举信,也就不会有病乱投医,又买狗、又搬家了。想到这里,我忽然就想,旺财爸爸一个暴发户能有多大能量呀,敢这么跋扈,莫非后面……我问李晓曼,旺财爸爸是做什么的?

李晓曼想了想说,你若不问我还真忘了,他好像是做园林工程的，有一天他还说咱们小区和公园的花草树木都是他做的。做绿化可挣钱了，这个人应该也不简单。

我哼了一声，啥简单不简单，抱住一棵大树就有阴凉了呗。

李晓曼说是呢。然后又说你猜我前几天看见谁了？我最不喜欢人家让我猜，但李晓曼和王主任一样总爱让我猜。我当然不会猜，这种事我也猜不出来呀。李晓曼说，你那许同学、许市长夫人，她说来串个门，但我看着不像。哪有穿着家居服串门的，我拉着李小宝跟在她后面，看见她拐到东头那座大别墅了，就是那个门前有罗马柱的大房子。

我说，以后再碰到熟人不要开口了，能躲开就远远躲开，躲不开就点点头，心照不宣。那天李叔来咱家时也碰上了一位领导，人家一拐就上了湖边柳树底下，我和李叔都看得真真的，大家连个头都没点呢。

李晓曼说知道了。你们这些人，唉，还是我们李小宝可爱。我看了一眼摇头摆尾的李小宝，那乌黑的大眼睛萌萌的确实也挺可爱。

五

我又开始看图了，我的目光聚在平安河上，一动不动。李叔终于忍不住从沙发上起身走过来，他拍拍我的肩膀说，日子真是快，一转眼你都快退休了，难得还有那么好的眼力。我从

余光扫了一眼，李叔头发花白，背也有些驼了，跟那些超市排队买鸡蛋的老头儿没啥区别。说完李叔又摇摇头，脚步也往门口移，一时间我心里就生出一股惺惺相惜，仿佛看到了未来的自己。当李叔伸手拉门时，我忍不住就说了一句，我再考虑考虑。

李叔来找我是为了湖心岛的事，他像当年当记者一样敏感，想探究湖心岛后面的真相。他说皮裤套毛裤，肯定有缘故，不是毛裤薄，就是皮裤没有毛。许副市长那么坚持建湖心岛，肯定背后有缘故。为了拿到他想知道的，李叔竟然给我戴高帽说，若不是你专业能力强、政治水平高，说不准西山脚下平安河畔就真建起别墅来了呢。我前几天到那边转了一圈，周边已经修路架桥，圈了个网球场，还建了游乐设施，我看建别墅是早晚的事。

我明白李叔跟我说这些的目的。李叔之所以掺和这件事，是为解当年的结。前些日子，那个陪他跑步、害他丢掉副市长的小经理出来了，出来后竟然厚着脸皮找到了李叔，痛哭流涕解释当年他绝对没提李叔一句，是竞争者背后偷偷拍了他和李叔跑步的照片。没想到李叔就信了，信了之后俩人就分析是谁拍的照片，结论也就是两个，一个是盯着李叔位置的人，一个是小经理的竞争对手。这样一说，李叔的生活就有了目标，他像焕发了青春一样从自己的继任者分析，分析来分析去就瞄准了许副市长。于是他就想顺着湖心岛这根藤，摸许副市长这个瓜。说来也怪我嘴欠，跟许副市长为湖心岛不愉快的事，当天就跟李叔倾诉了，当时李叔还劝我有些事情不要太较真，水至清则无鱼。

如今湖心岛变身"城市绿肺"，表面相安无事，但在心里都是我和许副市长的禁区，我们都忌讳提湖心岛。虽然湖心岛不提，但下马威成了家常便饭，甚至有一次在全市领导干部会议上点我。当然点也不是明点，但说的那事，全市人民都知道那就是我，当时我坐在台下，脑门子一个劲儿冒汗。再后来，王主任拿来建"城市绿肺"的规划，我一眼就看出那就是湖心岛的变身，换了说法，也换了内容，就是说之前的别墅换成了全民健身中心。王主任说，河滩地闲着也是闲着，"城市绿肺"规划不仅能造福市民，还是一张亮丽的城市名片。我心里虽然不赞成，但除了各让一步好像也没有什么好的办法。我眼一闭，说，你就正常报，上会讨论投票吧。

"绿肺"修路修桥前，我和李晓曼带着李小宝去过一次，我是想看看那桥那路影响泄洪不。我们到达时，一车车水泥正往里涌。李晓曼说，这么多钢筋水泥，还怎么能容下绿？说这话时，李小宝在河边追一只红嘴鸟，一撒欢儿就掉到了河里。于是我们都无心再看什么，就匆匆带着李小宝回家了。后来李晓曼说，你们也真够可以的，这是谁的主意呀？"绿肺"的体育设施还没健全，倒是先修了一个宠物乐园。我说，你知道，我肯定不会批这样的规划，不过既然地皮批给开发商，规划也是健身中心，和健身相关的辅助设施就是人家经营者的手笔了。当时好像是有一个儿童游乐园、一个宠物乐园。比如你去健身中心，就可以把狗狗寄养在宠物乐园呀。

李晓曼说你可真能转。如今健身中心人迹寥寥，儿童乐园和宠物乐园倒是异常火爆，仿佛谁家的狗狗没有去过，就低狗一等。

我对这种狗事向来不感冒，看着李晓曼沉浸其中，就忍不住撇撇嘴。没想到这一撇竟然激怒了她。她说，始作俑者就是你们，真是难为你们这些大老爷了，天天要过的平安桥一拖再拖，宠物乐园却只是一眨眼。

我说，哎哎，不要把我扯进去哈。桥是财政拨款，宠物乐园是个体开发，不一样的。再说我也就是在规划上抬抬手，铁路警察管不了下一段呢。李叔的电话就是这会儿打进来的，李叔也是问"绿肺"的事情。记者出身的李叔问得很详细，而且还问之前"湖心岛"的事情。我说"湖心岛"是过去式了，"绿肺"实际上还是临建，只要不影响泄洪，就任由开发商折腾吧。而且我还特别强调，我们在"绿肺"左右两侧规划了两条明渠，将叮咚的山泉引入平安河。李叔嗯嗯了两声，也不知道听进去了没有，他说既然是泄洪口，为啥就非要建这建那呢？

为啥？还不是地皮紧张，尤其是有山有水的地方，是宝地，招财进宝呗。说完我就后悔了，李叔不是李晓曼，我有点儿后悔，又马上找补，什么闲着也是闲着，利用起来也挺好的，比如那个网球场、儿童乐园还有宠物乐园，等等。

放下李叔电话，我的心还是不能静下来，就讨好李晓曼说，看来这个"绿肺"还挺受欢迎呢，周末，咱们也带李小宝去宠物乐园一游。李晓曼并不领情，她说，那里面消费那么高，不是我们李小宝能去的。有那个钱，我还给宝宝买肉吃呢。

李晓曼又说，其实就是攀比，旺财整天去，也没见素质提高多少。说完就莫名其妙地哈哈大笑起来，把眼泪都笑出来了。停下后跟我说，旺财，一提旺财又笑了一气，然后才断断续续说，旺财办了个年卡，每周去绿肺宠物乐园游泳。旺财爸爸说旺财要参加百名柯基游泳比赛，还请了专家级别的教练。

你没见，那个烧包劲儿。说到这里她又大笑了一通。然后说，你想不到吧，旺财爸爸正跟我们显摆时，旺财就掉到了湖里。旺财爸爸那个急呀，恨不能也跳下湖。大家说，别急，旺财会游泳，你喊它，让它往岸边游回来就行了。你猜怎么着？旺财就是扑腾，跟李小宝掉水里瞎扑腾一样，你越喊，它越往里扑腾，一点儿方向感也没有。园林工作人员帮着把旺财捞上来后，旺财爸爸不仅不感谢，还批评人家湖边没有栏杆，还说水太脏，把旺财给熏晕了。替妮妈妈居然附和道，就是，就是，乐园里的游泳池是划好赛道的，水又清又亮，哪像这湖水，不把旺财熏晕才怪。你说说他们这是什么歪理，就是处处高狗一等惯了。狗刨是天生的，本能的自救。这邯郸学步式的训练，不去也好。

我说，原以为孩子的钱好挣，没想到宠物的钱更好挣，不知是脑子太灵了，还是动物们太闲了。李晓曼嘟囔了一句，这不关动物们的事。

本来也是不值一提的事，一笑就过去了，没有想到第二天李叔就到单位来找我，虽然李叔已混入老年队伍，但说话和想问题还是那么敏感，他说"湖心岛"也好、"城市绿肺"也罢，都是盛达实业的王老板一个人在那里起劲儿。王老板是生意人，无利不起早，总不会白白投入吧？

我说，对对，应该是他觉得这里面有行情，那个宠物乐园已经盈利了。

为了这点儿蝇头小利不至于这么大动干戈，里面一定有玄机。不然许副市长也不至于跟你翻脸，也不至于给你穿小鞋。李叔像写新闻一样几句话就将我拿下了。我心里也很赞同他的观点，可有啥玄机跟我也没关系，我不想蹚这浑水。所以当李叔问这两件事情的来龙去脉时，我就说，也许是许副市长受了高人指点，建个"绿肺"捞政绩呢。

本来是一句打发李叔的话，谁知李叔却一拍脑袋说，你真是给我提了个醒，许副市长确实有这个爱好，前几天许副市长还约董老三去了一趟呢。我当然知道董老三是董大师，但这称呼只限于在家里说，而且李叔已经好多年不叫董老三了，咋忽然就换了称呼？是更近了还是有了意见？就在我愣神时，李叔真就抬腿走人了，我隐约听见他说了一句，我现在就去找那个董老三。

我望着李叔的背影苦笑了一下，觉得这个李叔咋还就这么拎不清事呢，估计是啥也得不到，还又添新的烦恼。可惜聪明一世的李叔就是没有悟到这些，也可能是悟到了故意装糊涂。

早些年，董大师说李叔是他的发小，李叔不置可否地喊人家董老三；再后来李叔也不再董老三、董老三地叫，开始称呼董大师；再后来是李叔说董大师如何时，董大师开始不置可否，李叔一声声发小贴上去，董大师就闭着眼睛捻手串的珠子。说实在的，我都替李叔尴尬，觉得他有攀附之嫌，也觉得若不是我还在位，估计董大师都不会再见这位发小。我想让李晓曼劝劝李叔，李晓曼不仅不去劝，反而甩给我满脸的鄙夷与不屑。她说董老三就是李叔的发小，也是光着屁股一起长大的。然后就把董老三的老底又揭一遍，什么董老三从小就神神道道的，整天挂着两条清鼻涕跟在李叔身后。那时李叔是村里的进步青年，人更是勤快，把家里的自留地收拾得绿油油的。什么董老三不爱劳动，村里人都知道他家的自留地单看地边，长得还好，但只要往里一走，绝对是草比苗高……我说，人家那也是修行呢，这不几十年后就修炼成了仙风道骨的大师，连李叔都说，英雄不问出处。李叔不是也说当年他就发现董老三不同于常人，比方说董老三预言，将来李家庄能成事的就是他们两个人。李叔当兵时是想拉董老三一起报名的，但董老三说，他的出路在文，李叔的出路在武。果然几十年过去，李叔转业到我们这座城市当上无冕之王时，董老三也成了投石问路者的香饽饽。

六

早晨上班后，我沏了一杯茶，望着窗外飞舞的雪花，就想给李晓曼打个电话,提醒她下雪天别去对面买菜了。刚拿出手机,一个陌生号码就进来了,我想都没想就摁了。摁完后接着给李晓曼打电话,电话通了,但没人接。这时那个陌生电话又蹦出来捣乱。我没好气地又摁了,摁完又给李晓曼打。电话还是没人接,我的心突然就乱了起来,特别不踏实,总想开车回家一趟。

我觉得自己不应跟李晓曼发脾气,想想她也是挺不容易的。想到这里,我心里就更不舒服,李晓曼这样做还不是为了这个家。我若多从物质上给她一些,让她实现财务自由,也不至于和旺财爸爸搅和在一起呀。我是讨厌旺财爸爸,你遛狗就遛狗吧,总是有意无意显摆。李晓曼毕竟是个女人,是个要面子的女人,被他同化也是我应该预料到的,只是我没想到这同化来得这么快。我想旺财爸爸一定是抓住了李晓曼的软肋,看到李晓曼天天到对面幸福里买菜,看到李晓曼舍不得带李小宝去宠物乐园,等等。

确实身边比我职位高的比我职位低的,大部分都不在乎那点儿小钱,归根到底是人家底子厚。一瞬间我想是不是有些事也该稍微活泛一些呢,最起码可以让李晓曼实现车厘子自由呀。前几天我喝了酒,搭王主任的车回家,王主任在我上车前打开后备厢紧忙活了一番。等我下车时,他一手扶着我,一手拎着一箱樱桃。他对李晓曼说,嫂子,这是我侄子从新西兰带来的车厘子,你尝尝。我装作醉酒不吭声,想看看李晓曼怎么给王主任台阶下。那天我还等着李晓曼把樱桃扔出去,然后教育我，吃苹果更健康，我啥也不图，就图咱们一家平平安安，如今最重要的就是政治安全、身体安全。没想到李晓曼居然就接了过来，她说，那我可要尝尝，你侄子毕业了？王主任说，没有呢，他们没学啥本事，倒是学会过洋节了，回来过圣诞呢。

　　我第二天发现，李晓曼竟然也发了朋友圈。明眼人一看就知道是摆拍，谁大下雪天的在小院里吃樱桃呀。晚上李晓曼居然让我看她下面的一百多个赞。说完撇了一下嘴又说，旺财爸爸看见我晒，他也晒，他不仅晒，还留文字，什么车厘子自由，旺财可以有。我没吭声，虽然我知道车厘子是樱桃，但不管樱桃也好、车厘子也好，我知道价格高于普通水果，我们自由不起。

　　我开始后悔买这儿的房子了，我担心李晓曼近墨者黑，如果那样，我就没有安生日子了。果然一向不参与我工作的李晓曼开始问东问西，什么"绿肺"的引渠修好后真就没必要浪费那一大片河滩地了，什么"绿肺"真是城市名片了，她还说周六要带李小宝去宠物乐园。我说，这不像你的风格呀，你不嫌贵了，不留着钱给李小宝买肉了？李晓曼说，看着贵，但搞活动时办个卡还是蛮合适的，前几天旺财爸爸跟我说打三折，我就让他顺便给我办了一张。昨天我们搭旺财爸爸的车去了一趟，别提李小宝玩得多高兴了。我说你们和旺财一起去的？李晓曼说，对呀，其实旺财爸爸也不是那么LOW，最多属于钱多人傻那种，毕竟是邻居呢。我说好吧。我不愿直接说和旺财家保持距离的话，于是我就问，他家那个保姆，也就是刘嫂的狗狗生出小狗来是啥样的？

我以为李晓曼会像以前那样对这件事愤愤不平，没想到她竟如此心平气和地说，有两只像旺财。如果不知道妈妈是土狗，一定会认为那窝小狗就是纯种的柯基。说完竟然八卦，你说怪不怪，那个旺财和替妮天天在一起，感情也有，但替妮就是怀不上小狗。也不知是旺财不喜欢替妮还是审美疲劳了，一见到刘嫂的胖胖，就不管不顾。还真是便宜刘嫂了，一年两窝狗就把保姆钱挣回来了。我说，这个旺财重口味哈，还是能躲就躲吧。李晓曼说，我干吗要躲，我们和他不是一个品种，不用躲。对了，你猜"绿肺"的绿化是谁做的？像每次一样，李晓曼不等我回答就说，是旺财爸爸。旺财爸爸说修路种树、修渠也种树，建这园那园都少不了绿化，一个"绿肺"建起来，绿化的钱不比盖楼的钱少。

我说盖啥楼？

李晓曼说，旺财爸爸说，那个地方上风上水，"绿肺"里建别墅是早晚的事。我看了一眼李晓曼，哦，不是看，是瞪。我第一次这样瞪她。李晓曼垂了一下眼睑，然后又抬起来说，天塌下来有大个顶着，你师弟愿意批就批呗，不过就是抬抬手的事，你别拦着就行了。

我又瞪了一眼李晓曼，想弄清楚是她被什么附体了，这可不是她的风格呀。李晓曼说，咱们也不干违法乱纪的，就是顺水人情，皆大欢喜的事。一说到这个事，我的火气就突突往外冒，搂也搂不住，就像当初跟许副市长说湖心岛一样。我瞪着牛眼往外喷火，不管是"湖心岛"还是"绿肺"，总之就是泄洪口，不建住宅，这是底线。

李晓曼咣当一声牵着李小宝出去了，出门前嘟囔了一句，那为啥不建平安桥？

是呀，为啥不建？我想起了王主任的话，财政的钱都去建"绿肺"了。我想说你再买菜时，给刘嫂她们点拨一下，让幸福里的人也学学湖畔的人，打打市长热线，只要上面一过问，我就让督导处去落实。可我没说，不是因为李晓曼出去了，就是在，估计她也不会关心这些了。果然晚上我提起平安桥时，李晓曼说，不建也好，建个桥，两边小区就合为一体了，乱哄哄的，李小宝进公园也要受限制了。

我说，那规划早就批了，建是早晚的事。李晓曼说，这年代流产也很正常。说实在的，那一晚我睡得很不好，梦一个接一个，一会儿是建平安桥，一会儿是在"绿肺"建别墅，总之就是乌泱乌泱没消停。

早晨起来，李晓曼看着我的黑眼圈说，昨天的话就算我没说。然后又补了一句，本来是住幸福里的命，都是你非要住进湖畔来。

出门时，车从地库出来直接就并入了快车道，我无意间扫了一眼幸福里，别说要掉头绕一圈才能上快车道，就是出门也拥挤的。这样想时，就看见一只黄狗从幸福里那边横穿过来，我不由得点了一下刹车。还好，路上车少，不然就被追尾了。

一身冷汗后,我才留意,这快速路两边的围挡处被人为弄出了一道缝,这缝可以让一个人侧身而过,当然更拦不住小动物了。

也许是被那只黄狗吓了一跳,我满脑子就是李晓曼从那道缝过来过去的影子。我一边打电话一边想,无论如何也要把督导处长喊过来,必须落实平安桥。李晓曼的电话还是没人接,其实不接电话的情况常常发生,比如人在厨房或者在小院里忙活,有时电话放在卧室,有时放在客厅。房子大有大的好处,也有大的麻烦,比如搞卫生、比如找个东西,都费神费心。今天雪虽然不大,但依李晓曼的性格,应该是去小院里扫雪了。我调出督导处长的电话时,那个陌生号码又打了进来,我没好气地接通了,里面传来杨驹的声音。杨驹说他来金城出差,想约我见个面。

我说,那你下午来吧,我上午还要调度两个事情,其中之一就是你当年那个桥上桥。你规划了,可资金就是一直到不了位。

杨驹说我就是想跟您谈谈金城的规划,比如那个"绿肺",比如这个桥上桥。一听他这样说,我就后悔了。心想你都拍屁股走人了,谈这个有意义吗?莫非也是给"绿肺"说情的?我马上联想到昨晚和李晓曼的争执,心里一惊,暗自骂了一句,这些人真是无孔不入。

我改口说下午再约吧,有几个规划还要上会,如果早我就联系你。其实在说那句话时我是放弃和杨驹见面了。杨驹还是那样不敏感，居然没听出来我在躲他，还说，也好，我上午先在市区走走，咱们下午见面聊。

放下杨驹的电话，我就把他拉进了黑名单。因为在这之前，董大师提醒过我，我今年犯太岁，要格外小心，尤其是工作上，出不得半点儿差池。其实想到这里时，我感觉心里的底线就要崩断了，我不知道哪句话、哪个眼色就是压断那条线的最后稻草。

七

后来我一直回想那个上午，我总想如果时光可以倒来，我那天就该回家一趟。可我没有。我的顶头上司新副市长杨驹也说，都怪我，若我早一天找你就好了。杨驹还是那么不修边幅，但人却让我打心眼儿里敬重了。

那个上午，我把督导处处长叫来给他下了最后通牒，一定要在五一前完成桥上桥。督导处处长哭丧着脸离开时，李叔的电话打了进来，他让我赶快到医院去。对于那个细节，我不愿意回忆，更不愿意说。因为那天我最担心的事还是发生了。那天李晓曼把小院里的雪清扫干净后，看到了未接电话，也看到了我的微信留言，但因为赌气，就没有回复。她本来是想带李小宝去公园的，她想给李小宝拍几张雪景。可一出门就看到了旺财爸爸带着旺财往公园走。李晓曼就想避开旺财爸爸，可旺财眼尖，大老远就叫起来。这一叫，李晓曼就不好再躲，可又怕旺财爸爸问"绿肺"的事,就推说要去对面幸福里超市买东西。为了让旺财爸爸相信,她把李小宝送回家,就拎着袋子直接出来了,仿佛只有尽快赶到超市才能证明自己没说谎。

从家出来后,李晓曼想都没想就从缝隙蹭了过去。这时一辆进市区的车快速驶来,等看到横穿马路的李晓曼时,虽然也来了个急刹车,但因为雪天路滑,车轮还是轧在了李晓曼腿上。

据李叔说,他当时就在旁边。我问他怎么会在?李叔说,他是来搜集平安桥证据的。他已经在这儿蹲点三天了,看见了十几起急刹车事件,说着,他还把照片从手机里调出来给我看。我摆摆手,心想你知道这么危险为什么不早说,为什么不提醒李晓曼?李叔说,他已经调查清楚啦,那个"绿肺"已经偷偷打了别墅的地基了。你觉得没人允诺,他敢?李叔让我猜这后面的人是谁?

我没心思猜,我的心思都在李晓曼的腿上,我不敢想李晓曼能不能闯过这一关。李叔就像李晓曼一样开始自揭谜底,你知道盛达的王老板是谁?是龙老板的表弟,他们和你那同学是拜把子的兄弟,这样一说你就明白了吧。那个董老三还不跟我说,怕我坏他们好事,其实我早知道了,是董老三鼓动你那傻师弟,说当年市长把小月河改造成平安河后就升迁了,而且连升三级。他建一个"绿肺",把住上风上水,就能超过市长的势头,将来不止升三级。

我说是董老三让他建别墅了?李叔说,那倒没有,但人家开发商也不能做赔本买卖呀。估计是想着生米煮成熟饭的好事呢。

我没吭声，心想叔叔就是叔叔，如果是父亲你还能这么淡定吗？果然李叔又说，小道消息说，有人把"绿肺"捅到媒体了，以我的经验下一步该彻查了。对了，有人说那个杨驹要回来了，叔没看错你，你一直没有在那个规划上签字吧？

我说没有，说完这些年的苦水疙疙瘩瘩就在心里翻腾，我想如果当初签了呢？那样就不会找董大师指点，就不会跑到三环外买房，就不会……唉，我骂了一句，他妈的董老三指的是啥道呀。李叔看看我，估计还想问、还想说，但我别过脸不再看他。

这时护士从手术室出来，我问，腿能保住吗？护士说，还在手术中，我们尽最大努力吧。

李叔说，别问了，晓曼那么好的人，老天都会保佑她的。我点点头，心想这才是一句人话。

李晓曼从手术室推出来时，眼睛是闭着的，我轻轻在她耳边喊，曼曼，曼曼，你得好起来，不然谁管李小宝呢，不然谁管我呢？我还想和你平平安安白头到老呢。李晓曼没有睁眼，但我看见有一串晶莹的水珠在灯光下一闪一闪的，就像一条河。

桃 花 渡

> 这个世界穿透一切高墙的东西，它就在我们的内心深处……
>
> ——《肖申克的救赎》

一

早上七点钟，李晴洗漱完毕准备出门，陆铁顺问："必须去吗？"

李晴点点头："随便你怎么说，实在不好说，就实话实说。"

陆铁顺没再吭声，但手却不停地从冰箱里面往外拿餐盒。为了今天的郊游，昨晚李晴做了十个餐盒。其中五个是给陆铁顺带去西山的，五个是自己要带去平安花海的。

陆铁顺把五个餐盒放在李晴的双肩包里，又往里面放了一个保温杯。李晴笑着说了声谢谢。这声谢谢让陆铁顺心里又升起了一丝希望，他看着检查保健箱的李晴说："你就给我们来捧捧场，就一回。"

李晴晃了晃那瓶宝葫芦模样的速效救心丸，晃完后不放心，又打开看了看，嘴里嘟囔了一句"还真是不多了"，然后才对陆铁顺说:"上周就和李阿婆她们说好了,怎么好意思让老人家失望。下周,如果下周吴胖子还想去野餐,我一定奉陪。"

"我们能等,山中的桃花能等吗?再说一个院儿住着,这么多年人家就提了这一个要求,再说……"

李晴看着陆铁顺可怜兮兮的样子,一时间有些烦躁,打断了陆铁顺:"别再说了,我就是不想再提这么多年,"顿了顿她又说,"其实我不去更好,不是对胖人歧视,我是怕和他们在一起又遇到啥倒霉事,平白无故又生出许多麻烦。"说着,李晴拿出陆铁顺的手机,在拍照功能里打开了瘦身美颜。她一边调手机一边说:"其实你们也不一定非要去西山看桃花,如果,我是说如果,如果就为了拍花,就去平安河北岸,那片儿二月兰开得正好呢。"说完拎上照相机就要往外走。

陆铁顺一步跨到门口挡在了李晴的前面。李晴"哈哈哈"大笑起来,笑得花枝乱颤,最后不得不蹲在地上。陆铁顺被她笑蒙了,不停地原地踏步。李晴拿出手机一边拍一边解说:"娜娜,看你爸这黔驴技穷的样子。"十五秒的小视频刚刚发到家庭群里,李晴的手机也"嘀"地响了一声,娜娜在里面说:"李晴,不要仗着我爸对你好,你就欺负人,太过分了,哼。"

李晴的笑僵在脸上,她嘟哝了一句:"我就不该跟你们老陆家人说理。"

陆铁顺没有吱声,缓缓让开了门。

李晴打开门,向外迈了一步,又停住了,她转过身对陆铁顺极不情愿地来了一句:"不然我不去了。"

陆铁顺摆摆手说:"去吧,强扭的瓜不甜。"

李晴在地下车库发动车时,不由自主地向甬道西边看了看,吴夫人正拎着一个大包走过来。李晴迅速给车子熄了火,并把头埋在方向盘下,但还是没有逃过吴夫人的火眼。吴夫人敲开了李晴的车门,假装找东西的李晴,急了一脑门子汗也没想出怎么解释。好在吴夫人并不在意李晴是不是真在找东西,而是兴奋地拉李晴看她准备的东西。

吴夫人拉开提包,先是拿出一块白底绿叶的台布,然后又掏出一套定白釉的一壶四杯。

李晴被那个定白釉电了一下,这样的茶具她家也有一套。这两套茶具是吴胖子当年去曲阳选石雕时顺路买回来的,当时吴胖子并不胖,还是清俊的小吴。小吴买回来的这两套定白釉一青一黄,青的里面雕刻着一尾鱼,黄的里面雕刻一朵莲花。李晴选了青色鱼款。当时陆铁顺还问她,你不是喜欢莲花吗?李晴说,那要看跟什么比,莲花是理想,鱼才是现实。想到这里,李晴笑了笑:"您这是星级的野餐标准。"

吴夫人也笑了:"这都是跟你学的,上周老吴看了你的朋友圈,崇拜得不得了,他指着你们在草坪上铺的台布、鲜花、果珍,批评我不懂生活,这不,就把储藏间的茶具找了出来。"

李晴没有说话,怪不得非要去西山看桃花,原来是吴胖子看到了李阿婆罐头瓶里插的那枝桃花。她想解释,那枝桃花是仿真花，可话到嘴边还是咽了下去。她不想再多说，怕自己接了话，今天就走不成了。她在心里提醒自己，只用面部表情、肢体语言，让吴夫人心满意足后再择机出逃。这时，吴夫人把后备厢里的一束康乃馨拿出来，用手抻了抻包装纸后又放进了后备厢，但就在放进去的那一瞬间，吴夫人改了主意，她把康乃馨移到后座中间的隔板上，放好后竟然还伸着脖子嗅了嗅。

吴夫人说："都说女人喜欢花，你说他俩老爷们儿闹啥稀罕，也不是小青年了，非要跑一百公里去看桃花。"

李晴心想，哪里是俩人，分明是你家吴胖子自己的主意。但她不能那样说，微微一笑："这几天平安花海的二月兰开得正好，那片蓝色就像大海……"话还没说完，手机就咿咿呀呀响了起来。电话是颐和养老院的小白打来的，小白在那头抱怨，李阿婆就是不吃早餐，把鸡蛋和油条都装在了袋子里，非要带到平安河边去。

李晴尴尬地对吴夫人说："抱歉呀，那个李阿婆又犯病了，闹着让我带她们去花海呢，我就不陪你们了。"

吴夫人拍了拍李晴的肩膀说："快去吧，这边有我呢。下回评选道德模范，我得让老吴他们推荐你。"

二

颐和养老院是一个公益养老院，只是这几年养老院多了起来，为了品牌效应，就加了"颐和"二字。李晴和陆铁顺在查看湖畔佳苑周边环境时，就是"颐和"二字吸引了李晴的目光。年轻时，李晴拿感冒没当回事，后来就发展成病毒性心肌炎，尽管治愈了，却留下器质性早搏的后遗症，只要一受刺激，心脏就往嗓子眼儿跳，厉害时还头晕目眩。看到"颐和"二字时，李晴心里莫名地动了一下，那是有规律的跳动，仿佛蓦然间来到了世外桃源。于是李晴往里面又探了探头。院子不大，只有两栋小高层，但绿化特别好，一块大大的草坪格外醒目。草坪边上是杏、桃、山楂等果树，因为不够高大，也就和树下的老者愈发亲近。随着微风，枝头上的花朵和老人们的白发频频点头，遥相致意。那场面恬静而又温馨，忽然间就让李晴心头一热，说了句，真有世外桃源呀。陆铁顺仿佛也受了感染，他说咱们就选湖畔佳苑吧，虽然远了点儿，但性价比高，最重要的是将来咱不给娜娜添麻烦，真不能自理了，扭身就可以进这个颐和养老院。

李晴是喜欢湖畔佳苑的，她第一眼看见时就动了心。虽然在三环外，但一条通往市区的快速路让它实现了成为第一居所的可能。这么多年，陆铁顺和李晴一直住在李晴单位房改时分的两居室里。其实他们一直想再买一套，但看过几次，都没有中意的。朋友们都说，开发商的房子，和银行宿舍怎么比呢？在朋友眼里，他们没有必要买房，因为他们还有一套银行宿舍，大三居。那个大三居不仅在二十年前是石门最好的房子，现在也是可圈可点的，比如容积率，比如建筑质量，比如户型结构。其实他们的两居和大三居也就隔着三站地，但李晴总以孩子上学和自己上班方便为由，不愿搬到大三居去。

前年秋天，娜娜上大学后，大三居的对门也是陆铁顺的老领导李行，问他卖不卖房。李行说自己老了，愿意让儿子住得近一些。陆铁顺当然不想卖，之前也有几个同事找过他，说他那房子一直闲着太可惜了，不如卖给或租给他们。

那天回家后，陆铁顺就把李行要买房的事告诉了李晴，其实之前这样的事情他是不说的，因为他从心里就不愿卖那套大三居。他当天之所以说是打了小九九的，他想以此劝说李晴和他搬过去住。没想到李晴却说，那咱们去看看，有没有合适的楼盘，如果有，咱就把房子卖给李行。于是看房、买房就又重新提上了日程，可看了一圈还是没有合适的，就在二人偃旗息鼓时，李行向他们推介了湖畔佳苑。李行说，那个位置远是远了点儿，可你们上班有车呀，一条快速路比市区还通畅呢，我若不是为了孙子上学，早就买那儿的房子了。

李晴和陆铁顺来到三环外，一眼就相中了。陆铁顺知道，吸引李晴的是小区穿墙透绿的铁艺栏杆。湖畔佳苑没有围墙，四周是铁艺栏杆，栏杆里面透出葱茏茂密的花草树木，那些房子就掩映当中。更让他们满意的是，房价比市区低了一大截，也就是说，大三居只需加个零头，就可以置换成湖畔佳苑的房子。

陆铁顺说李行毕竟是老行长，他们之间谈起钱来还是有点儿那个。李晴不想进那院子，但那天心里却萌生了要去看看的愿望，她想再去看一次吧，就当是了断，就当是道别。就此别过后，也许她的心就能安定下来。李行是明白人，当然知道小区的房子抢手得很，主动提出按市场价。调子一定，后面的事情就顺利得很，不到一周就办完了手续。

交房那天，李晴给李行夫人开开门，眼圈竟然红了。李行夫人看着和新房一样的大三居有些激动，她拉着李晴的手说："我知道你们住在这里就会想起那件事，那件事真不怪小陆，你们两口子就是太仁义了。我们家老李说了，小陆就是受了小吴的连累，不过领导嘛总要担领导责任。唉，事情都过去这么多年了，就别放在心上了。"

三

李晴卖掉了银行宿舍，但没想到却在湖畔佳苑遇到了小吴。

等装修的一年时间里，她一直沉浸在对美好新生活的期待中，不，应该是已经开启了新的生活。她不再失眠，心慌，也不再做噩梦，时常在装修空隙到颐和养老院转一转。那些安安静静在果树下晒太阳的老人，让她的心也安静下来。时间一长，李晴也就慢慢和那个总爱攥着一枝仿真桃花的李阿婆，她的表妹王阿婆，王阿婆的老伴儿张老师熟悉了。他们是出现在果树下频率最多的三个人，只要阳光好，李阿婆就坐在草坪上和影子说话，王阿婆和张老师则是练习成语接龙。

搬家后，李晴特意买了一兜水果、一束鲜花来到颐和养老院，谁知刚走到李阿婆跟前，就被她一把抓住了。她抓着李晴的手喊："梅梅，你终于来了！"

李晴笑了笑说："李大姐，您不认识我啦。"

"傻孩子，咱们不要花，咱们不要花，你看妈妈这里有桃花，有桃花。"说着，李阿婆就把鲜花夺过来扔到了地上。

"都跟你说了，梅梅在树下睡着啦，你再胡闹，明天不带你出来了。"王阿婆和过去一样开始呵斥李阿婆，但李阿婆却不管那一套，她依然使劲儿用脚踩那些花，一边踩一边哭："流血了，好多的血，梅梅，好多的血。"

王阿婆告诉李晴，她的这个表姐命苦呀，人到中年才有了宝贝女儿，可是女儿出满月那天，老公突发脑出血走了。她一个人把女儿带到小学快毕业，眼看就要熬出来了，可女儿又遭遇横祸。"梅梅就是我表姐的女儿。"王阿婆说。

李晴"哦"了一声，问："后来呢？"

王阿婆继续说："后来我表姐就一会儿清楚一会儿糊涂，前几年清楚的时间多，这几年糊涂的时间多。其实我更愿她糊涂，糊涂时她可以喊出来，哭出来，清楚时她不哭也不喊，就在那里一杯接一杯喝果珍，都把糖尿病喝出来了。"

"为什么要喝果珍呢？"

"那会儿我表姐一个人带着梅梅，日子比较清苦。梅梅也想像其他同学一样，背上水壶，冲上果珍，跟着父母去踏青赏花。表姐嘴里答应着，可一天打好几份工，哪有时间呀。"

那天，梅梅在院子里的石桌上铺上妈妈亲手钩织的白色台布，中间还放了一个罐头瓶子，瓶子里插一枝花，她倒了两杯果珍等妈妈下班回来。也许是院子里那棵桃树上的花太艳了，也许是天意，梅梅就是去摘桃花的时候遇到了意外。

四

李晴期待的新生活搁浅了，那个噩梦又开始缠绕她，让她心神不宁。只要一闭眼，她就看见那堵墙向她砸来。后来好一段日子李晴都不愿再去颐和养老院，她试着去湖畔公园，像邻居们一样绕着吉祥湖散步。但这个世界实在是太小了，尽管湖畔佳苑在三环外，和银行大调角，但她竟然在湖边遇到了小吴。

差不多二十年没见过小吴了，当年清瘦的小吴已经变成了吴胖子。她突然间就想起李行长夫人说的那句话："该放下就放下，学学人家吴主任，心宽才能体胖。"

若不是陆铁顺和小吴打招呼，她真认不出来了。那天，小吴拍了一下陆铁顺的肩膀："这得是多大的缘分呀，没想到我们能住在一起。"然后毫不掩饰地盯着李晴，"老陆，我说你怎么把嫂子藏得这么严实呢，敢情是雪藏了，你看看，咱们都老了，她却一点儿没变。"说完就掏出手机扫了李晴的微信，一边扫一边说："嫂子，真是太好了，没想到老了老了又能搭上伴儿了。"

李晴怔怔地看着眼前这个吴胖子，声音是那样熟悉又那样遥远。她总觉得是在梦里，把大拇指摁在食指上，指甲嵌在食指肚上，但她却毫无知觉，因为那一瞬间她的心又开始发慌、悸动，那种悬空感又向她袭来。她咬着牙不让自己的肢体发抖，但她的脸色出卖了她。小吴问了一句："嫂子是不是不舒服？"

陆铁顺一边掏速效救心丸一边说："还是当年的老毛病，心脏早搏。"

等心脏停搏缓了缓后，李晴又认真看了看眼前这个人，此时她才真切地感觉到，眼前的胖子就是当年的小吴。

当年小吴到银行报到时，行里刚买下家属楼北边纺器厂的地，拿到那块地后，当时的行领导也就是李行建议再建两栋家属楼。于是就把小吴分配到了基建处。

为此小吴还找陆铁顺抱怨过，基建是后勤部门，而且和他的专业相差十万八千里。他说最好的年华应该是在业务中心，应该跟着师兄做信贷。其实小吴和陆铁顺在校时并不认识，是到银行报到后，确切地说是进了基建科后认识的。当时，陆铁顺是信贷科副科长，括弧主持工作，那前途和未来都是看得见的。但正因为信贷岗位热门，盯着的人就多。工会主席提议让陆铁顺去基建科，理由是行里这两栋宿舍楼关系到全行员工的幸福，所以基建科长人选至关重要。一来陆铁顺有这个能力，二来趁机把括弧去掉，等宿舍楼建成再回信贷科也符合干部管理办法。尽管他这样提有给自己的外甥腾位置的嫌疑，但这些嫌疑摆不到桌面，而且在班子成员会上，只要有人提，往往事就成了一半。工会主席的提议合情合理，李行即便是舍不得爱将，也没有反对的理由。等组织部门和陆铁顺谈话时，陆铁顺是有情绪的，他甚至说了不该说的话，什么就是让自己腾坑，自己一个学投资的哪里懂基建，等等，他甚至跟组织部门要求，自己不升这半个格也要留在业务岗上。李行出面跟他谈话，他当然知道这个提议对陆铁顺有失公允，但也知道陆铁顺从入行门到信贷员到副科长到主持工作，两年一个台阶，确实太顺了。于是李行就跟陆铁顺讲基建工作的重要性，并且答应两年后如果有机会，还是可以再回到业务这条线的。

陆铁顺是带着情绪上岗的，他说自己势头正好，这一停滞，也许再也搭不上进步的车了。李晴劝他，可不能把情绪传递给你的师弟，本来他就有意见，如果都这么低落，对工作还真不是好事。李晴劝陆铁顺打起精神来，尤其是在外人面前。陆铁顺对李晴说："言由心生，你就不怕我这样一说真就爱上后勤岗，留在后勤岗位上？"

李晴说："这是让你跟外人说，尤其是跟小吴，又不是让你真的就放弃专业。不就两年嘛，一晃就过，再说这两年你不用坐班，活儿让小吴多分担一些，你可以把心思用在复习上，前几天常老师来电话，咱们学校新增了博士点，他希望你能去读博。你若读了博，还在乎什么信贷科，回来直接就是处级了，咱们就利用这段时间备考博士。"

陆铁顺听了李晴的话，就又拿起了书本。当然对工程的建筑质量和建筑材料他还是尽心把关的，比如有一批钢筋直径差了点儿，他就坚决不签字，再比如一批水泥标号差了点儿，他也不签字。当时分管基建的工会主席还表扬了他，对李行说真没看错人，看来让陆铁顺去基建科是个正确选择。

工地的事情小吴把关多，当陆铁顺在家里搭建那些投资模型时，小吴正戴着安全帽在工地上勘查。陆铁顺当然知道小吴也喜欢业务岗位，在小吴报到前他就看了小吴的简历，他们是一个学校、一个专业、一个导师，不同的是小吴比他多拿了一年的奖学金。面试时，他给小吴打了最高分，也明确表示要把小师弟收到信贷科自己的麾下。谁知小吴没能来到信贷科，连他自己也到了边缘科室搞基建。为了调动小吴的积极性，再加上有李行之前的承诺，他就有意无意向小吴抛橄榄枝。他说咱们做基建是为全行员工办好事，只要房子质量好，大家都会念咱们一辈子的好。他这样一说，小吴也不闹情绪了，不仅不闹，还像上了发条一样越发对基建的事情上心。这样一来陆铁顺也就有了更多的时间读书，往往是快收工时才到工地看一看。为了拉近小吴和陆铁顺的关系，每逢周六日，李晴就让陆铁顺把小吴带到家里吃饭。小吴刚开始还不习惯，但禁不住师兄两口子热情。李晴说："你们是师兄弟，这在过去就是两肋插刀的交情。"如果说小吴跟陆铁顺之间还碍于领导这层关系，那么和李晴就像姐弟一样没有什么嫌隙了。

小吴对陆铁顺和李晴两口子说："朋友是自己给自己找的亲人。"

如果没有那场事故，李晴和小吴说不准就是比亲人还亲的人了。但那场事故却发生了，在宿舍楼预验收的当天，一场意外改写了一切。

那天，本是个好日子，宿舍楼竣工，陆铁顺笔试也顺利通过，拿到了复试通知。李晴和陆铁顺都明白，复试应该把握更大，一来陆铁顺有实践经验，二来面试的老师就是当年的常导师。也就是说，读博的事情板上钉钉了。可就在复试的头一天，工会主席通知陆铁顺，明天如果行办会结束得早，他想带大家来看看新宿舍楼。

陆铁顺在参加复试和等着领导预验收之间犯了难。李晴说："这有啥难的，当然是去参加复试了。"又说，"明天，明天我请假和小吴一块儿盯着，把现场弄得干干净净的。"

第二天李晴和小吴在工地转了一圈后，发现新家属楼和老家属楼之间的那堵墙太脏太破了，有碍观瞻。她问小吴为什么不拆掉，小吴说要拆的，只是还没顾上。李晴就说，今天行里来预验收，这表面功夫该做也要做，索性今天就拆了吧，拆完墙，就大功告成了。

小吴想都没想，说，行呀。于是就把施工方叫过来商量拆墙事宜。施工方说，那你们得派人看着，先拉个警戒线。就在这时，陆铁顺打来电话，他对李晴说，下一个就轮到他了，他面试完就打车过来，还说李行他们会后要来工地现场，让现场整理一下，搞搞卫生。李晴挂了电话后对小吴说："不用那么复杂，咱俩一边一个看着，比那条线管用。赶快拆吧，早拆早干净，也给领导们个惊喜。领导们一高兴，说不准当时就允诺你和你师兄调回信贷科呢。"

小吴愉快地说了声："好嘞。"

三月的风带着春天的花香吹拂在李晴的脸上，李晴站在阳光下，像看一场盛大的演出一样看着这边新建的宿舍楼，再看看那堵象征落成典礼的墙。这时，她又接到了陆铁顺的电话，陆铁顺说："复试很顺利，我在出租车上，一会儿李行他们就过来验收。"

李晴高兴地说了声："好嘞。"

在此后的两分钟里，李晴的脑子里全是春天的景象。虽然玉兰的花朵开始凋落，但几树桃花开得正艳，两株海棠也都钻出了嫩绿，透着隐隐的红。那些花草莫名地打动了她，也攫住了她的眼睛。就在她的眼神在花草间游弋时，她看到一个系着黄丝巾的小姑娘向墙那边跑去，她喊了一声不好，就去拽那个小姑娘，但小姑娘跑得太快，她只拽下来一条黄丝巾。

也就是在那一瞬间，那堵墙倒下来。李晴晕了过去。

意外发生时陆铁顺不在场，但负有领导责任，背了个警告，小吴违反操作规程，记了大过。那个小女孩儿的母亲是临时工，行里答应给她转正，而且进行了赔偿。李晴也拿出了所有积蓄让陆铁顺送过去。女孩儿的母亲没有再追究，转正后就去了郊区的支行。陆铁顺虽然没能回到信贷科，但他还有博士读，只是小吴既没能去到信贷科，也没有分到房子，因为处分扣了五分，他以一分之差错失了两居室。一气之下，他就跳槽了。

再之后，那场意外成了李晴心里的一个禁区。她知道拆墙是她提出来的,但她不知道她把真相说出来,陆铁顺会怎么想,行领导会怎么想,会给他们家带来什么样的后果。

那天她和那个小姑娘一同被救护车拉到了医院,工会主席主观上把她当成了英雄,说她是为抢救小姑娘被飞来的砖头砸晕的。她当时张了张嘴,竟然没有解释。再后来她知道小姑娘没有抢救过来时,只是对工会主席说,人都没了,就不要再提这件事了。

李晴从心里屏蔽着相关信息,尽管她总想知道小女孩儿母亲的近况,想了解小吴的近况,但她最终还是决定把他们从记忆里删除。

五

仲春时节,平安河边的二月兰开得正盛。那天上班时,李晴打开导航,看到快速路也堵车,就把车开上了河畔路。河畔路在平安河北,是条观光路,路两旁有果园、花海,还有绿地公园。李晴太熟悉这条路了,因为这条路上还有颐和养老院。

自从见到小吴后,李晴就不在院里散步了,她总是沿着河畔路走,有几次不知不觉就又走到了颐和养老院。坐在树下的李阿婆、王阿婆就会冲她微笑,有时李阿婆还会喊一声:"梅梅,来喝杯果珍吧。"后来护工小白告诉李晴,他们养老院实行积分管理,做义工可以积分,将来可以抵减费用。小白热情地对李晴说:"人和人都是缘分,自从这个李阿婆见到你,精神状态好多了,也听话多了。你不妨就认领了她。"于是李晴就办理了帮扶手续,有了一个名正言顺的理由。

其实李阿婆、王阿婆是不需要李晴照顾的,她们完全能自理,反而是李晴,跟她们在一起心里才能安静,才不会慌,晚上回家能睡个好觉。每到周末,李阿婆就把那枝仿真桃花插到罐头瓶里,再冲上两杯果珍,和李晴对饮。李阿婆总会情不自禁地伸手把李晴的长发拨到耳后,还会慢慢剥开橘子,认真地把一根根橘络摘掉,然后送到李晴嘴边。更多的时间,她们就那样静静坐着,看天,看树,聆听花开的声音和凝神草木的生长。

李晴在果园边停下车来,虽然花期已过,但嫩绿的叶子和宝石般的果子却更加温润,她想不出自己有多少年没有这样近距离触摸春天了。青色让她的心一点点舒缓、放松,她不由得向远方望去。忽然在绿树丛中看到了一片蓝色的海洋,她知道她无意中撞到了平安花海。她绕过果树向前走了不到百米,眼前便是一片绿色的草坪,草坪那端便是花海。让她惊喜的是,草坪上还有供人休闲的石凳石桌。李晴望着花海,心里从未有过的放松,她的视线穿过草坪,看二月兰如同音符在五线谱上跳动。那一招一式、一颦一笑像极了一个个翩翩起舞的公主。李晴拍下了那片盛开的二月兰。

当李晴把二月兰的照片翻出来给李阿婆看时,李阿婆眼里突然就浸满了泪水。于是李晴就决定这周带她们到花海一游。为了出游,王阿婆跟她联系了好几回,第一次她问,用不用穿风衣，她还说李阿婆把年轻时的那件红风衣拿了出来，熨烫了一遍又一遍。第二次她问，那个地方有没有桌椅，她说李阿婆拿出了当年的钩花台布，为了插桃花，还把一瓶罐头倒了出来。第三次，王阿婆又说不行就别去了，这几天李阿婆总是像当年清醒时一样不苟言笑，她怕她出去了再犯病。李晴听王阿婆这样一说，也决定放弃这次花海游。谁知第二天王阿婆又打来电话，她在电话里说，不然还是去吧，昨天说你有事不能去时，李阿婆就哭了，而且一天都没吃没喝。于是两人当下就商定还是按原计划去。不仅如此，李晴还准备了李阿婆爱吃的咸食，茶叶蛋，当然也做了王阿婆和张老师爱吃的发糕、虾饼和卤鸭舌。为了弥补不能陪陆铁顺他们，李晴做这些时都是做了双份，而且还多卤了一份凤爪。那些年小吴来她家时总是对李晴卤的凤爪赞不绝口。

陆铁顺本来也是不想去的，虽然如今的小吴已经当上了金融办主任，当然这个主任和他这个行长没有上下级关系。这么多年别说李晴，就是他自己也不愿再和小吴联系，那场意外多少影响了两个人的前途，也让他们的成长之路坎坷了许多。但既然他们又住到了一起，就要重新梳理这层关系，至少面上的功夫还是要做的。从早春小区里第一朵桃花开时，小吴就邀请两家一同赏花踏青，但是一波波花都谢了也没有成行。前天小吴又旧事重提时，陆铁顺说花都谢了，只能等来年了。没想到小吴当即就拿出手机，他调出一张图片对陆铁顺说："人间四月芳菲尽，西山桃花始盛开。"

六

李晴和颐和养老院签了保证书后，把李阿婆他们接到了平安花海。在她停车的时候，李阿婆就选了离花海最近的石桌，在上面铺上了她压箱子底的白色钩花台布，放上罐头瓶，在瓶子里插上了那枝仿真桃花。然后她又从包里拿出一条黄色的丝巾挂到旁边的银杏树上。李晴停好车，一扭头就看到了那条黄色丝巾，那一瞬间，她的心猛然紧了一下。

李阿婆像换了个人一样安静，她说我们都老了，甜食吃太多不健康。她微笑着给每个人倒了一杯白水，只是在旁边空余的杯子里倒了果珍。她笑着点点头，然后端起水杯敬李晴："闺女，你别怪我，我一直想知道我家梅梅长大了是什么样子，看到你我就知道了，就是你这个样子。"

李晴笑着，但眼泪忽然间就浸满了眼眶，她不想让李阿婆看到她眼中的泪水，就在转头的瞬间，她看到了陆铁顺他们。此时石桌石椅都被游人占满了，他们仨人就在不远处的草坪上，中间就是早上吴夫人带的那块白底绿叶台布，台布上插着那束康乃馨。他们三人席地而坐，盘着腿。只是吴胖子盘得比较吃力。

李晴几次想发微信问陆铁顺为什么没去西山，但她还是忍住了。她就坐在那里背对着他们。她享受着李阿婆为她摘橘络的样子，那样子又专注又慈祥，在二月兰的背景里平复着她怦怦直跳的心。他们就这样静静地坐着，闭上眼睛细嗅着沁人心脾的花香。猛然间她感到有个温柔的手在抚摸她,丝丝滑过她的脸庞。她张开眼睛一看,是那条黄丝巾被风吹了过来,她想都没想起身就抓,没有抓住丝巾,却一个趔趄栽倒在草坪上。

陆铁顺跑过来,从保健箱里拿出速效救心丸塞到李晴嘴里。

七

一周后的平安河畔,树更绿了,树上的果子也跟气吹得一样长大了一圈儿。不知是蓝天的映衬还是阳光给着了色,那片二月兰更深更艳了,它们从蓝莹莹的旷野里一直向远处延伸扩展,和天空接在了一起。

陆铁顺,吴胖子,吴夫人,李阿婆,王阿婆,张老师,还有李晴,七人坐在石凳上。李晴拿出了小吴当年送给她的那套青白釉茶具。斟满茶后,她说,今天我讲个故事,一个在我心里压了二十年的故事。

李晴讲了那场意外的来龙去脉。讲完后她看了看吴胖子,吴胖子平静地看着远处的二月兰;她又看了看陆铁顺,陆铁顺一副若有所思的样子;她抬头看了看那条黄丝巾,既熟悉又陌生。她不知道是日子太久,还是当年她根本就没看清那丝巾的模样,她甚至不知道丝巾是长还是方,是橘黄色还是杏黄色。她把目光停留在李阿婆脸上,她想从她的脸上找到答案。李阿婆端起茶杯,看了看众人,说:"干杯。"

大家的杯子碰到一起时,李晴听到了海浪靠岸的声音。

幸 福 渡

一

第一次见到吴小媚是一年前的一个早晨,如今想起她在晨曦中的样子,不是舞蹈,而是微笑。我对她的舞姿是不敢恭维的,脚下无根,晃晃悠悠,一副林黛玉弱不禁风的样子,应该是蹙着眉,泪光盈盈才对。可她却一脸的笑意,让我不得不对她产生别的联想。

那天又是我一个人在家,我守着一桌子的饭菜跟老陈,也跟自己置气。我按着王春花的食品保鲜法,掐着点为老陈煮了毛豆、烤了鸡腿,可是左等右等,老陈也没回来。《新闻联播》结束后,我忍不住给老陈打了个电话。老陈在那头压低嗓音说:"有个应急预案要启动,别说吃饭,就是睡觉也回不去了。"

我"哼"了一声,挂断了电话。

多年前,我"哼"一声,老陈排除万难也要回来。可那是当年,如今老陈早就不在意我"哼"与不"哼"了。我知道自己仍然无可救药地停留在当年的时光里,也明白老陈早就奔向前方,把我甩到二股道上了。我甚至想起王春花的话:

"若不是因为有孩子牵绊着,还没准会怎么样呢!"

　　王春花是我的邻居,也是我内退后结识的伙伴,尽管我俩性格不一样,但因为尴尬的年龄,我们还是有了共同语言。王春花也常常劝我,不能太任性。她说她年轻时,她家先生回家晚了,她就反锁门,如今就是一整晚不回家,她也不敢再多说一句。说这些话时,是我和王春花从幸福里超市买鸡腿回来的路上,她温柔贤惠的神态、语气和刚才在超市盛气凌人的架势比起来,像换了个人。

　　王春花跟我说这些,是为了我好,为了让我幸福快乐。可我听不进她的话。我不是王春花,别说忍气吞声,就是他对我的"哼"不再在意了,我都要折腾一下。"我们凭什么低三下四,凭什么委曲求全,唯有斗争,才能保住即将逝去的青春,才能保住我们的幸福。"这是我对王春花那些话的回应,我旗帜鲜明地提出要打一场"幸福保卫战"。

　　"打蛇打七寸。"陈璐是老陈的七寸,如果筑牢了陈璐这个同盟,老陈也就不敢折腾出花儿来。这个点陈璐该起床了,我点开了陈璐的微信。《命运交响曲》从激昂滑入舒缓再滑入间歇时,陈璐才打着哈欠问我啥事?我把热脸贴上去说:"没事,就是问候。"陈璐在那头埋怨道:"妈咪,人家昨晚忙了半宿,你若闲得慌就去公园跳跳舞,转悠转悠。我还得补觉呢。"说完从微信中隐身了。

　　陈璐是老陈的七寸不假,但何尝不是我的七寸。陈璐毫不留情就把我的士气瞬间戳破了。就像我每次抱怨时一样,陈璐都会不屑一顾地说,这种小事也值得一提,你真是被老陈宠坏了。那神态、那语气,仿佛我不是她妈,而是一个扶不起的阿斗。对一个扶不起来的阿斗,她当然是不愿浪费唇舌的,她会用"咔"、用"哈"把我拒到、推到千里之外。

手机又亮起来时,我连动一动的力气都没有了,我把镜头对准昨晚一动没动的饭菜。我不想让陈璐看到我一脸的悲哀。屏幕上陈璐一边刷牙一边说:"你别老盯着我,管好你自己就行了。"然后"噗噗、噗噗"吐了两口白沫,像是处理一件棘手的事一样叮嘱我,"妈咪,你又不是没有爱好,继续跳你的舞吧。"

我叹了口气说:"再跳还能跳过岁月?"

陈璐在那边漱漱口说:"你学学人家老陈,只要有时间就去跑步,那腰板比年轻人还直呢。"

我说:"我不能跟老陈比,他正春风得意,你老妈可是明日黄花了。"

陈璐嬉皮笑脸地回了一句:"你若不往前跑,可真就掉队了。"

陈璐的话点醒了我,早上确实是锻炼身体的好时机,而且网上那个医生也多次提醒我,要调整作息时间,早睡早起,加强锻炼。他强调锻炼或多或少可缓解失眠症状。想到这,我心里一热,换上运动鞋就往湖畔公园走。

我们小区与湖畔公园一墙之隔,开发商为了方便业主,也为了更好卖房子,还在小区开了个直通公园的后门。长期以来，我都是直接从后门进公园，但那天出门后我却突然改变以往的行程，想像老陈一样舍近求远，从外围绕一圈再进公园。

这也不算突发奇想，它盘桓在我的脑海里多日了，只是一直没有付诸实践。我之所以有这个想法，一是我发现老陈总是从这儿走。他给我的理由是他喜欢走那条路，看着来来往往的车辆，他心里舒服。他这个说辞有些冠冕堂皇，对于一个交通局长来说也算是个理由吧，但我觉得不会那么简单。二是我想找个人，找那个我不知道她名字而在心里给她起了个绰号叫"黄四号"的人。她是北城超市生鲜部的售货员，有那么一段时间，我总在她那里买鸡腿。

生活的反噬真的不可小觑，而且生活的反噬在我身上反应还比一般人更激烈。比如陈璐失恋，其实也不是失恋，因为她和小林的恋爱还没有开始，更准确地说是她的单恋化为泡影，从那以后，我就比陈璐还记恨林局一家子。这也是我不愿参加合唱团的原因之一，看到林局、林局夫人和小林中的任何一个人，我都会心里隐隐作痛，会不自觉地把脸拉下来，以至于林局夫人几次对我说："退了就是退了，开开心心找个爱好，千万别得了退休综合征。"我半讽刺半揶揄地说："我又不是领导，哪里来的综合征。"在林局夫人一时接不上话时，我甚至得意地想："说教了一辈子，还想占上风，你以为你还是办公厅主任？"

"黄四号"也是生活的反噬。她突然消失的原因也许和我有关，从法律角度是不该归结到我身上的，但我却陷入了自责的泥潭，而且越挣扎，就陷得越深。

"黄四号"辞职后，我心里不仅空落落的，还经常生出丝丝缕缕的疼痛。北城超市的人告诉我，她就住在幸福里小区，尽管我不知道我有没有勇气面对，但就是想再看她一眼，想通过帮助她来弥补心里的不安，仿佛她就是我摆脱困境的一根稻草。我甚至在心里编排了好多次见到她后怎么说，比如说让她帮忙买一些生鲜鸡腿，比如说跟她讨几包炖肉的调料，等等，谁知她却从这个世界遁逸了，至少是从我的生活中遁逸了。只有在梦里我才能再看到她，看到她坐在电动自行车的后座上，左手举着那面用血染红的"面巾纸旗"，迎着风往幸福路南边疾驰。

我从南门出来，沿着平安大街向西走了两百米，再从平安大街右拐到幸福路上。幸福路的南边是幸福里小区，在幸福里小区外围向东走上三百米就是公园正门了。需要说明的是，幸福里小区的铁艺围墙是初夏蔷薇打卡地。据说为了幸福路的景观，开发商在建湖畔别墅时为幸福里小区投了一笔钱"透绿"，把幸福里小区的围墙换成了铁艺栅栏。黑色铁艺栅栏里面种了冬青和蔷薇，初夏一架架蔷薇爬满栅栏，延伸了湖畔公园的景观。

但我一次也没有去打过卡，也没有在蔷薇花墙前摆过造型。尽管王春花和我约了很多次，她甚至鼓动我说，只有我的舞姿才配得上那面墙。我却依然不为所动。都说女人喜欢花，但我却觉得那些花夺走了女人的娇宠，女人和花之间存在着天然的相爱相杀。那天林局夫人拍了一组蔷薇照后,我留言:花美人更美。晚上翻开朋友圈让老陈看时,老陈说,花确实好看,如果P掉人,可以做屏保了。虽然一句无关紧要的话,但我内心却升腾起一丝悲哀,林局夫人的美曾经也是可以做屏保的,可惜,还是输给了岁月。

因为不愿意和蔷薇合影,我下意识里就总是躲着那个地界。比如去幸福里超市时,我总是从幸福路口一直往北走过去,而不是在蔷薇下走一段,然后再过天桥,尽管天桥对面就是超市。这样说也不完全对,前些日子我为了寻找她时,还真在幸福里小区的蔷薇墙外溜达过,也许是有心事,也许只是盯着路边来来往往的人,总之,我还真没有好好感受过这条幸福路。

置身在晨光下,我的心一下就轻盈起来,不知不觉间就来到幸福路口。但就在我刚刚走入幸福里小区的领地时,一辆大型搅拌车迎面开来。不知它是着急赶路,还是想撒个欢儿,喇叭呜啦呜啦张扬个不停,连车上的搅拌罐也呼哧呼哧喘着粗气儿。因为车速快,也因为车的体量大,带起一阵灰尘。我下意识用手挡了一下嘴巴,但灰尘还是无孔不入,虽然咳嗽了两声,嘴里还是留下了土腥味儿。就在我皱着眉想原路返回时,一抹红色攫住了我的眼睛。

二

吴小媚就是在那一瞬间进入我视野的,确切地说是她惊艳了我。我好久没见过那么清澈那么文艺的女孩子了，但她也像一朵相爱相杀的花，让我觉得有些不舒服。我总觉得在哪里见过她，尤其是那个背影，可一时之间我就是想不起来。

那时吴小媚正在铁艺栅栏里面喂猫，她穿着红色束腰系带长裙，戴着英式蝴蝶结草编帽子。我当时的第一反应是如果后帽檐下再有根又粗又长的大辫子，就更完美了。尽管猫咪"喵"了一声，尽管后帽檐下空落落的，但那也绝对是一个完美的舞台造型。因为隔着护栏，而且护栏里面还有齐腰的冬青，我没有看到她的脚尖，但却情不自禁地"咔嗒"一声，一瞬间勾勒出了一幅"青青子衿"的画面。

"咔嗒"声打破了画面的宁静，她从花草中抬起头来，将栅栏外举着手机的我收入眼中。我尴尬地站在那里，等着她的诘问。没想到她什么也没说，只是转过身来给了我一个善意的微笑。那微笑像早晨的阳光一样明亮而又真诚，瞬间就打开了我紧锁的眉头，我不由自主地回了一个轻轻的微笑。女孩儿又继续收拾她的猫舍，那份淡定、闲适让我羡慕，也让我嫉妒。那排猫舍不大，有上下两层六个房间，主体是防腐木房，顶部是红色的石棉瓦。我顺着她的身影看过去时，她正扬手扫石棉瓦上的几片枯叶。不知是用力过猛还是方位没有定好，在追赶一片飘移的叶子时，她居然晃了一晃，旋即半蹲了下来，像是反思，也像是撒娇。

后来每每想起那天的情景，我就会反复回想自己的表情。那天我记住了吴小媚的一切，却怎么也想不起自己留给她的是什么印象。但有一点可以确认,那段时间是我心情最糟糕的时刻。朋友们都说我是无病呻吟,但我自己知道,有些情绪真的是过不去的坎。我自己上网查了很多次,也在明知道被宰的情况下,给网上那些医生交了问诊费,还网购了一堆药物。那些药物我也吃了一些,但除了能让我在零点之后迷糊一会儿,好像就没有别的什么效果了。

那些夜晚,为了能安然入睡,我什么招数都用过了,比如数羊。年轻时也有睡不着的时候,记得高考的前一天,老师对我说,不要紧张,只要正常发挥就行了。老师特意嘱咐我,一定要休息好,还把数羊催眠的秘诀传授给了我。别说,那招还真管用。吃完饭我检查了一遍第二天考试要带的用品,就躺在床上数羊,数没数到千我不知道,我知道的是那天我一觉到天亮。而且在下午做历史论述题时竟然超常发挥,靠着宝贵的一分挤上了高考的独木桥,遇到了我生命中的白马王子,有了女儿陈璐,引用童话故事里的那句话:从此过上了幸福的生活。

每当我和女儿陈璐说起这段历史时,陈璐都是哼哈一笑了之。她半揶揄半羡慕地说,你的成功我复制不了。我说你现在的起点比我那时高多了,我们奋斗了半辈子才有了和你林伯伯他们一起喝咖啡的机会,你呢,从幼儿园开始就和小林平起平坐了。没想到陈璐却怼了我一句:"你是给了我好的环境,可是你没有给我能吃饭的颜值呀。"我知道这是她的心里话,因为颜值,小林还是选了一个学播音主持的女孩子。

按照当下的审美,这个吴小媚应该和小林那个学播音主持的女朋友是一个段位的。我不好直眉瞪眼地盯着她看，我也不能直眉瞪眼地盯着她看。尽管我心里还是想多看几眼，而且更想从中回忆起在哪里遇见过她。我慢慢从栅栏前移开几步，头也随着晨曦转到前面，但眼睛的余光还是在吴小媚身上又停留了半刻。她再次弯腰打开了红色石棉瓦上的太阳伞，冲着加菲猫转了个圈。只是在一圈还没完成时就晃了一下，不然那个圈应该很完美，也许还会借着惯性再转下去。但是她却很快停下了，停下时竟然又扶了一下猫舍边的那棵银杏树。然后就慢慢靠到树上，头仰得高高的，陶醉在晨曦之中。

尽管画面很美，但我还是"哼"了一声。我想这个女孩儿还跳舞呢，这是什么身体素质呀，简直就是温室里弱不禁风的花朵。人若娇惯成这个样子，还跳哪门子舞？

转完圈纹丝不动是基本功。想到这里，我就不由自主地转了个圈。尽管那天我穿了一身运动装，头发也只是慵懒地在后面绾了一下，但脚下是有根的。我转得又快又稳，眨眼间旋风般来了又去，去了又来，花草树木还没回过神就又风平浪静了。我骄傲地噘噘嘴唇，然后还意犹未尽地踮了踮脚尖向吴小媚望去，正好就接住了她真诚的微笑。

那一瞬间，我的内心是骄傲的。虽然我也还了个微笑，但那微笑的样子还真有点儿像骄傲的大公鸡。我仰着头看了看天，然后才假装悠闲地踱了过去。为了把悠闲表现得淋漓尽致，我一边踱步一边拿出手机给路旁的月季花拍照，仿佛那些花才是真正吸引我，让我驻足的理由。接着拍照，我把吴小媚拉入镜头，咔嚓一声，让她留在了那些花朵的背景里。

三

再仔细看吴小媚的背影，不觉就惊出了一身冷汗。那背影和我脑海里的那个背影太像了，我甚至想追回去，听听她的声音，听她倔强地说一声"不，就不"。

那是两年前，我刚搬到湖畔别墅不久的一个傍晚，陈璐正笼罩在"失恋"的阴云之中。那几天陈璐把自己关在房间舔舐伤口，我几次敲门都被老陈挡住了。老陈虽然没直说，但他的表情里清清楚楚写着"站着说话不腰疼"，这也是那天晚上陈璐冲我嚷嚷的话。我只能把希望交给时间，让时间治愈她的悲伤。那天我给陈璐煲了她最爱的玉米大骨汤，为了防止溢锅，我干脆守在灶边。一遍遍对着锅中咕嘟咕嘟的玉米、鱼胶和脊骨诅咒小林，说他有眼不识金镶玉，说他那学播音的女友早晚会像妲己一样毁掉"林氏江山"。不知是香气打动了陈璐，还是那些咒语灵验了，陈璐竟然出来喝了三大碗骨汤，然后她抹了抹嘴，拉着我出门散步。虽然我一直对陈璐抹嘴的习惯有意见，但那天的那一抹让我又看到了我熟悉的陈璐，找回了那个大大咧咧像个男孩子的陈璐，我真是幸福极了。我们娘儿俩围着吉祥湖转了两圈，爬到眺望台远眺这座城市，就不自觉地踮起脚尖像解除魔咒的白天鹅一样转了三圈，陈璐也嘿嘿哈哈地扩了扩胸。但也就在她一边抬胳膊一边俯瞰台下的小区时，她的脸色突然暗了一下。我顺着她的眼神望去，正是一期那个片区，也就是林家居住的那个小区。我连忙拉着陈璐往家走，怕她一不留神又跌落在阴影之中。没想到一出公园就看到了那个背影。

那是一个女孩儿纤细窈窕的背影，长发披肩，身着英式晚礼服的裙装，上部贴身，腰部收紧，裙摆又宽又长，显得女孩儿身材更加高挑。女孩儿显然是从紧邻公园的那座独栋别墅里出来的，我们看到那家男主人急匆匆追出来，他一边拽着女孩儿的胳膊，一边气喘吁吁地检讨："你别走，是我错了，是我错了。"女孩儿挣扎着甩开男人的胳膊，冷冷地说了一句："晚了。"随即女孩儿头也没回地走了，把丢了魂的男人甩在铁艺门边。不知是因为肥胖还是因为气力不足，那个男人竟然失了魂般靠在那里，半天都没动，他那谢了顶的脑袋在路灯下有些滑稽，也有些落魄。

陈璐嘟囔了一句："可惜了那副皮囊。"

我说："是呀，是呀，不自爱的女孩子不会有好下场。"

其实见到吴小媚的那一刻，我脑子里就浮现出了那晚的场景，同样的束腰长裙，不同的是我不能武断地把一头长发的那个女孩儿和戴了帽子的吴小媚硬嫁接成一个人。后来我还真是留意观察了独栋那家人。只是从业主群里知道那家主人姓胡，至于是靠什么发家致富，如今做什么大买卖，我就不得而知了。我还发现，那么大一套房子，就住着两个人，一个是那天见到的胡姓男主人，虽然有些谢顶，也有些肥胖，但大个子、双眼皮,依然能看得出当年的清俊帅气。他家还有一个年轻漂亮的女主人,只是女主人脾气不太好,时不时就从露台上扔下一个花盆。王春花说,有一次花盆就落到她脚边,尽管男主人马上道了歉,但王春花还是反映到了物业。奇怪的是,这两年再没有见到过那个女主人。王春花说那个女主人聪明,眼不见心不烦,干脆出国了。其实我知道每家有每家的烦心事,每家有每家的"不幸",只是不足为外人道。不然怎么说"幸福的家庭都是相似的呢"。

如果不是见到吴小媚,我绝对不会再翻出胡姓谢顶邻居的破事。而且我还抱着近墨者黑的心理,暗自为老陈不从小门进公园庆幸。只是没想到老陈遇到了和胡姓谢顶邻居一样喜欢的风景。我有些悲哀,也有些无奈,有些事情真是防不胜防呀。

去年大年初一的早晨,老陈带着陈璐去晨练,我在家做早餐,当然我是心甘情愿的。也许是天性吧,总之一直以来,能为这爷儿俩奉献就是我莫大的幸福。那天他们一进家门,我就把饺子摆上桌了。但我没有看到他俩急赤白脸吃饺子的场面,尽管热气香气在他们眼前氤氲,他们依然不为所动地翻看手机。陈璐一边看一边说:"这创意也太美了。"老陈盯着屏幕说:"热爱生活的人才能摆出这么美的画面。"我对着夺走我幸福的手机画面说:"那你们把画当饭吃呀。"陈璐哈哈大笑起来,她一边笑一边说:"妈咪,你真是该到外面看一看。"说完就武断地把手机举到我面前。

那是一幅用梅花花瓣拼成的"春节快乐"。那四个字如小孩子刚学写字时写的，有些拙笨，也有些歪扭。但那创意、那画面不得不说也让我眼前一亮。我甚至有些感动，而且脚尖还不由自主踮了起来。陈璐拉了我一把说："别激动，别激动，要跳一会儿吃完饭我们到现场跳。"我甩开她的手嗔怒道："谁说我要跳舞了，不知路边野花不能采呀，这得折多少花呀。"

陈璐说："哎、哎、哎，不要总是上纲上线，人家是从梅园里捡的落花好不好。"

我说："人家是谁？是你吗？"

陈璐说："是一个阿姨和她的女儿。你不知道她俩拼得多认真，多快乐，人家母女俩那才叫真幸福。"

我想说她们是作妖，大早晨起来不做饭，跑到大街上拼图，不就是为了吸引你和老陈这些人的目光？但是大过年的我不愿和她争执，于是就把话咽到了肚子里。

看到吴小媚时，那幅花瓣拼成的"春节快乐"就从肚子里又翻了出来。她喂猫的架势和一身晚礼服的穿着打扮总让我觉得有些做作，别说陈璐整天就是牛仔运动，就是小林的女友也没那么夸张，虽然小林的女友也裙袂飘飘，但更多的是时尚和慵懒的元素，如果不是有个人成见，她还真挺让人喜欢的。

种种迹象表明吴小媚和正常的女孩子不一样。我点开照片想从中找出更多的端倪，找到她拼出"春节快乐"背后的用意，并用这些来衬托陈璐的幸福才是真的幸福。在一帧帧放大的过程中，远处一个敦实的身影，确切地说是影子上那一抹黄让我联想到了黄四号,莫非是那个我放不下的"黄四号"?我像哥伦布发现新大陆一样把"咔、咔、咔"拍下的照片放在一起,这时她就带着那抹黄从近到远慢慢走去,直到走出我的镜头,走到幸福路上。

幸福路是前年改造的一条快速路,北面与外环相连,南面如果不下高架桥,可以一路杀到市中心人民广场。半小时的车程,绝对在合理的上下班通勤时长内。但也是因为有了这条快速路,我们三环外的房子才有可能成为第一居所。两年前我住进来后就再也不想挪窝了。我喜欢城外的安静,喜欢小区北面平安河的灵气,更喜欢与平安河相连与湖畔别墅一墙之隔的湖畔公园。我仔细研究过这个公园,面积很大,设施很新,尽管没有什么景观,但该有的吉祥湖,该有的绿道,该有的如意山,甚至山顶的远眺台都一样不缺。关键一点是这个公园离市区远,周边的小区又少,某种意义上说就是湖畔别墅的后花园。在吉祥湖边也好,在远眺台也好,压压腿,吸着新鲜空气,和着白云的节拍,踏着水的旋律翩翩起舞,不就是仙境中的梦瑶台吗?生命最后的三分之一落脚在这里,不是仙境胜似仙境。

这样的幸福蓝图牵引着我买了这套住房。房子大了,我和他俩却不在一个频道上了。老陈忙着接林局长的班,陈璐忙着托福考试。我虽然早就不跳舞了,转了行政岗,也担了个舞美指导的名号,但真没有几场活动需要我发挥了。

老陈说这样挺好,你就管管家,跳跳舞,旅旅游。陈璐更是满眼羡慕,她说,你真是好命,不像我们,每天累得像条狗。刚开始时,我也觉得自己好幸福,但实际下来不是那么回事,不然怎么会有"心闲生余事,人闲生是非"这句话呢。

我本以为老陈忙完那一阵就好了,谁知老陈如愿接了林局的班后,更忙得不亦乐乎了。别说说会儿话,就是看我一眼的工夫也没有。陈璐依然是白天工作,剩下的时间就是忙她出国读书的事情。陈璐嘴上不说,但心里在赌一口气,咬着牙要在事业上胜过小林那个播音主持一筹。她每天熬得眼圈发黑,连早饭也不肯坐下来好好吃,让我这个当妈的心疼,可是我刚一多嘴,她就说,谁让我不能靠颜值吃饭呢?

值得欣慰的是,老陈在这个问题上还是比较理智,他说:"不靠颜值是对的。再说我女儿比别人一点儿都不差,身体健康,心理健康就是最好的资本。"

我也尝试过与小区里的邻居们搭个伴儿,可找一个能说到一起的伴儿,还真不是一件容易的事。为了找伴,我参加了小区的舞蹈队。可她们总是随意发挥、修改。比如小垫步是左脚右脚左左脚,她们总做成左脚右脚右右脚,于是就改成左脚右脚右右脚,还让我也改过来,说我若不改,跳起来就乱了。当然像这样让我备受折磨的事还有很多。还有就是舞蹈队里也有仨亲俩厚,我想有就有吧,来这不就是为了锻炼也为了找人解闷吗?没想到没解成闷,心更堵了。和我一天参加舞蹈队的王春花总是拉着我,让我业余给她辅导。

王春花瘦得像根棍,个子本来就高,可还总喜欢顶着一个丸子头。让人怎么看怎么别扭。我不想与她为伍，可她却像张膏药，我还没来得及躲，她就摁响了我家门铃。她拎着一箱普罗旺斯西红柿说，她老公昨天去山里看项目，在无公害大棚里摘了好几箱，让我快帮她处理点儿。她还说这西红柿用的是海藻肥料，自然成熟的，比樱桃还好吃。

吃了人家的嘴短，我就只好任由她黏着。王春花和我晚上一起跳舞，白天呢也要通几个电话，比如她让我去她家教她舞蹈，比如她约我一起去超市买菜。我们关系最密切的时候正好是夏季，她说夏季蔬菜水果丰富，但也容易变质，一定要买新鲜的。那段时间毛豆刚刚下来，她和我都比较喜欢毛豆，于是我们为了买毛豆每天都要去一趟超市。

我们光顾最多的就是生鲜柜台，除了毛豆，她还要隔一天买一次散养的柴鸡腿。其实在这之前，为了老陈健身，为了我减肥需要，我常常买鸡胸肉，更多时候是在网上一买一大堆，冷冻起来慢慢吃。但自从吃了她烤的鸡腿后我就改弦易辙了，最重要的是老陈也说鸡腿好吃。有几次我拍了照片发给陈璐，陈璐笑呵呵说，人家老陈为了跑得更快，当然喜欢鸡腿了。

我和王春花一开始去的是我们这个城市比较大的连锁超市——北城超市。因为是连锁也因为名气大，人就比较多，当然货品也比较新鲜。但王春花对食材比较苛刻，尤其是毛豆和鸡腿，每次都要翻来覆去再三比较、确认。看着促销员皱眉她还不知趣地说，我们每天都会来，你每天上货后就给我留出一份来。估计促销员早就看她不顺眼了，也不在乎多她一个少她一个,尽管她跟人家强调她就住在湖畔别墅,人家也冷着脸说不能预留。

王春花一生气就拉着我去了旁边的幸福里超市。幸福里超市是个人开的,虽然不大,但生鲜货品还是比较齐全,而且促销员态度好得很,比如生鲜部的"黄四号"。

叫她"黄四号",是因为她总穿着个黄马甲,那个黄马甲有四个兜,上面两个,下面也是两个。而且四个兜里总装着鸡肉、鱼肉、牛肉、羊肉这四种肉的调料,那是她为了争揽生鲜顾客额外准备的赠品。我第一次跟着王春花买鸡腿时,她就是从右下口袋里拿出一包调料赠给我们,让我们像无意中得了一笔外财一样兴奋。她解释说这是她自己跟着一个老中医配的。我笑着说用上它岂不就是药膳了。黄四号有些羞赧地说,业余时间她跟着老中医学食疗,那些材料呢也不值几个钱,都是春天捡的桃花、夏天摘的荷叶、深秋拾的山楂、冬天挖的紫苏根等。看着我一脸迷茫,她又补充道,不过我这个配料是老中医看过的,而且老中医还给调了配比,加了其他的药材。

我心里想你不就是为了吸引顾客吗?于是我问她:"你既然学食疗,为什么不去饭店,那里工资高,如若推出药膳,那菜品价格就翻着倍数涨呢。"

不知是不是戳中要害了,她脸色猛然间一沉,声音也低下来:"饭店都是晚上忙,我晚上要陪女儿,除了我女儿,也没人认可我的药膳。"

我不是一个刻薄的女人,但她说到陪女儿就让我心生嫉妒，于是我就讽刺地说："那你女儿也太幸福了！天天吃药膳！不过小朋友补得太多也不好。"

黄四号显然不同意我的说法，她张了张嘴刚要说话，随即又像犯了错的乖孩子，把话艰难地咽了回去，以至于她挤出一丝笑意说"谢谢"时都有些迟钝，仿佛咽部有什么卡着一样。说话时她脸上浮着笑意，但眼里却溢满了泪花。在她转过身收拾操作台的瞬间，还用手背擦拭了一下眼睛。当时我还想这个人表面上看着粗粗拉拉的，没想到内里还这么矫情，我也没说啥难听的话呀。也许是因为这个原因，我当时对她的印象并不是太好，如果不是王春花硬拉着我，我可能就不会再去那样的小超市了。

有时我想，王春花也未必就是多么喜欢幸福里超市的东西，更多的应该是在那里她可以颐指气使，可以把她在家里或者在舞友们面前的面纱扯掉，可以毫无顾忌地放肆一把，任性一会儿。从某种意义上说，那是她释放掉不良情绪、保持幸福感的一个出口，好让她的生活重新归于平衡。为此，在幸福里超市，王春花挑挑拣拣的毛病就表现得更加淋漓尽致。她每次都把摆好的货品拨拉一遍。虽然黄四号眉头也不舒展，但总是挤出一丝笑意说："没事，你挑吧，都是今天早晨现宰的。"

再后来王春花就提出了更高的要求，她让黄四号每天上货后先给她挑出两个留着。她强调："我就住在湖畔别墅，我们家过去都是去市场上买活的芦花鸡腿。"她这样一说，黄四号就停下手里的活连忙解释："现在市场上不让宰杀活鸡了。"

王春花不接黄四号的茬儿，自顾自地说："吃了几次你家的柴鸡腿，也还可以，以后每隔一天你就给我留两个，我就不用卡着点来了。"黄四号的脸立刻舒展开了，像捡了宝贝一样说了一连串的"谢谢"。回来的路上，我表扬了一句黄四号，王春花竟然不屑地说："那当然，我们是她的上帝，像我们这样的客户也不容易找。"

王春花的话让我有些不舒服，我甚至不想和她一起跳舞一起买菜了，但王春花依然黏着我，比如她毛遂自荐跑到我家教我煮毛豆。她把我们新买的毛豆先用盐水、小苏打泡洗一刻钟，之后再晾干，等着老陈打电话通知我要回家时，她才让煮。那虔诚的样子一点儿不亚于我当年在舞台上跳天鹅湖。当年每场演出下来，我都沉浸在巨大的悲伤中不能自拔。哦，忘记说了，我们那个版本不是王子、公主过上了幸福生活，而是黑天鹅破坏了幸福生活。王春花沉浸在她以毛豆为载体的意念中不能自拔，她反复追问："是不是和你煮的不一个味？"她还强调她老公就喜欢新鲜，比如水果青菜，比如鸡腿。说这些时她脸上洋溢着满满的幸福，以至于她的高颧骨、她的丸子头也柔和了许多。

我说："也对，抓住了男人的胃，也就抓住了他的人，可惜我不会做饭，我家老陈的嘴也品不出好赖来。"

"小鸡不撒尿，各有各的道。你这身材、你这舞姿比美食的杀伤力还大，我情愿和你换换。"王春花说完叹了一口气，"不是我们有危机感，是这个世界诱惑太多了。"

我没想到王春花竟然也能说出这样的话，心里一软就放松了警惕，这一放松就被她又用约定套上了。她说："我们俩组建一个捍卫幸福联盟，你教我跳舞，我教你做饭，我们取长补短、互帮互助，共同守住幸福的底线。"

四

再次见到吴小媚是四天后的早晨。

那天，老陈醒来像往常一样简单洗漱后就出门了。本来这也是老陈长期以来的习惯，没有什么值得大惊小怪的，但正在准备早餐的我瞥见了那一笑——老陈出门前对着穿衣镜的那一笑。那个笑容是发自内心的，就像春天和煦的微风。

老陈出门后，我不由得也追了过去。刚拐上幸福路，就看到了朝阳下的那个剪影，依然是红色的裙子，依然是英式蝴蝶结镂空草帽，依然是悠闲优雅地收拾猫舍。虽然有一段距离，但我看到老陈在蔷薇墙边停了几秒，也看到吴小媚冲他微微一笑。老陈背对着我，但我想他一定还了一个微笑，甚至那个微笑就是他先发出来的。也许是太想看清楚了，老陈跑过去后，我才发现我的身子居然贴上了铁栅栏。吴小媚显然也看见了我，她没有惊讶，也没有说话，只是抬起头来冲我微微一笑，然后轻轻唤着那只猫的名字，"Happiness"（幸福）。她一遍又一遍地和 Happiness 说着话，那认真劲儿就像老师叮嘱她的学生。

我装作饶有兴致地跟她搭话,问:"猫能听懂吗?"

她笑了笑说:"应该能听懂吧,不过即便听不懂也要说呀,我要培养它们自立的能力。"之后她又指着那只加菲猫说,"Happiness 是去年冬天我在冬青里捡到的,当时她也就几个月大,在雪堆边奄奄一息,毛也一绺一绺地粘在一起,丑得不成样子。这种猫一般是家猫,不会自己觅食,也没有自我保护能力,不知是生病了被主人遗弃还是自己溜出来找不到家了。还不错,我抱回家养了一个冬天,她竟然活过来了。"说完她看了看加菲猫也看了看我,那一瞬间我看到她的眸子里泪光盈盈。我想如果不是先入为主,我肯定会被这个女孩子打动,那么那些男人怎么能躲得过去呢。

想到男人两个字,我就忍不住多看了几眼吴小媚的背影。那个背影和从谢顶胡姓邻居家冲出来的背影太像了,不同的是那个女孩儿长发及腰,这个吴小媚总做作地戴着帽子,让我弄不清她的头发是长还是短。

再后来我慢慢摸清了吴小媚的规律,每个月初她都会消失几天,剩下的日子,就总能在清晨看到她在那里打理猫舍。我也每天装作若无其事的样子从那里路过,有时我还会搭上两句话,但她对我的诸多问题总是避而不答。她用微笑保持着神秘。倒是加菲猫没有那么多城府,从警惕到信任,慢慢和我热络起来。在我刚拐上幸福路时就会"喵、喵、喵"叫上两声,是跟我打招呼,也是向主人通报,有时还跳到栏杆旁用头蹭我的腿。有一次我带上了一些吃剩下的鱼,送给了那些猫。谁知猫吃得正欢时,吴小媚突然就落泪了。我以为看到她落泪我会很开心,因为其实我一直在心里等着击溃她、撕开她面具的那一天。但每次看到她的泪水,我心里却是隐隐作痛。我问她:"遇到什么不愉快的事情了?"我甚至启发她:"只有年轻时好好努力,才能让幸福保鲜。"其实我是想说不要总在这有的没的卖弄,要学一门技术,等到人老珠黄后,才能有一个幸福的保证。但我还是想给双方留个颜面,就把话委婉地变通了一下。

她擦了擦眼角,所答非所问打岔道:"看着这些猫能幸福地活着,真好。"

一时间我竟然被她带沟里了,不觉就顺着她说:"有时候这些小动物真比人幸福。"

没想到她又抢我的上风:"阿姨,这怎么比呢,我们这些处在食物链顶端的人比它们幸运多了。"

我撇了撇嘴:"也复杂多了!"我这是在用复杂回击她了,我甚至还想往下说,索性拎出那一晚看到的那一幕,因为在她说"食物链顶端"时肩膀抖了一下,那一下和那晚我看到的甩开谢顶胡姓邻居的动作一样,以至于让我生出了抓住狐狸尾巴的优越感。

她当然是蒙在鼓里,她固执地甩了甩胳膊说:"复杂是自己给自己挖的坑,我们不能把自己绕进去,我们要抓住手里的小简单、小幸福,比如此时此刻,那些复杂也就不存在了。"

我确信我真的被她绕进去了,因为那一刻,话到嘴边我却没说出来。其实我是想质问她："说得轻巧，如果真就那么简简单单，你为什么还要穿那些带装饰的衣服？为什么要戴着英式公主帽？"我还想问，"大冬天你也穿裙子，大夏天你也戴帽子，不就是为了吸引目光，为了让你的生活复杂起来吗？你如果不是想得到更多，为什么和别墅里的谢顶老男人有纠葛？"但我没有问，因为我觉得即使我问，她也不会说，我们的交情还没有到那个程度，而且我和她中间还隔着个老陈。

打狗还是要看主人的。在我与我心中给吴小媚挂靠的男主人闹翻前，我对吴小媚只能是敬而远之。

五

我已经有一个礼拜没见到吴小媚了。

街角的迎春花从蔷薇边上旁逸斜出，给幸福路和走在这条路上的人们带来了春天的气息。可我和老陈的关系依然停留在严冬里，以至于让我怀疑我们还能不能熬过这个倒春寒。二月二那天是个周六，难得老陈在家，可他依然一大早就着急往外跑，还说今天是龙抬头，要早早求个抬抬头的好兆头。我心想你去抬头了，那我呢？我本来想跟着出去，但还没等我收拾利索，他就没影了。我索性不去追了，想等他回来就和他好好谈谈。为了这场谈话，我认认真真准备了早餐，而且还破天荒为老陈烤了鸡腿。并不是我和老陈对鸡腿多么情有独钟，而是因为老陈的"三高"。

早餐准备好后,老陈竟然还没回来。其实对于老陈绕着蔷薇墙跑步我早就习惯了,也释然了。心想你无非就是想看看那个穿着裙子、如舞台上一样端着的吴小媚。我曾经远远跟踪过几次,每次老陈都会在幸福路口驻足,也会向栅栏内张望,但也仅限于此。我在心里冷笑,真像王春花说得那样,不敢吃也要闻闻腥。

想起王春花,我的心情就陡然不好了,我呸呸嘴,但王春花的影子还是在眼前晃。王春花前几天来找我,拿着手机视频让我分解舞蹈动作。我推托说自己也看不懂,王春花居然为此煽情落泪了。她掏心窝子的话引起了我的共情,于是我只好再一次妥协。

我和王春花的友谊开始于那个夏天,也终止于那个夏天。其实我们之间谈不上真正的友谊,只是各取所需。她教会了我鸡腿的各种做法,还指导我如何收服老陈的胃。我呢,只好用分解那些舞蹈动作回报。那个三伏天的上午,王春花和我相约去幸福里超市。那天天气闷热,生鲜这边的空调坏了,超市也比以往热了些。王春花拿着黄四号预留的鸡腿闻了闻,说:"不新鲜了。"说完又把那两个鸡腿扔了回去。

黄四号的脸沉了一下,又挤出一丝微笑说:"冷柜里有新上的麻鸭,只是冷链过来的,不过新鲜度绝对可以保证。"说着还从马甲内兜摸出了炖鸭的作料。

王春花扒拉了一下那只麻鸭说:"没有新鲜鸡腿,就只能用它凑合了,不过麻鸭整只炖有些那个。"

黄四号立马说:"我能帮着切分、收拾好,保证干干净净,回家就能入锅。"

"那你先收拾,我们去买点儿青菜。"王春花和我离开时劝我也买一只。我说:"我就不要了,我不会做,再说鸭子比较肥。"我话音还未落,王春花就冲着黄四号喊:"记着把肥油也去掉哈。"

黄四号清脆地回了一声"好嘞"。之后王春花依然劝我买一只。她说鸭子是凉性的,适合夏天吃。又说这个麻鸭看着质量还真是不错,之前她在北城超市买过,只是那边店大欺客不给收拾。有时我想,我这个人吧就是没有主见,而且还没有原则。比如我早就该跟老陈摊牌的,却总也下不了决心。比如我真不愿吃鸭子,一是我不会做,二是做了老陈也不会吃,但是在王春花的鼓动下,我就没原则了。我想不就是一只鸭子嘛,买就买。

那天我们再次返回生鲜柜台时,黄四号已经处理完鸭子,正要打包。王春花替我要了一只。

黄四号高兴地应了声"好嘞"。这时柜台旁边的顾客不干了,她说什么事也要有个先来后到,坚持让黄四号给她先收拾鱼。还没等黄四号说话,王春花就提高嗓门强调:"那不行,我们是一起的,按照先来后到也是该先给我们收拾。"

王春花看了一眼那个顾客,轻声说了句:"刘姐,您稍等哈,我这边很快。"

我当时扯了扯王春花的胳膊说:"你看人家那个顾客给咱

白眼呢，反正咱也有时间，不妨等一等。"

"就因为她白眼，咱才不让给她。"王春花赌气般又补了一句："你看那条鱼眼都出来了，那种便宜鱼也值得收拾？"

我尴尬地又拽了拽她的胳膊，想让她小声点儿，没想到她声音更大了。她说："前几天在北城超市也买过一只麻鸭，味道还不错，今天回去，正好比较比较。"

柜台边那位被黄四号称为刘姐的顾客不再言语，但白眼仁更多了。平常黄四号脸上挂着的微笑也没了，冷冰冰的神情把我的脸灼得滚烫。我不自觉地又拽了拽王春花的胳膊，但王春花的声音依然高亢，而且还附加了手势。为了尽快结束这难为情的聒噪，带王春花离开现场，我对黄四号说："不用那么仔细，差不多就行了。"

黄四号没像往常一样和风细雨说"好"，而是长长的、高高的"啊"了一声。与此同时，她的左手食指跟着鸭块一起跳了起来，然后啪的一声落到了案板上。

那个买鱼的顾客一边冲着服务台喊"有纱布没？有创可贴没？"一边向服务台跑去。王春花说了一声晦气，拉着我就往外走。临走前我看了一眼黄四号，她正从马甲的内兜里拿出卫生纸往手上裹，一边裹一边对我们说："别忘了拿你们的麻鸭。"我扯了扯王春花想往回走，却被王春花拽住了。她不容置疑地说："晦气，咱不要了。"

出门后王春花坚持要到北城超市去买麻鸭，我说："你去吧，我不想买了。"

我俩分手后,我又踅回幸福里超市。此时超市正在关门,原来坐在服务台的那个中年男子顾不上搭理我,他一边关门一边对黄四号说:"你把手指头包好,可别掉了,一会儿兴许还能接上呢。"然后就一溜小跑发动了门前的电动自行车。黄四号举着卫生纸包裹的左手坐到电动车后座上。那只手就像一根旗杆,已经洇得通红的卫生纸就如同一面旗帜,那面旗帜像那天的大日头一样生生灼疼了我的眼睛,以至于这么多天过去,我都不能从那伤痛中抽出身来。

　　那天以后,王春花约过我几次,我都拒绝了。而且为了拒绝她,我连舞蹈队也退出了。那几天只要一闭上眼睛,眼前就是那根跳动的手指,心里就一阵阵发紧。我问老陈:"我该怎么办?"老陈说:"你以后就多去几次幸福里超市,多买点儿人家的东西。"我想想也只能这样了。后来我一直去幸福里超市,但再也没看见过那个黄四号。

　　我终于忍不住向服务台那个中年男子打问。那个男子半天才反应过来说:"你问的是老吴呀,她不做了。"我问:"为什么不做了?"其实我是想问是不是因为手指头断了所以不能再剁鸡腿再剔骨头?

　　那个男人说:"老吴的手指头剁得太狠了,我们又耽搁了时间,唉,那天我说打个车吧,她舍不得,结果手指头没接上,伤口也感染了。"看着我发呆的表情,他又解释道,"她不是被我们解雇的哈,是她自己不想做了。"我"哦"了一声,心想,真是越描越黑,这样的黑心老板,我以后也不要来了。

应该是那个男子看到我表情的变化，或者说是从我的表情里猜到了什么。他叹了口气说："她女儿的病又严重了，放化疗的费用多高呀，我们给不了她高工资，她只能另谋高就了。"

我"哦"了一声问："她女儿有病？"

那个男人说："是呀，她女儿得了白血病，医生两年前就说按天等吧，她却不甘心。不过哪个当妈的不都是这样，为了孩子啥都舍得，啥都能忍，啥苦都能吃。"

我又"哦"了一声，问："她是咱们这片的吗？"

那个男人说："她就是幸福里小区的，也是为了照顾家，才来我们这里承包了生鲜柜台，不过，我们现在依然用的是她的进货渠道，生鲜质量绝对有保证的哈。"

从那以后，我只要从幸福里小区门前过，就会不由自主地往里张望。我想知道她如今怎么样了。我没有张望到黄四号的影子，倒是遇见了我们院里那个谢顶的胡姓邻居。那天下午，我看见那个谢顶的胡姓邻居耷拉着脸从幸福里小区走出来。好奇心驱使我往吴小媚家望去，虽然隔着栅栏，我还是看到了白纱窗后面的影子，我不知道那个戴着公主帽穿束腰长裙的影子唱的哪出，但我知道这应该是吴小媚放的一条长线。

想到这里，我就不觉打了个寒战，恍然间看见了一条暗线也向老陈伸了出来。

六

鸡腿变凉时,老陈还没有回来,窗外却洋洋洒洒飘起了雪花。雪花让我想起了往日的浪漫,想起当年圣洁的海誓山盟。我不想就这样傻等着了,等着又能怎么样?等着他跟我摊牌说实话吗?我决定去看看,但真正沿着老陈的路线往外走时,却碰到了王春花。

王春花问我:"你最近犯什么病了?为什么放着院里的近路不走,非要从墙外绕?"

我说:"什么病也没有,就是近朱者赤,老陈喜欢看路,我也就喜欢,谁让我们家吃的是交通饭呢。"

王春花看了看我说:"也对,夫唱妇随。"不过那声"也对"拉着颤悠悠的长音,透着无比的羡慕。我知道她是来套话的,她想让我说我是想跟踪老陈。其实跟踪老陈也好,从老陈的言谈举止寻找蛛丝马迹也好,都是王春花教我的。她说:"你看看,咱们做女人的多吃亏呀,死心塌地照顾着他们,他们却嫌烦,总觉得家花不如野花香,再加上现在的女孩子看见但凡有点儿成就的,就生扑,你说哪个男人能架得住。"我一时没接她的话,若是平常我会和她逆着说,可今天我却觉得她说得有道理,仿佛她就在提醒我看好老陈一样。在我愣神时她又说:"不然我何必要保持体形?何必要去跳舞?为了保持体形,我都犯了三次低血糖了。"

我知道王春花是来装可怜,是想和我重归于好,让我给她分解那些舞蹈动作。我为了断绝她的念想,就说最近闪着腰了,不能跳,比画也不行。没想到她却恍然大悟地拍了拍手说:"我知道你家老陈为啥从墙外绕了。"

我问:"为啥?"

她说:"幸福里小区,就是幸福里和平安街交口蔷薇墙边,有个养猫的小姑娘,你见过没?"

我沉下脸说:"没有。"

她听到我说没有,就更加兴奋地说:"那个小姑娘是跳芭蕾舞的,你看看她一天天花枝招展,假装喂猫,假装淑女,笑也不露齿,说话也不大声,没事了就在那里摆造型,男人就是喜欢那样子的。我家老公为了跟人家套近乎还给人家的猫买过好多猫罐头,可惜被人家退回来了。你家那位每天说是跑步,没准也是为了……"

没等她说完,我就把她的话截住了。我说:"老陈看了一辈子跳舞的,如果想花心,也要找个唱歌的。"

王春花说:"也许吧,不过你也不能大意,你多留心他,是不是把家当旅馆?是不是把咱们当保姆?是不是对咱们越来越冷淡?"

我说:"好、好、好。"一边说一边踩着老陈的脚印向蔷薇墙那边走去。王春花在后面嘟囔道:"你是不是去找那个跳舞的呀?她可是没你跳得好,只是年轻啊。"

也就是一顿饭的工夫,纷纷扬扬的雪花就为街道、房屋、树木还有路上的脚印披上了一层白纱，但我还是能分辨出老陈的脚印。老陈的脚大，而且走路用力过猛，新鞋穿不了多久后鞋跟的花纹就会磨下去一层。我循着老陈的脚印一边走一边想，我踩着的不是你的脚印，而是你的尾巴。这样想着想着，脚步就快了起来，气也消了很多，仿佛不是去抓现行，倒像是做一场游戏。

远远地，我看到老陈的身子往栅栏那边移动，再之后就是明目张胆地探着身子张望，虽然离得远，虽然有雪的帷幔，但我依然能看出他的脖子伸得老长老长。他的长脖子转了一圈又一圈就像没有找到方向的探照灯。当探照灯确认没有寻到探照对象时，才切断电源，慢慢往公园方向挪去。老陈的背影在雪幔中消失后，我也来到那个栅栏前。

栅栏里安安静静，那些猫都已经进了猫舍，就连那只和我相熟的爱在外面溜达的加菲猫也没有声音。我"Happiness，Happiness"轻声唤着加菲猫的名字，但除了落雪的声音，时光就如静止一般。雪藏起了一切，此时的大地就是一张白纸。

我和老陈又冷战了一个春天。老陈只要有时间就去跑步，每次跑到那个栅栏前都会张望一下。每天我踩着老陈的影子也会向里面望一望，但是那个红裙女孩儿再也没有出现过，只有加菲猫蹲在那里"喵喵喵"叫个不停，像是和我打招呼，又像是找我撒娇。我也笑着点点头，问它，主人呢？它就会盯着我"喵喵喵"叫个不停，像是回答也像是诉说，可惜我听不懂它的语言。

蔷薇花绕过栅栏爬满蔷薇墙时，我决定打开天窗和老陈摊牌，尽管那个女孩儿再没有出现过。也许是老陈太过专注那个女孩儿，也许是老陈忽略了我的存在，总之，那天当我走到他跟前时，他依然在那里驻足凝神，直到我和不停"喵喵喵"叫的加菲猫打招呼。

沉浸在失望中的老陈居然一点儿都不掩饰，反倒让我在心里演练了上百次的一剑封喉突然就出不了手了。他皱着眉头问我："好久没看见院里那个喂猫小姑娘了，她不会有什么事吧？"

他的问话提醒了我的身份，也激活了我心里的怨气，我"哼"了一声，拉了拉弓，把"年轻真是好，年轻就有人惦记"这支箭射了出去。那支箭还未到老陈身上，就被他的话弹回来："你越说越离谱了，这个女孩儿，这个女孩儿才和陈璐一般大。"

我拿出年轻时吵架的气势，又重重"哼"了一声："知道和陈璐一般大，还天天惦记人家！"

我把造型摆好了，也把自己的状态又拉回到了十年前，二十年前。等着老陈缴械投降，等着老陈让我再跳一曲《天鹅湖》，等着老陈说眼前的天鹅比舞蹈中的天鹅更美。但老陈没有买账，他看也不看我，而是伸着脖子向我示威。我们就这样僵持着，直到Happiness"喵、喵、喵"来撒娇，老陈才有些哽咽地说了句："这个女孩儿是白血病患者。"

春风虽然不再刺骨，但依旧寒凉，不知是因为他的话还是因为春风，我陡然间打了个寒战。

我问："你不觉得这个故事有些 low？"

老陈看了我一眼说："刚搬来那年春天，我现场调研幸福路能否改建成快速路时，无意间看到了这个女孩儿。她穿着红裙子，戴着公主帽，天使般坐在台阶上。"

说到这里老陈的嘴角微微翘了一下，脸上的线条也柔和了许多，他顿了一下接着说："整整一个上午，那个女孩儿就一直坐在台阶上，等我们从三环和市区转了一个来回后，她还在那里。我以为她是在等什么人，或者是忘了带家门的钥匙。不知是不是因为坐得太久，尽管她脸上浮着浅浅的微笑，但那张脸却像纸一样苍白，恍然间让我想起陈璐失恋时的样子。路口就是风口，她那纤细的身子容易吹出病来。我就跟她说：'姑娘，春天的风还是很凉的，千万别着凉了。'"

她微笑着说了声"谢谢"，然后问我："是不是要把这条路修成快速路？"我说："是。"她兴奋地拍了拍手说："那就太好了，那样她再去养老院时就算天黑也不怕了。"

我问她是不是在养老院上班？她笑了笑说，她是在养老院做义工，教那些老年人跳广场舞。她一边转圈一边比画，只是一圈都没转完帽子就飞了出去。也就是在那一刻，我被她吸引了，也被眼前的景象惊呆了。

我狠狠"瞪"了老陈一眼，心想你也太赤裸裸了，你把我当成了王春花吗？我不想听下去了。但还没等我反击，他就迫不及待地说："没想到那个漂亮的公主帽下面竟然是一个光头。她捡起帽子,摸了一下光秃秃的头顶,满脸羞赧。轻声说了声'抱歉',仿佛她做了一件让我难堪的事情一样。她咬着嘴唇对我说,她是白血病患者。我惊得张了张嘴,却说不出话来,这么青春的年纪怎么可能呢?她看出了我眼里的疑惑和惋惜。又冲我笑了笑,像是宽慰我也像是自言自语:'你一定纳闷,得了这样的病还这么傻乐,是不是缺心眼儿?'说那句话时,她的手俏皮地在右耳朵边转了个圈,然后她顿了一下继续说,'其实这个病是作出来的。'说这句话时她也是微笑着的,但我在她眼中看到了泪光。"

我被老陈的话怔住了。我不知老陈注意到我的变化了没有,他按了按眼角又说:"那个女孩儿就是这样按了按眼角后跟我说,刚刚得知自己得这个病时,她跟父母吵了一架,也觉得没法活下去了。尤其是她父亲带着她到美国到日本的医院看了一圈,得知父母的骨髓无法配型,就越发没有活下去的信心了。在她最绝望的时刻,母亲带着她来到养老院。那位与癌症抗争几十年,从二十几岁就查出癌症的老奶奶告诉她,一定要保持乐观的心态。老奶奶分享她的秘诀就是微笑度过每一天,每天真诚地微笑,真诚地生活,并坚持下去,就能从心里感到快乐幸福。她说后来她试着微笑,试着和自己和解,试着和父母和解,病情真就好了许多。"

说到这里,老陈重重叹了口气:"许久看不到她了,不知是不是找到合适的配型了。"

我心里说:"也许吧。"嘴里却有些幸灾乐祸地问:"她怎么作了？"

老陈沉吟了一会儿说："我也是后来知道的，是她父亲跟我说的。"

"他父亲？没看到这家有男人呀。"

老陈没有理会我，自顾自地说："那个女孩儿原本有个幸福的家庭，后来他爸爸发家致富了，有了第三者后和她母亲离了婚。当时为了一个能换衣服的芭比娃娃她就选择了跟随父亲。毕业那年，父亲给她买了套大别墅。为了自由，也为了不和后妈在一个屋檐下，房子装修好后没多久她就搬进去了，那些软包、硬包等装修材料里的甲醛污染源就伤害了她的身体……"

"别墅？她有别墅还住这个安居房？"我瞪大了眼睛问老陈，"不是编故事吧？"

"哦，安居房是她母亲的房子。她的别墅就在咱们小区，还和咱们一排，就是公园门口姓胡的那家。"

听老陈这样一说，我彻底呆住了，再次跟老陈确认事情的真伪。老陈说："这是那个女孩儿父亲跟我说的，他说他后悔死了，如果，如果有如果，他愿意拿自己的全部幸福去换女儿的健康。"

我"哦"了一声，相信那是一个父亲的真心话，但我想这是为了女儿，那他的前妻呢？他会为前妻有这种觉悟吗？但我没有再问下去，如果再问下去，老陈会不会也说我"作"呢？

我陪老陈走进幸福里小区，当我们站在单元门前准备按门铃时，一个熟悉的声音在身后响起："大姐，大姐是你吗？"

我转过身，看到黄四号正站在我们身后冲我微笑。

黄四号说："她女儿和她说过，有个湖畔别墅的阿姨，气质特别好。好像每天早上绕路去公园，就是为了和她打招呼，为了对她报以真诚的微笑。她一说，我就猜到是你了。"

黄四号告诉我们，她女儿是二月二那天早上走的。她说，她女儿走时脸上是挂着微笑的……

七

因为领养了加菲猫 Happiness，每天早晨我要给她铲屎，就再次放弃了和老陈一起晨跑。我对老陈说，你工作忙，抓紧时间锻炼吧，我白天有大把的时间。

但是陈璐这孩子却总在这个时间捣乱，她就像掐着点一样，在我铲屎时，要和我视频，其实我知道她是想看加菲猫。

那个时间，加菲猫总是窝在窗台晒太阳，一边晒还一边"喵喵喵"撒娇。陈璐说，Happiness 不是撒娇，它是微笑呢。

我说，好吧。

我打开窗，让外面的阳光进来，让 Happiness 对着第一缕阳光微笑。

极寒之后

一

　　黄达斌憋着一肚子火从会议室回到办公室,屁股还没坐稳,办公电话就响了起来。他看了看号码,脸上没有一丝表情,仿佛那电话铃声不存在一样。他起身到茶罐里抓上一把铁观音,然后放到带把的玻璃水杯里,再从热水壶里倒出滚烫的水,瞬间那苍绿的铁观音就啪啪地涨开,像春天急于破土而出的新芽,争先恐后地舒展着身躯,为自己抢占一个安身之地。他重重地将积满茶渍的杯盖盖上,再次坐到皮转椅时,电话又不屈不挠地响起来。

　　"今天小雪,晚上到许立新那吃火锅,你不许再找理由了啊!"黄红梅在电话那头霸道地说着。黄达斌苦笑了一下:"尽量吧,你们领导要体谅基层百姓的辛苦,我刚联系了几个企业,正等回话呢。"黄红梅那银铃般的笑声震得黄达斌不自觉把话筒往远处移了移:"哈哈,反正你也没约好,就想法推了吧。工作是一时的,同学可是一世的。小雪这天吃火锅为你庆贺是早就定下的。再说保不准许立新还能给你个惊喜呢。就这样吧,我们等你,不见不散。"

黄达斌直接被晾到电话这头，他知道自己拗不过这个老同学老领导，可他哪儿还有这份闲情雅致，再有一个多月就到年底了，这个时节是银行工作的旺季，大家都努着劲儿地把指标拱上去，在最后冲刺时刻取得好成绩。可西大街支行的业务就像新陈代谢停滞一般，没有丁点儿奔跑的迹象。指标完不成，人家嘴里不说心里也会想："怪不得领导这么多年一直让他当副职，看来还真是没有统领全局的能力。"再说员工拿不到年终奖就会有怨言，有怨言就会消极怠工，消极怠工业务就无法发展，一旦恶性循环……黄达斌觉得此时的自己就是热锅上的蚂蚁。况且上周上级行刚刚督导过，分行主管信贷的杨副行长对他们西大街支行的工作很不满意。杨行说："你们一时拿出储备项目也不现实，但守着旭龙地产这么好的企业，不会让煮熟的鸭子飞了吧？"当时黄达斌想说"这鸭子是毛没长全的速成鸭，不吃也罢"，可嘴里却应承着："嗯，嗯。"

　　黄达斌是九月一日来到西大街支行的，他清楚地记着那天收到了无数的祝贺，他也知道自己在银行摸爬滚打了大半辈子，业务能力和业绩是有目共睹的，但因为臭脾气和臭嘴就在副职上止步了，而且这步一止就是二十多年。眼瞅着两三年就要退出管理岗，他也就把转正的心抛到荒郊野外了。然而就在他的心刚平顺下来时，分行领导找他谈话，他想都没想就拍着胸脯说："一定不辜负领导的信任。"踌躇满志的他，就像沙漠里孤独的行者见到绿洲，一股绝处逢生的喜悦让这个粗粝的男子豪情万丈。职务的升迁是男人的面子，更是对自己大半生的认可,他为自己职业生涯的最后一站有这样的机会由衷地高兴。况且西大街支行是这几年分行的一面旗帜,领导让他这五十有三的老副行长去扛这杆大旗本身就是一种至高无上的荣誉与信任。

黄红梅是众多祝贺声中的一个不和谐音符:"老同学,西大街的活儿还真是不太好干,市场饱和,经济下滑,聪明的前任急流勇退,你却逆水而上。"当时黄达斌正在兴头上,对黄红梅就有些不高兴。他说:"士为知己者死,即便顶雷也认了。"他知道黄红梅说的是实话,但心里还是像被泼了一瓢冷水样不舒服。当时他手头就摆着两个文件,一份是重大风险排查,防范化解风险是今后三年三大攻坚战之首;一份是上报储备项目,加大信贷投放并倒排出放贷时间表,确保贷款资金合规发放。

他知道黄红梅人精明,从上学时就爱掐个尖,总愿意处在主导地位。近几年来黄红梅以信贷专家的身份盘踞在信贷审批岗位上,有人说她原则性强,也有人说她就是领导和政策的一个代言人,但不管怎样,能稳坐审批处长位置的女人还是不简单的。

黄达斌就在审批处副处长位置上待过,当时正处长空缺,按他的资历和趋势是很快就能扶正的,但他的生猛和较真儿使他没干到半年就惹得鸡飞狗跳,被发配到下面支行去了。

黄达斌到西大街支行后,黄红梅就隔三岔五地提溜他、教育他:"我知道你拧,所以就不建议你去当那个一把,但你既然去了，就要学会变通，人是死的，政策是活的。""那你就给通融一下，支持一下呗。"黄达斌不失时机地把黄红梅话再扔了回去。黄红梅就像机枪一样对黄达斌一通扫射："你不要整天别出心裁和政策唱对台戏，人家上报的储备项目基本上都是地产和政策扶持的项目，就你放着现成的不做，非要另辟蹊径。"黄达斌知道黄红梅指的是旭龙地产的项目贷款。这是前任行长留下的宝贝，也是黄红梅她们看好的企业，但黄达斌就是觉得旭龙地产有潜在的风险。他更看好的是晶鸿光伏，黄达斌伴着晶鸿从一个几十人的小厂到今天的光伏企业，他想自己有必要再助晶鸿一臂之力，让企业做大做强。可黄红梅却是不同声音："企业负债率高，新产品市场推广需要时间，目前发放贷款，追加企业财务成本，反而阻碍了企业发展。"尽管两个人谁也说服不了谁，但每次说到业务，黄红梅都一遍遍不厌其烦地唠叨个没完，那腔调那架势就像家长训斥不争气的孩子。黄达斌也往往是把电话放在一边，任凭里面激情澎湃，这边只是不时哼哈一声。

黄达斌拿黄红梅没办法，黄红梅拿黄达斌也没办法。"等今年第一场雪时再吃的话"就是当时黄达斌为了推托随口一说的，谁知还是被黄红梅抓住了。他想争辩"今天只是二十四节气的小雪，天空并没有真正下雪"，但想想一定会被黄红梅的万般理由呛回来。他不是不想和老同学吃饭，但目前他就只有急于把业绩做上去这一口气。

捋了捋行里的资源，也只有旭龙是立马能见效的项目。旭龙是西大街支行的大客户,也是当地知名的房地产企业,开发的项目一个比一个火,旭龙的广告里说:"您给我一份信任,我给您一个五星级的家。"前任行长就是借着房地产东风和旭龙取得双赢的,其实黄达斌上任后的第二天就去拜访过旭龙。那天旭龙的财务总监李总把他和马兵迎到会议室,双方寒暄后,李总歉意地说他们龙董事长正接受电视台的采访。马兵当时有点儿急地催促李总:"我们行长是昨天上任,今天第一站就来咱们企业了。"李总笑着说:"知道知道,本来还有一个证券公司谈保荐上市的,董事长为了和咱们见面就推了。"黄达斌笑了笑说不急,然后站起身来端详墙上的照片。李总指着一个简陋棚户区说:"这是旭龙广场原址。"然后又指着旁边全景图说,"这是如今的旭龙广场。"马兵也自豪地冲黄达斌点点头:"我和杨行跑这个企业时,这里还是一片棚户区,谁想到如今成了全市最大的商住综合体了。"马兵说完看了看李总,李总更是一副志得意满的样子:"都是银行支持的结果,银行和企业同发展,共进步。当时杨行是西大街支行的副行长,马经理是专管员,如今马经理和杨行都连升了两级,未来黄行长更是不可限量呀。"黄达斌哈哈笑了一声不再接话,空气里飘出一缕话不投机的尴尬。马兵指着窗外的一片湖水说:"这就是旭龙湖,湖心岛那个鲤鱼跳龙门的建筑还有个故事呢。"李总不失时机地清了清嗓子纠正道:"这不是故事,是真事。我们龙董早年到无锡参加环保大会,大家坐船游湖,一尾鲤鱼随着浪花跃到水面,在众人惊呼中左突右跳落到龙董怀里。"他边说边比画。黄达斌有点儿反感李总的媚相,他心想如果是狗仔队也就罢了,你一个财务总监应该一是一,二是二,把这样的荒诞当传奇有失水准。他讽刺道:"那可够神的呀,我还以为太湖就只有太湖白鱼呢。""谁说不是呢,那天一起开会的专家和领导都说太神了。"李总依然沉浸在鲤鱼跃上船的激动中,自信和激动让他丝毫没有察觉到黄达斌的表情,并执意要带他们到景观湖看一看,仿佛那湖就是铁一样的佐证。黄达斌委婉地拒绝了,"盲目自大、名流浮夸"是旭龙留给黄达斌的第一印象,他对这样的企业不感冒,尽管旭龙是各家银行乃至政府的香饽饽。出来后马兵说:"其实再等一小会儿,董事长就见着了。他们董事长社会活动多,见一次可难啦。"黄达斌没接马兵的话茬儿,反问马兵:"你说这么好的企业为什么没有上市呢?"马兵说:"人家不缺钱呗。"想了想又说,"好像一直在谈着呢。"黄达斌哼了一声,显然是不满意马兵的回答,他在心里下的定义是"管理不规范"。

"寻找和培育新的增长点,加大对实体经济的投入。"这是黄达斌给西大街支行信贷工作定的调子,可马兵觉得没有必要大费周章地去找储备项目,再说如今竞争这么激烈,哪儿还有成熟的项目。他觉得黄达斌针对的是人,无外乎是玩新官上任三把火的游戏,否定和洗盘前任,树立自己的威信。所以马兵在会上要么不吭声要么就唱反调。黄达斌虽然是个粗线条,但好歹也在银行摸爬滚打了一万多天,马兵的情绪他能感受到,他想跟马兵好好谈谈,但谈什么呢?所有人都觉得应当把旭龙的业务继续做起来，然后一切迎刃而解。难道是自己错了？想到这里，黄达斌觉得自己确实应当再去趟旭龙。

刚拨通马兵的内线他又快速摁断了，刚才马兵在行办会上的态度让他很生气。当黄达斌说要力保完成今年的各项指标时，马兵居然还没上阵就给拔气门芯："黄行长，您也知道，去年咱们行存贷双高，所以今年指标全年吃紧，存款还能想想办法，有希望蹦一蹦够得着，贷款是真的不可能了，除非……"马兵欲言又止。黄达斌想说你能干就干，不要找那么多理由。可看看其他副行长点头附和的神情，他第一次把话忍了回去。

此刻想起会议室的一幕，他越发觉得马兵在用旭龙的事情给自己施压，也在离间自己和其他副行长的关系。黄达斌从其他行长的眼神中看出来他们被马兵说服了，"放着现成的项目不做，放着到手的钱不要，是胆小怕承担放贷的风险，还是……"他们心里肯定是一堆的不满，只是碍于面子不说罢了。黄达斌决定先晾晾马兵，也先把旭龙的事情往后推一推，带着马兵的副手李健去了晶鸿光伏。

几年前黄达斌用小企业贷款扶持了晶鸿的生根发芽。他和李健在晶鸿待了一天，李健的认真和专业让黄达斌很是欣慰，晶鸿的情况也比预计的好，企业的创新产品光伏发电系统已完成认证，目前正处在市场推广期，潜力巨大。但黄达斌和李健都明白，银行不是风投，如果想放贷，必须有销售订单和政策的支持。

从晶鸿出来，街边的路灯已经亮了起来，天空阴冷，一丝丝雪花开始在飘落。李健说："今天是二十四节气小雪，还真的就下雪了呀。"这时黄达斌想起了黄红梅早上的电话，想到晶鸿的贷款还需黄红梅关照。

黄达斌赶到西郊立新集团时，黄红梅、许立新和几个老同学正欢声笑语，菜品已经备好，就等他开席了。大家起哄说黄达斌来晚了要自罚三杯。黄红梅替黄达斌打圆场："知道你不容易，都是一个班的亲同学，没人怪你。"黄达斌心头一热，就端起酒杯连喝三杯。大家鼓掌，都说黄达斌的酒量不减当年，黄红梅说酒品看人品，并把黄达斌和许立新喝高度闷倒驴一个半斤一个八两的事又演绎了一遍，惹得众人哈哈大笑。这时黄红梅数了数人数，把黄达斌跟前的酒按人数折回大杯递给黄达斌："今天不拼酒，但大家为你庆贺，你总得表现表现吧，再说许立新还给你准备了个大礼呢。"

黄达斌没想到黄红梅来这一手，前一秒还暖心暖肺，后一秒就釜底抽薪，他知道自己说不过黄红梅，这酒干也得干，不干也得干。但他还是想在醉酒前把今天到晶鸿了解到的情况简单说了一下，黄红梅说应该符合政策，但扶持项目的指标早就用完了，一杆子把他支到了年后。黄达斌有些急："那我员工的年终奖不就泡汤了？"黄红梅说："你还是老毛病，都当一把了，咋心里还是沉不住气。第一你刚去两三月，怪不得你；第二有现成的旭龙地产，再说这不是还有许立新呢。"许立新酸溜溜地说："黄大行长看中的是新能源，对我们传统行业不感兴趣。"黄红梅又给黄达斌加了一杯，然后把酒杯再次端到黄达斌手边："别糊涂了，现成的果子不摘，非要种树。你和许立新干一杯，让他把融资业务给咱们。"大家也纷纷附和着说"肥水不流外人田"。喝了多少酒黄达斌记不清楚了，但他清清楚楚记得许立新说明天就到他们行开户，年底前贷款两亿元。

黄达斌不是没想过找许立新帮忙，立新集团以煤炭生意为主，还有一个运输公司和汽修公司，这两年又拿了地，正准备进军房地产。资产近十亿元的立新集团是银行的座上宾。但黄达斌张不开这个口，因为在立新集团发展初期，许立新曾找他贷款支持，但他核查抵押物时，发现押品不足，按规定只能减少贷款额度。后来许立新跑到别的行，不仅没减少反而多贷了二百万，再后来两个人就联系越来越少。人家困难时没帮，如今发达了来摘果子不是黄达斌的为人，所以他一直没有去争揽立新集团的业务。今天黄红梅牵线，一是为立新集团锦上添花，二是帮自己完成贷款指标，他当然是求之不得。大家都说一片雪花一片寒的时候，他心里热热的，像个孩子般贪恋地让雪花钻进他的脖颈里、飘落在他的头顶……他想起小时候奶奶常说的一句话："小雪雪满天，来年必丰年。"

二

原来别人拿"吃饭吃素，当官当副"来安慰黄达斌时，他总觉得那是狐狸心态。如今坐在一把手的位置上，他才体会到确实如此。他到西大街支行两个月零十天了，还没有休息过一天。每天七点他的车都是第一个到单位,他第一次对着大门摁喇叭时,保安还没有从梦中清醒过来,他在门外等了十多分钟。后来保安再也不敢懈怠,每天早早守候在收发室。今天是黄达斌上任后第一次晚到,昨晚一通大酒,再加上指标的事情有了眉目,等他醒来已经是早晨七点钟了。他连饭也没吃就匆匆往单位赶,但早高峰的拥堵实在了得,等他到单位时,已经八点多了。一路上黄达斌还盘算着这个项目落在谁身上,本来交给马兵操作就可以了,可马兵除了旭龙地产对其他企业都不上心。昨天在走访企业过程中他留意副经理李健的表现,年轻有闯劲儿,是科班出身,也有思路,这样想来他决定让李健负责立新集团的项目。如果做得好,可以考虑让李健取代马兵,他想一个市场信贷部经理是至关重要的,当然那是后话,燃眉之急还是先把眼前的难关渡过去。

让黄达斌没有想到的是马兵居然在自己办公室门口等着自己,那态度和昨天行办会上判若两人。马兵一上来就检讨,他说自己畏首畏尾,悲观情绪严重,反思了一天,觉得只要努力,还是可以创造奇迹的。黄达斌几次想打断他,但终究还是忍了忍,他知道自己在西大街支行还未站稳,像这种自说自话表决心的面子还是要给的。但像马兵这样的人他觉得还是该时常敲打一下的。黄达斌最终还是忍不住马兵的车轱辘话了,皱了皱眉头说:"我这个人简单,也不会讲那么多大道理,就知道指标为上,员工的利益为上。咱们还是说点儿实际的看看怎么完成年末指标吧。"马兵张了张嘴没有说出话来,拿起黄达斌的水杯要为他沏茶，黄达斌粗暴地抢过来，一边自己倒水一边追问："你对行里的客户资源比我熟，说说有什么好建议？"

马兵尴尬地缩回手，清了清嗓子："旭龙地产是不是可以考虑呢？我们可以前期准备手续，年底不成，咱们年初弄个开门红也行呀。"

黄达斌心想狐狸尾巴露出来了吧，就知道你心里只有旭龙，呵呵一笑道："其他的呢？"

马兵抹了一下额头上的汗珠，没想到黄达斌一点儿不给他留有余面，他拿不准往下的事情该不该说，但好像不说就过不了这关，顿了一下他有些犹豫地说："其实我们跟踪立新集团好久了，企业不错，也有融资需求，就是争揽起来难度大一些。短期怕见不了效益。"

黄达斌心里一惊，难道他打听自己的行踪？他疑惑地看着马兵。马兵解释道："是咱们客户钢厂介绍的，我跟他们财务总监见过两次。"

黄达斌有些狐疑地看了马兵一眼，心想早不说晚不说偏偏我喝了一顿酒你就说。可他不愿纠结这些，就顺着马兵的话把工作安排了下去："立新集团的老总是我的同学，争揽没有问题，也有煤炭作抵押，你尽快安排人评级授信，争取年底前放贷吧。"马兵觉得跟坐过山车一样，一下就从谷底蹿到高空，他一个劲儿地表示："领导放心。"等马兵出门时黄达斌又叫住他，说业务紧急，就让李健亲自做吧，贷款落地再交给其他信贷员。马兵愣了一下说："没问题。"

马兵走后，他忽然找到当一把手的感觉了，这种感觉让黄达斌的心情瞬间舒畅了许多。然而事情并不像他想的那样顺利，先是马兵说李健主要精力在新开户企业晶鸿身上，反而在立新集团的问题上不积极，尤其是在押品核实上不肯签字。黄达斌想应该是马兵嫉贤妒能吧，也许怕项目做成顶替了他的位置。黄达斌学着黄红梅的调子旁敲侧击地教育马兵要识大体顾大局，当前放款是硬道理。谁承想李健是真不同意为立新集团贷款，理由有两个，一是供暖期间雾霾严重，政府出台了钢厂限产、煤改气项目等措施，立新集团的发展后劲儿不足；二是抵押物核实有出入，尽管出入不大。所以他不同意年底前这么急匆匆地给企业贷款。黄达斌说："受政策影响不大，况且冬天是用煤高峰，你看这几天煤炭股一直涨得不错。只是抵押物核实有出入是怎么回事？"

李健把手里的报告拿给黄达斌看："煤的吨数按公式算没问题，但我们测量时候煤堆上的雪有二厘米厚，企业没有清理。也就是说这些雪也充当煤了。"黄达斌想这个许立新企业都做这么大了还玩这个，当年他为了多贷款在煤堆下面埋土，被自己识破后谈不拢才去的他行，如今又利用雪做文章。他问李健："除了雪还有没有别的问题，比如说煤堆里面有没有别的填充物？"李健摇了摇头说："我们随机抽查了两个煤堆，没有发现异常。"黄达斌了解许立新，爱耍个小聪明，只是没想到企业都做这么大了还斤斤计较。他问李健："如果重新核实抵押物减少贷款金额你认为这款能贷吗？"李健摇摇头说：

"我不同意放款。"其实黄达斌觉得立新集团的贷款还是可以的,李健怎么就这么坚决地反对呢?是企业真有问题还是李健背后有人指使?先有马兵消极,后有李健掣肘,是原来的行长把他们惯坏了,还是自己的管理真有问题?

李健知道自己给领导亲自营销的项目泼了冷水,可他还是觉得自己是第一责任人,应当把潜在的风险提出来。出门前他又主动汇报了一下晶鸿的项目,他说晶鸿的项目前景很好,应该列为我行新的效益增长点重点抓一下。黄达斌头也没抬:"晶鸿我跟踪两年了,我当然看好这个项目。"

行里的事情千头万绪,立新集团是黄达斌上任后拿出的第一个有分量的项目,也是厘清后续工作的一个线头。贷款发放后,任务顺利完成,员工收入有了着落,积极性自然就来了,行里就会走上良性循环,打造强行也就不是一句官话。前几天分行的调度会上,黄达斌把三个项目的事情作了汇报,分行的意思是年底了规模紧张,贷款向利率上浮的企业倾斜。为了稳妥,晶鸿的项目还要等等企业市场推广。地产受调控政策影响,追加投放有一定的风险,那么立新集团无疑是唯一的没有争议。煤堆上的雪是天意,又不是人为,他不能让李健这个愣头青小题大做,把这个完成指标的贷款搅和黄了。他想带上马兵立即去一趟立新集团。桌上的台历还剩二十张,如果刨去周六日,今年的有效工作日也就只有十五天了,黄达斌把这倒计时的十五天看得很重,连一向温柔贤惠的妻子都说他:"到了这个岁数了,其实有些事情可以看轻一些。今年把基数压实,明年的工作反而好做一些。"这个问题黄达斌也不是没想过,可他心里就是憋着一股劲儿,他想越是这种情况才越是显示自己的能力呢,求胜心在宣布他到西大街支行点燃后,就越来越炙热。他给马兵的电话还没拨出去,马兵就敲门进来了。

马兵是来汇报旭龙的龙溪府项目的。这个项目在黄达斌来前马兵他们就着手做了,只是目前流程走到黄达斌这里走不下去了。黄达斌了解到龙溪府项目在拿地后,项目开工前就违规进行了内部认购,也就是说有近三层的楼盘已经拿到了销售回款。马兵丝毫不认为这是问题,他认为这是潜规则,也是这些年来房地产企业一直延续下来的。黄达斌知道这几年马兵他们做旭龙的项目顺风顺水,他最近也和马兵、李健他们把旭龙的情况反复研究过,马兵的意见是同意,他和李健认为踩着政策擦边球也能做。黄达斌知道继续追加贷款是企业、信贷员和上级行皆大欢喜的事,但除了政策调控因素外,他总觉得旭龙就像披着纱幔的新娘,朦胧中透着神秘,黄达斌想如果不揭开这个面纱,他不能轻易地放这个款。

来前马兵显然是做了功课的。他先是说旭龙地产前天刚拍下中心医院旁边的地块,黄达斌当然知道那是黄金地块,后期效益可期。然后马兵就顺着话题把龙溪府项目拿出来了,他说:"龙董说目前龙溪府项目哪家银行贷款先下来,后续中心医院项目就给哪家银行。"本来马兵是想趁拿地契机给旭龙再加个砝码,好让黄达斌同意上报贷款,没想到弄巧成拙。"龙董这么急着要贷款,说明他们的资金也很紧张,可是从账面上看他们并不缺钱呀。"黄达斌的意思再明白不过了,确实细琢磨龙董的话还真有一股虚张声势的味道。马兵有些激动:"您的意思是咱们放弃龙溪府的项目?"说完依然不肯放弃地追加一句,"如果开发贷款问题上得罪了旭龙,估计个人按揭我们也就拿不到了。"

　　黄达斌知道马兵看重旭龙的项目,可是市场在变,政策在变,企业也在变。几次走访企业,他感觉到了旭龙的自大,更感觉到了他们一统江湖的咄咄逼人。龙董提出的高效率高周转是把双刃剑,这样一味地抢速度抢工期,如果质量跟不上后果就不堪设想。当时黄达斌委婉地和龙董提出了自己的看法,龙董说:"我们是按照打造五星级品质聘请的监理。"事后黄达斌又让李健了解了一下监理公司的情况,李健发现监理公司的母公司叫恒辉置业,再顺藤摸下去发现恒辉置业的董事长是龙董的妻弟。旭龙地产在选择监理公司上虽然符合裁判员和球员之间分属不同集团,但这种背后隐匿的亲属关联让黄达斌隐隐担忧。他提出质疑时,马兵为旭龙分辩道:"人家还不是为了肥水不流外人田,一个项目下来监理费不少呢,龙董对质量要求很严,不可能砸自己牌子。"

　　疑问在,风险就在,况且几年来已经对旭龙投放了不少资金,黄达斌不想把鸡蛋都放在一个篮子里,可他的理由自己也觉得牵强,更不用说说服别人了。放与不放还是要看项目,看数据。他决定带上马兵和李健再到旭龙地产和立新集团去实地调查一下。

马兵有些讨好地对司机小王说："先到立新集团老板那个项目去，然后再去旭龙地产。"黄达斌看了一眼马兵："那你说旭龙是谁的项目？"马兵知道自己失言，一连两遍地纠正道："都是行里的项目，都是行里的项目。"说归说，但心里依然不服气，他想："立新是你新营销的客户，旭龙是我们原有的项目，这不都是明摆着的，我投之以桃，你好意思不报之以李？"

三

大雪这天，黄达斌站在立新集团煤场的雪地上，脚下是嘎吱作响后留下的印记，他俯下身去用手指划去了煤堆上的雪，笑着对许立新说："我们把皮刨去吧，不然手续也不好走呀。"说完他看看身后的马兵和李健，想让他们也发表一下意见，毕竟他俩才是贷前现场调查的主角。马兵正起劲儿地从各种角度拍照片，李健皱着眉头在原地嘎吱嘎吱踩雪，准确地说是从自己脚下往外部拓展着踩，一脚脚落下去，那雪便紧紧拥抱在一起，把更大的空间腾挪出来。

许立新哈哈一乐顾左右言他："今年的雪比往年大一些，好兆头呀。我这煤场建了八年，平常都是黑黢黢的唯有下雪天才是白茫茫一片，我办公室墙上的那张照片，不知道的都说是在雪山前照的，殊不知是煤场呀。"说完对马兵说："给你们行长好好照几张，看能照出雪山的感觉不。"

"你就别忽悠了,小山似的煤堆确实够大,有煤场在方圆几公里内的雪恐怕都白不了,哪有这黑黢黢的雪山。"黄达斌一脸揶揄的表情。

许立新又是哈哈一乐,刚要张口,手机就不失时机地响起来,他一边移开脚步一边"嗯嗯"并微微点头,西北风把气定神闲的声音传递到每一个人的耳边:"真的很感谢蒋行,但这边是亲同学,都是帮忙的事情,这回真是对不住行长老弟了。"

黄达斌把马兵和李健叫到跟前问:"还有什么意见吗?"马兵一脸兴奋地说:"有这么一大堆煤抵押,这么好的企业,就跟旭龙一样各行都争着抢着要做业务呢,当然同意放款了。"李健依然皱着眉头:"我保留意见。"黄达斌的脸呱哒一下就耷拉下来。

他们从立新集团驱车来到龙溪府项目现场,一辆辆黄色的挖掘机就像变形金刚"大黄蜂"不停地在雪地里飞舞着。马兵依然兴奋地指着坑基说:"这就是旭龙精神,若是一般企业这样的大雪天早就停工了。"李健不屑地说:"这种天气打的地基牢固吗?"马兵张了张嘴,不知是没有找到合适的说法,还是怕起了反作用,愣是把话憋回去了。站在他旁边旭龙的李总解释说:"不受影响,水泥支护桩都在防冻层下面呢。"李健并不接受这种说法,不依不饶地追问:"理论上可以,但没有必要这么赶工期吧?"项目施工队长自豪地说:"进度是我们龙溪府项目的灵魂。"说完他得意地看看李总,没想到被李总狠狠瞪了一眼。

从现场回来，黄达斌心情很是沉重，本来内部销售让他对企业有些看法，那么这种赶工期的做法不能不让他为龙溪府的质量堪忧。他觉得有必要在审贷会前和马兵、李健再交换一下意见。

马兵同意给这两个企业贷款，李健依然反对。

李健说旭龙的问题想必行长您也清楚，我就不说了。然后拿出一组数据放到黄达斌办公桌上："从立新集团的报表分析，账面的存货比实际的多很多，也就是说除了雪的厚度，还有空气的厚度。"黄达斌认真地盯着李健看了一会儿，他本意是要说服这个年轻人的，没想到自己反被他将住了。能从报表和实物去分析企业，并几次三番地提出不同意见，要么是特别敬业，要么就是别有用心。黄达斌拿出立新的报告，他想自己亲自把数据汇总一遍，一切让数据说话。

沉浸在数据海洋里是黄达斌最幸福的时刻，那些数字在他眼前就像儿时跟在父亲身后揉捏那些板结的土地，一块块在他手中松软起来、活泛起来。每每他游走在数字的海洋里，就会想起父亲，尽管父亲已过世多年。其实他小的时候是不喜欢数字的，他更喜欢跟着父亲犁地，每年等不到惊蛰，父亲就早早地用锹试探冰封的土地，土地上的雪在他的锹下松松筋骨，翻翻个。播种前父亲总是先别人一步把土地翻一遍，像过筛子般把板结的土块揉碎，把石子、瓦块捡出来。母亲总是埋怨父亲做无用功，父亲也总是嘿嘿一笑，在父亲的眼里土地就跟女人的肚子一样,不养熟了,咋能生出好娃。幼小的黄达斌一直记得别人家羡慕的语气"又多收几百斤,还真没亏你春天的铆劲儿呢"。

在儿时,黄达斌的心目中父亲是种田高手,子承父业是他儿时的梦想。但种田高手的父亲对黄达斌有着更高的期望,黄达斌的名字就是父亲托在县城教书的远房表姑起的。黄达斌倒也没有辜负父亲望子成龙的期望,成了村里的第一个大学生。没有多少文化的父亲在去世前一再叮嘱他:"银行是和钱打交道的,责任大着哩,就和种庄稼一样,你不偷懒,他就不会辜负你。"

原本黄达斌可以在审贷会前把数据整理出来的,但分行办公室孙主任的电话把他从数字海洋里拽到救火现场。

孙主任说让他带上支行办公室主任、营业室经理去一趟分行,他们行的服务出了点儿问题。当时黄达斌没有意识到问题的严重性,涎着脸说:"这么忙的时候,能少去一个人吗?我正想去企业看项目呢。"孙主任说:"你们的服务问题如果不及时说明情况,就会出现负面新闻,这是年末考核一票否决的。"

季末,半年末,年末是银行考核的节点,也是银行人最忙的时候,在银行工作了大半辈子的黄达斌原本以为一把手总揽一下全局就行了,可谁知就是芝麻点儿的事情分行也要通过办公系统发给一把手,哪个部门都觉得自己重要,哪项工作都需要一把手挂帅。对企业报表、客户情况黄达斌只需看两眼就能明白一二，可对各种考评、检查还有一些活动他却犯怵得很。

黄达斌再怎么看重业务也不敢疏忽一票否决的事情。五分钟后他和相关人员已经坐在去分行的车上。他让大家说说情况，从交流中他发现这件事情除了他自己，别人都很清楚，不由得就有些愠怒。办公室主任安敏说："黄行，我前天发你邮箱里了，是不是文件太多您没收到呀？"黄达斌尴尬地"嗯嗯"两声。营业室经理一脸委屈地说："这个叫姚美丽的客户一点儿也不美丽，看样子就是想讹人。她是在台阶前滑倒的，当时门前的雪扫过了，台阶上铺了防滑毯，也立了提醒牌。大雪天还穿那么细的高跟鞋不滑倒才怪呢。"黄达斌从后视镜看到安敏扯了扯营业室经理的袖子，他皱了皱眉问："有没有什么解决办法？"安敏说："一般这种情况，我们上门慰问一下，多数客户也能理解，但这个姚美丽比较难缠。"

"那就给她带点儿慰问品登门拜访一下，尽快解决吧。"说完黄达斌又补充道，"实在不行就再拿点儿慰问金，年底了咱们时间宝贵。"说完他长嘘了一口气。

到了分行黄达斌才发现事情比他预想得复杂多了。围观的群众把银行员工扶起滑倒女客户的一幕拍了下来，当时营业室经理听到女客户摔倒的声音连忙跑出去，一边扶客户一边说："没摔坏吧，这大雪天可不敢穿高跟鞋的。"客户就和经理吵起来，并强调门前的雪没扫干净，是银行想推脱责任。客户加了"良言一句三冬暖，恶语伤人六月寒"的评论编辑成小视频来讨说法。后来营业室经理陪客户去了医院，也道了歉，但客户就是不依不饶。

分行孙主任告诉黄达斌滑倒的客户比较激动，让他务必处理好。沟通了情况，也立了保证，黄达斌就要求安敏带着营业室经理立马去登门道歉，并带上千元的慰问金。

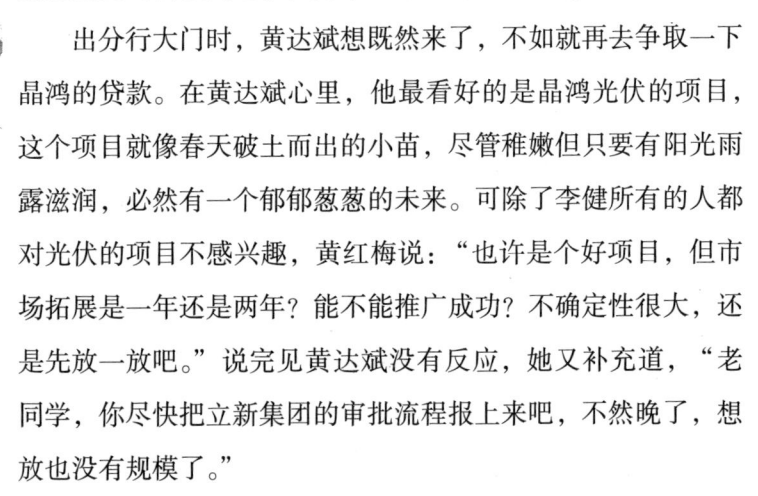

出分行大门时，黄达斌想既然来了，不如就再去争取一下晶鸿的贷款。在黄达斌心里，他最看好的是晶鸿光伏的项目，这个项目就像春天破土而出的小苗，尽管稚嫩但只要有阳光雨露滋润，必然有一个郁郁葱葱的未来。可除了李健所有的人都对光伏的项目不感兴趣，黄红梅说："也许是个好项目，但市场拓展是一年还是两年？能不能推广成功？不确定性很大，还是先放一放吧。"说完见黄达斌没有反应，她又补充道，"老同学，你尽快把立新集团的审批流程报上来吧，不然晚了，想放也没有规模了。"

黄达斌想说说立新煤堆的问题，主要是想吐两句许立新的槽，企业做这么大了还要小聪明，可话到嘴边还是咽了回去，虽然黄红梅是同学，可你若说了这些，贷款人家是批还是不批。见黄达斌犹犹豫豫的样子，黄红梅说："你就别装可怜了，我听说了是你底下的两个经理意见不统一。其实你可以把立新和旭龙的贷款都报上来，立新是咱们自己的企业，人品、实力都在那里摆着，绝对没有问题；旭龙的项目是杨行当时支持的项目，杨行如今是咱们的顶头上司，天塌下来还有他顶着，况且政府是不让炒房，并不是不让发展，适度就行。"黄达斌苦笑了一下："旭龙确实可以打擦边球，但贷款要放，风险也要控呀。"黄红梅说："有人说你是要肃清前任的业绩，故意冷着旭龙，不会是真的吧？"黄达斌苦笑一声："旭龙和立新看起来挺美，只是……"黄达斌不知怎么表达自己对旭龙和立新的担忧。

黄红梅给黄达斌倒了一杯茶，也从办公桌前起身坐到黄达斌旁边的沙发上："作为审批处长我没有任何建议，但作为老同学，我劝你一句，把这两个项目报上来吧，双赢呀！"

黄达斌知道黄红梅说得有道理，也看到了贷款后诱人的前景，就跟黄红梅说的一样："贷款一放，你们行的资产规模再创新高，打造强行就落到实处了。"他苦笑着跟黄红梅说："可别提打造强行了，我看到路边有个'不许强行上下车'的牌子，都以为是'强行'呢，仔细一看才知道人家说的是行动的行，不是银行的行。"黄红梅笑着说："当了一把手境界就是不一样，满脑子都是强行哈。"

黄达斌何尝不想尽快把旭龙地产和立新集团的贷款流程报上去呢，可旭龙的风险不排除，立新的数据没整理完，再加上第一责任人李健一直持反对意见，他是不会盲目签这个字的。他想再次去两个企业看一看，也把报表再核对一下，报与不报让数据说话。可就在这时办公室安敏告诉他姚美丽必须要见行长，不然不肯撤掉视频。

原来安敏他们在上门道歉时自作聪明地让姚美丽打了一个收据，谁知姚美丽拿收据当成银行有责任的佐证。事情虽小，影响却很大，黄达斌只能亲自去协调解决。其实黄达斌心里也没底，如果是男客户一举杯相逢一抿，也许话就说开了，对女客户他还真是没有经验。但事情还是比较顺利，姚美丽说那天是来取钱想买旭龙的房子，滑了一跤事情就耽搁了，黄达斌便答应房子的事他可以帮忙。

等平息完姚美丽事件回到行里时，马兵告诉他按着他的要求把现场和报表都核查了一遍，没有发现问题。黄红梅也再次提醒："今天再不报规模就锁死了。"黄达斌想自己再亲自核对一下报表，但时间已经来不及了。立新集团他是看好的，本来对旭龙贷款还有些犹豫，但看到像姚美丽一样的客户都热捧旭龙的房子，那么一时半会儿旭龙还是有保证的。想到这里黄达斌打开报告，签署了"同意"两字。

四

贷款放了，案子结了，一切堪称完美。黄红梅让黄达斌请客，她说："决算也过了，任务也完成了，这回该有时间主动请我们吃一顿了吧。"黄达斌依旧磨磨叽叽地打岔："你还不知道咱们银行的工作就是一个短跑接着一个短跑吗？等晶鸿光伏的贷款到位，等忙完首季开门红我一定请。"黄红梅揶揄他："你这是要在打造强行的路上越走越远，把我们都甩到二股道上呀。"

就在黄达斌开足马力意气风发往前奔时，李健带来一个坏消息。省环保局检测到热电厂排放不达标，顺藤摸瓜就查出是立新的煤以次充好惹的祸。黄达斌想给许立新打电话问个究竟，回复他的却是无法接通，不祥的预感随着提示音袭上心头，黄达斌知道自己遇上麻烦了。

电话接不通，黄达斌直接去立新集团找，可去了几次，都吃了闭门羹。许立新就像蒸发般没了音信，接待他的只有空旷寂寥的煤场。此时煤堆上的雪已经融化，乌涂涂、乱蓬蓬，背光处的冰碴儿上冻着些许枯烂的树叶，这景观和之前雪山般的峰峦简直是天壤之别。黄达斌拿起眼前的煤块，对着太阳捏了几下，尽管肉眼他分辨不出这些煤的等级，但手中的煤块没有乌黑发亮的光泽，他知道这些煤的等级比他想的还要差，这不仅是许立新偷鸡不成蚀把米的问题，在日益重视环保的今天，也许就给企业带来灭顶之灾呀。他不由得埋怨起自己。

黄达斌第一时间把贷款前未完成的财务数据重新进行核对，果然像李健说的一样，账面数据大于实物，而且是滚雪球似的增长。他后悔自己为了指标一时大意，如果不是自己急功近利，也许就不会出现这种问题了。他向黄红梅通报了情况，本以为黄红梅会在电话里把许立新骂一通，抑或跟他讨论一下问题严重性，可黄红梅却波澜不惊地说："贷款的期限是一年，现在刚三个月，这个季度只要立新能还息，就没问题，你也不用草木皆兵。"黄达斌说："即便能还息，可问题摆在那里，将来的本金呢？"黄红梅有些不悦地说："立新的问题和其他企业比起来就是小巫见大巫，推着走吧。"

黄达斌知道黄红梅的意思，他也不想多生事端，可立新集团问题摆着那里,他心里实在是不踏实呀。他把马兵和李健召集过来,一同商量对策和应急办法。马兵的意见是:"还是要和立新集团搞好关系,等贷款到期再融资循环着走就OK了。"见黄达斌和李健没表态,他又补充了一句,"目前好多行好多企业都是这样做的。"

黄达斌听到马兵说的这样轻松,心里咯噔一下,他想旭龙不会也是一直这样倒着贷款走的吧,等立新的事情有了眉目,一定要全面检查一下旭龙的贷款。他望望李健,期待李健能有更好的建议。李健看了看马兵说:"既然发现潜在风险,就应当一方面及时上报,一方面寻找保全资产的途径。"黄达斌心里虽不赞同马兵的方法,可他也不想上报,一旦上报,员工的绩效受影响,自己的位置也会受影响。他皱了皱眉头问李健:"那你有什么保全的好方法?"李健摇摇头说:"一时还真没什么好办法。"黄达斌苦笑了一下说:"看来立新集团不只是雪的问题,还有质量的问题,这样的企业确实不适合再长期打交道了,好在他的结算账户在咱们行,先盯紧它的回款吧。"

立新集团的事情还没有理出头绪,就传来一个更坏的消息。办公室主任安敏说姚美丽带着人把营业室的门堵了。黄达斌救火似的赶往营业室,只见姚美丽手里拿着小喇叭一遍遍喊:"银行存款,不翼而飞。推卸责任,天理不容。"不过姚美丽倒是知趣,见到黄达斌后立马垂下喇叭说:"我的钱明明是存到你们行,卡和密码都没离过身,钱就没了,要是你也会急吧?"

黄达斌阴着脸把事情的来龙去脉了解了一遍。起因是姚美丽那天摔倒后，那个给她录视频的人假装是银行的工作人员嘘寒问暖，赢得了姚美丽的信任，并给她推荐了高息存款。声称把卡号和密码告诉他，银行会自动扣款和返利。前几个月姚美丽都正常收到了利息，但这个月眼看快到月底了，她不仅没收到利息，连那个自称是银行客户经理的人也找不到了。

安敏说你是被骗了，我们银行根本就没有高息存款。姚美丽哪肯承认自己被骗，她强调她是在银行大厅里遇到那位经理的，也是那位经理带她办的业务。随后黄达斌让把那天的录像调出来，确实有一个穿着和银行工装一样的人带着姚美丽办的业务。营业室经理眼睛比较尖，她说虽然看不太清楚，但那个假冒的人像是旭龙集团的出纳。等派出所找到那个出纳时，那个出纳理直气壮地说他几年前就投了旭龙内部高息集资款，觉得收益可观，就私下代理了一些亲戚朋友的钱，这两个月公司资金紧张，等新楼开盘后就没问题了。"派出所说那个出纳涉嫌非法集资和诈骗要将他带走，姚美丽却说她不报案了，民不报官不究。姚美丽明白钱是投到旭龙了，心里虽不踏实，但她也知道是自己贪图小利，和银行没关系，如果报案，必定牵扯好多人，她的钱能回多少也不清楚。只能按出纳说的，或许等新楼盘开盘，还有一线希望。

姚美丽事情给了黄达斌一种不好的感觉，他觉得旭龙的问题不能再等下去了。但还没等他到企业了解情况，龙溪府地基塌方的新闻就刷屏了。大雪天浇筑的水泥桩随着天气转暖出现了松动，基坑的裂痕延伸到旁边的那栋居民楼，几十户人家被疏散到宾馆里，龙溪府没能成为他们一个五星级的邻居。

旭龙集团龙溪府项目因为塌方事故，内部认购的问题就浮出水面，那么抵押物不合规的问题就是问题了，上级行下达了限期整改通知，黄达斌被通报批评。如果说雪化了是春天，那么黄达斌上任后的第一个春天绝对是倒春寒。

这个节骨眼儿上，黄达斌是不敢也不能再出差池，立新集团的保全就成了烫手山芋。黄红梅劝他说："立新集团形成不良，是损人不利己的事情。千万别犯糊涂呀。"他知道如果为了自己的乌纱帽，为了同学的友谊，他只能睁一只眼闭一只眼地继续放款，借新还旧推着走是唯一的选择。他把他的想法跟马兵和李健交流了。他本以为李健会继续持反对意见，他甚至想好让马兵去做贷款手续，没想到李健什么都没说就把贷款流程发到了黄达斌的邮箱，而且李健在报告上签署的是同意放款。

黄达斌想不明白李健这次怎么这么配合，他把李健叫到办公室，李健淡淡地说："我刚转信贷员时，是您给我们做的培训，您'跪着放款，站着收款，不放人情贷，不放糊涂贷'曾是我们做业务的榜样，如今看来也不过是个传说罢了。"李健又说，"我知道您这样做也是不得已，为了晶鸿项目能继续做下去，我也没有不配合的道理。"

黄达斌这才发现他的邮箱里还有一份晶鸿的贷款流程。他把两份报告一字一句看了一遍又一遍，把数据翻来覆去地核对

验算，就像揉捏一个个土块，直到细沙从手缝里流出。

两份报告就在屏幕上交替地闪烁着，像一团火烤着黄达斌。鼠标在他的手中画了不知多少个圈，从起点到终点，从终点到起点，点开关闭，关闭再点开，直到他精疲力竭。他第一次慵懒地靠在皮转椅里，回想着到西大街支行上任的前前后后，原本以为西大街是自己的福地，可自己的屁股还没坐热呀。他想起了他做的第一笔贷款，那个像李健一样意气风发的少年何时就沉迷于温水煮青蛙了呢？想到这里他不禁打个寒战。他想做那个会跳跃的青蛙，也许会脱层皮，也许一下子就被烫死了，也许已没了也许。他把晶鸿的报告批上同意，把立新的贷款流程修改成潜在风险报告，然后鼠标轻轻一点。

五

正如黄红梅说的一样，黄达斌做了损人不利己的事情。许立新骂他不仗义，行里也对他下达了处理决定，免除了黄达斌的行长职务，行里让他回机关老干部处，没有职务，但待遇还是不变。

在责任划分上黄达斌把所有的事情都扛了下来，妻子埋怨他："多几个人分担，你顶多是管理责任。"黄达斌说："我又何尝不想把责任推到别人身上，但你就是攀上再多的人自己也还是要免职的。"

把事业看得比天还重的黄达斌遭遇了滑铁卢，沮丧、懊恼、后悔充斥着他，催白了他鬓角的头发，让他的人也萎靡了许多。他回想着立新集团贷款的前前后后，有一种被黄红梅和许立新忽悠的感觉。是不是其他行发现了风险苗头，只收不贷，许立新才想起了他。那么黄红梅是帮凶还是顺水人情？他理不清，也不想理，他知道现在说什么都为时已晚了。可黄达斌依然不甘心，这种不甘郁结在心头，啃噬着他的神经，任凭他怎么抖动都挥之不去。

送行的晚上，马兵端着酒杯说："我们都清楚，你是为我们顶雷，原来您是行长，如今您是大哥。"马兵让李健也端起酒杯敬酒，李健说："行里的贷款都折在黄行手里了，我不敬。"说完又冲着黄达斌说，"你就忍心看着立新倒闭，看着旭龙的资金链断掉？如果你还是我们心中崇拜的那个大哥，你就留下来，把你的真本事露两招再走。"在大家愣神的时候，安敏第一个反应过来："黄行，我们西大街需要您，您就留下吧。"

不知是酒的威力还是安敏的话踩到他的命门上，抑或是黄达斌潜意识里期待这样的情景，黄达斌把小酒杯的酒倒回手边的酒壶问马兵："能收下我这个老信贷员吗？"

马兵连连点头。李健推了推马兵然后俩人一同举起了手中的酒杯。安敏说这是黄行来后喝的第一次酒，我也要加入，然后四个酒杯紧紧碰在了一起。

黄达斌给夫人的解释是不愿就这么灰溜溜地挨到退休，他想把损失弥补回来。他跟行领导提出要留在西大街专职清收和转化时，杨行正为立新和旭龙的事情焦头烂额呢。虽然说不能新官不理旧账，但他还是担心两个企业的不良形成烂账，到那时省行追究起来自己也是难逃管理责任的。黄达斌有这种觉悟当然是分行求之不得的，杨行许诺："如果你能完成划转清收的百分之八十，我就建议行里恢复你的职务。"

"姑妄听之，姑妄信之。"黄达斌苦笑了一下，心里明白单纯从立新集团看就不知里面还有多少坑要填，何况再加上积重难返的旭龙。杨行拍了一下黄达斌的肩旁："咱们争取清收一半，核销一半，如果能运作成，我给你争取奖励和职务。"

黄达斌对马兵和李健讲清收划转的思路："上门催收，扣款是治标不治本，再说企业也没有现金流，要想化解就要让企业的资产盘活起来。"见马兵一脸的疑惑他解释道，"我们在业务经营上不如企业专业，但我们可以利用手中的客户资源，引导企业合作、并购、转型。"马兵说："想法挺好，领导这是想吃馒头现种小麦，恐怕还没收割，我们就饿死了。"他不看好黄达斌的清收工作，表示自己更多的精力要放在新业务的拓展上，说完意味深长地看了一眼李健。李健想了想说："如果播种还有一线希望，我愿跟着黄行试一试。"

黄达斌还是过高地估计自己了，别说清收，就是连企业的大门都进不去。他知道自己是把许立新彻底得罪了，许立新把他拉进了黑名单，电话那头永远是无法接听状态。他只好厚着脸皮求黄红梅，可黄红梅也是推三阻四，她劝黄达斌不要自讨苦吃了，还是回机关老干部处度过退休前的最后时光吧。黄达斌一连几天在立新煤场前发呆,他知道许立新那些煤化程度低的煤如果不及时处理,随着天气的转暖,极容易风化。可被环保局上了黑名单的企业,原来的钢厂、电厂哪里还敢再用他们的煤。

目前唯一减少损失的办法是通过洗煤厂对这些煤进行处理。黄达斌找到他原来扶持过的一家洗煤厂,可人家委婉地拒绝了他,不是行长了,况且立新也没钱给洗煤厂结费用,人家不帮这个忙也是情理之中的事情。

没钱寸步难行。立新的事情还没理出头绪,旭龙问题就火烧眉毛了。购房者纷纷退房,内部集资款的事情也被操作上了媒体,连董事长感冒的小事也被网上炒作成病危。政府为了稳定大局,成立了维稳应急小组。在这种情况下,个人的损失都无法弥补,银行的贷款更成了死账。

昔日热火朝天的龙溪府的工地,只有两个看门人蹲在大坑前。李健指着眼前快要封顶的楼说,这就是他们摇号卖掉的六十六套房子。黄达斌知道,当时他为姚美丽定下的房子就是其中一套。李健叹了一口气:"出了这样的事故,即便位置再好,谁还敢买他的房子呀。"黄达斌心想:"是呀,如果一个地产公司走到没人敢买他的房子的地步,肯定是必死无疑了。"想到这些,他心里一紧,脚下不自觉趔趄了一下。

李健看着一身疲惫的黄达斌心里有一股说不出的难受,如今的黄达斌哪还有培训班上侃侃而谈的影子,他有些歉意地说:"转眼又三个月过去了,原本以为企业僵而不死,如今看来基本上没救了,我真不该劝你留下来。"黄达斌没有吭声,从旁边看门人手里讨了一支烟,已经戒烟二十年的他早已不适应了烟的浓香,只抽了一口便剧烈地咳嗽起来。他乏力地坐在坑基旁边,呆呆地望着这颓败的工地,任凭烟慢慢燃烧,直到烫伤他的手指。此时他的手机嘀嘀地响了起来,电话是晶鸿光伏的金总打来的,金总说新项目推广得不错,要请黄达斌吃饭,心情低落到极点的黄达斌无力地拒绝了。可就在他挂断电话的瞬间,一个火花在他眼前噗地闪了一下。他随即把电话又拨打回去,电话那头传来晶鸿的广告词:"装上光伏板,屋顶变银行。"随着铃声,那个火花更加明亮,"如果在旭龙的房顶上安装晶鸿光伏发电系统呢?"政策支持新型环保住宅建设,想到这里黄达斌的血一下子涌上心头,瞬间把他身上的雪都融化了。

"壮士断腕、涅槃重生。说服旭龙把龙溪府的烂尾楼炸掉,让晶鸿的发电系统用在旭龙的房屋上,把龙溪府打造成真正五星级的家。"当黄达斌把自己的想法跟马兵和李健说了之后,马兵第一次眼睛里闪出了亮光,他表示要和李健全力配合黄达斌把事情处理漂亮。

晶鸿的金总说产品推广阶段他们不介意垫资为旭龙地产建房顶光伏发电系统,但龙溪府的名声已经坏了,他怕资金收不回来,反倒砸了自己的牌子。如果是好的项目,他肯定会不遗余力的。黄达斌知道金总说得有道理,在商言商,可新的地块、新的项目不是一句话的事情,而且就旭龙目前的状态,已经没有能力再拿地拿项目了。忧思间，他突然想起立新集团之前拿的那块地，记得那天许立新雄心勃勃地说开了春他就要进军房地产业。后来几次他找许立新也是想让他把那块土地出手，然后解开债务和声誉危机，可许立新就是躲着他。黄红梅也说："那块地是许立新的最后一根稻草，你若逼着他放弃，他可就真没活路了。""如果让旭龙和立新集团合作呢？"一个大胆的想法像春天的一抹新绿让黄达斌再次看到了希望。他把自己的想法跟马兵和李健和盘托出。马兵听后兴奋地说："黄行，黄老兄，我怎么觉得我们不是清收小组成员，我们是企业家呢。"三个人分头收集数据和资料，连夜拿出方案并第一时间向上级行作了汇报，争取到了上级行的支持。

黄红梅在黄达斌的软磨硬泡下，终于又当了一回说客，把黄达斌再次带到立新集团。许立新对着黄达斌说："你害我也不是一次两次了，也不在乎再多一次，土地交给你，能不能玩出什么花样来看你的造化了。"

话是这样说，但许立新还是要黄达斌给自己一份保障，他怕土地一旦变成烂尾楼，自己连翻身的机会都没了。他提出让二黄联手以土地做抵押给他贷款。黄达斌当即就表示不可能，背着潜在风险的包袱怎么可能再融资呢。许立新两手一摊，坚持不见兔子不撒鹰。

这边还没谈好，旭龙的龙董更是觉得和立新集团合作是多此一举。他依然傲慢地认为自己完全可以处理好危楼，只是一时资金链紧张罢了。没有钱一切都是空谈，何况是两个自负的人,更何况牵涉到的是各自的利益。两个企业针扎不透,水泼不进,就像被冰封一样。

黄达斌想从晶鸿这里寻找一下突破口,可晶鸿受企业规模和发展初期的限制,就是有心也没有能力呀。黄红梅说黄达斌"理想很丰满,现实很骨感"。

黄红梅的话尽管委婉但依然把黄达斌的心揪得生疼,是呀,一个被免职的清收人员,谁还会看重你的建议呢。去年的此时黄达斌走马上任,电话像夏天池塘里的青蛙此起彼伏地呱呱叫着,现在更多的是电话那头的忙音。"难道就只有两败俱伤,走法律程序保全资产这一条路吗?"黄达斌像被霜打一样蔫头耷脑地嘟囔着,黄红梅不忍心直视那黯淡的眼神,第一次用柔和的语气说:"不行就走资产保全吧,让立新集团申请破产,贷款我们能收多少收多少,总这样拖着对银行对企业都没有结果。"

黄达斌觉得立新集团还没有走到山穷水尽的一步,他还有土地,厂房。如果立新集团破产,对他对老同学都没办法交代,他固执地摇摇头,对黄红梅说:"晶鸿的光伏是朝阳行业,目前场地规模都受限,我们能不能从政策支持晶鸿重组立新,促使新旧能源企业合并?"黄红梅说听起来还真是不错,但这种合并如果是企业发起,双方谈判,让步,成功的概率大。由我们发起,双方都觉得自己吃亏,或许都觉得没有必要,难度较大,别打不着狐狸再惹一身骚。黄达斌说:"我们也是为了立新集团好,毕竟背着破产的名声,以后再翻身就难了。"黄红梅有些不悦地说："我理解你的心情，愿意让自己手里的不良都转化了，如今经济下行，许立新应该是没有再做实业心气啦。"

但无论黄红梅怎么说，黄达斌固执地坚持自己的观点，他还是硬拉着黄红梅和他一起去做许立新的工作。许立新知道是自己占了便宜，却坚持自己家大业大，他说别看自己这几年经营不好，但他的土地却一直在增值，以资产和土地入股，要求占百分之五十一的股份。黄达斌知道许立新说的是实情，更明白许立新是看上了董事长的位置。黄达斌说："如果你规规矩矩经营，哪里用和人家重组，即便重组你也是大股东，可今非昔比，最好的结局是四六开，只要你同意，我就去做晶鸿的工作。"黄红梅也劝杨立新："这是最好的结局，企业不用破产，土地不用拍卖，面子有了里子也有了，见好就收吧。"许立新一时着急就对黄红梅说："你不是说我走破产就能帮我核销银行债务吗？怎么如今也和他一个腔调？"

黄红梅的脸腾地一下涨得通红，她有些失态地对许立新说："你怎么学疯狗一样乱咬，你这样谁还敢帮你？"

许立新哪里吃这一套，他皮笑肉不笑地说："是不是大黄给你出幺蛾子啦？你怕他，我可不怕，既然他不讲同学情谊，我也不用顾忌那么多了，要钱没有，要地也没有。如果合作，我就当大股东，当董事长，其余免谈。"

黄红梅被许立新抢白的脸红一阵白一阵，她愤愤地扔下一句话："你自己看吧。"然后就拉着黄达斌快速逃离出来，她埋怨黄达斌根本就不应该来自讨没趣,"这回见着棺材该落泪了吧,回去赶快准备破产保全吧。"

尽管在许立新那里碰了钉子,但黄达斌还是认为重组是上策,他把自己的想法跟行里做了汇报,其间他还去了晶鸿光伏,把自己的想法跟晶鸿的金总做了沟通。金总表态,只要自己能控股,能把控企业,重组可以推进。

但许立新又是死活不肯见黄达斌,任凭黄达斌十分钟一个电话,那头总是电话正忙的状态,事情就这样又僵持在许立新这里。正当黄达斌一筹莫展时,黄红梅请黄达斌和许立新喝茶,好像那天的不愉快根本没有发生过一样。黄红梅一口一个工作归工作,友情归友情,但黄达斌心里清楚如果不是为了工作,他们也许一辈子也不会再坐到一起。果然许立新一副掏心掏肝的样子,他说你俩马上就退休了,何必为了工作牺牲咱们自己的企业呢?不如退休后就来他的公司当顾问,古有上阵亲兄弟,今有经营亲同学。说完他看了一眼黄红梅,旋即就对着黄达斌说:"你看看你,勤勤恳恳干了一辈子,最后又能怎么样?还是来咱自己的企业吧。"说完还拿出一个写着聘请黄达斌为公司财务顾问的大红聘书,黄达斌看了一下,落款日期竟然是去年小雪那天。

黄达斌没来得及多想,冷冷地问:"你不恨我了?"许立新说:"我啥时候真记恨过你?"这时黄红梅不失时机地端起茶,咱们三个同学以茶代酒,相逢一笑泯恩仇。黄达斌问:"你的企业都要破产了,还怎么东山再起,难道是想明白了,和晶鸿合作？"

许立新干笑了两声："我跟他合作有什么甜头，他的光伏产品卖一个赔一个，还不是靠着国家政策支持过日子，等到产品规模都上去了，得猴年马月呀？如今我就是想破产，你帮着申请核销贷款吧。事成，新公司给你干股。"

黄大斌不知道他又打什么鬼主意："你有土地，不符合破产程序。再说破产了，哪里还能成立新公司？"还没等许立新回话，黄红梅就抢着说："那土地的所有权不在许立新名下，从法律上找不到丝毫的关联，咱们贷款时也不是没拿那块土地抵押吗？"

这种话能从黄红梅嘴里说出来实在让黄达斌大跌眼镜，他心想当初贷款时是谁说有土地，有资产，还极力怂恿自己放贷，如今怎么提起裤子就不认账了。他望着眼前的两个人，一股凉气从后背窜到前胸，他黑着脸说："只要我上班一天，你就别想破产，金蝉脱壳门都没有。"

黄红梅递给黄达斌一杯新续的茶："都是老同学，有话好好说，别动不动就急。"茶水跟他刚才的话一样有些滚烫，但已经含在口里，黄达斌就一狠心咽了下去，灼痛顺着热气从嗓子眼儿钻出，一时间他竟然有些恍惚，那氤氲的热气犹如云雾，缭绕在他的眼前，两个相伴了半生的同学此刻竟是如此的模糊。

他不知道是自己醉茶了还是茶刺激了他的神经，他摇晃着站起来，从未有过的力不从心让他的脚下轻飘飘的，他只挪了一步，就从台阶上摔下来，鲜血从额头慢慢渗出来。

六

行里彻底停了黄达斌的工作，本来磕破头住院也没有什么大不了的，但和客户一起喝茶，摔倒现场还有立新集团发的聘书就显得意味深长。行里当即否定了他的重组方案，派人着手做立新集团的资产保全，就在黄达斌跌倒的当天，立新集团宣布企业破产。行里念及黄达斌马上就要退休，其他的也就不再深究了。

马兵来探望他时说能理解他，毕竟同学一场，帮忙是人之常情，只是老领导没必要绕那么大一个弯子贷款，如今反而东窗事发，害得企业除了破产也无路可走了。黄达斌想解释不是那样，可他知道如今他就是浑身是嘴也说不清楚。他说他被黄红梅和许立新设计了，谁会相信呢？

出院后黄达斌去找李健，李健却故意躲着他，连安敏也劝他好好养身体。因为企业破产，贷款核销，员工一年的奖金又要泡汤了，大家意见大得很，黄行就不要来触这个霉头了。

立新集团的大楼和煤厂拍卖近两个亿，但立新集团除了西大街支行两个亿的贷款外，还有当地商行的近两亿贷款，而且商行的两亿贷款早就做了土地抵押，也就是说走完债务清偿后，西大街支行除了那几堆次品而且风化严重的煤外，一分钱也拿不到手。破产程序合规合法，在网上挂着，清查小组也在有条不紊地做着最后的清算。

所有人都觉得是黄达斌以权谋私牺牲了银行利益，黄达斌知道自己是中了黄红梅和许立新的圈套，这个圈套从小雪那天就给他设上了。黄达斌不是没想过去找许立新和黄红梅问个清楚，可又能问出什么来呢？那块土地的法人在贷款前就变更到许立新外甥邮迪名下，土地出让金也是当时运输公司的正常营业收入，运输公司的法人就是许立新的外甥邮迪。唯一关联是立新集团给运输公司结算的运输费用高出市场价格，可都是民营企业，人家一个愿打一个愿挨，有正当的经济活动，即便是洗钱也是名正言顺的。

黄达斌让李健再仔细查查运输公司和立新之间的关联。李健苦笑着说："他们有高人指点，事情做得滴水不漏。"然后又补充了一句，"这样的点子除了黄行您，应该是没有几个人能想出来的吧。"说完甩给黄大斌一个倔强的背影。黄达斌张了张口，但喉咙里却发不出一丝声响。别说就一张嘴，就是百口也莫辩呀。

黄达斌去上级行反映情况，可他越是说，领导就越是反感。领导说："一切以事实为依据，你有时间就去找些依据吧。"可依据去哪里找呢，市行也好，西大街支行也好，已经吊销了他的权限，他甚至连贷款系统都无法进入，更不用说再去寻找蛛丝马迹了。妻子劝他在家好好待着吧，可他就是不听，一有时间就像魔怔般跑到立新集团新拿的那块土地外，盯着围栏打开又合上，盯着古树从吊车运来，盯着售楼处拔地而起。从小雪到三九,他冻了耳朵,冻了脚指。妻子心疼地给他报了旅游团:"我从没有干涉过你的工作,可如今已经这样,你就不要再自讨苦吃了,别说你找不到漏洞,就是有,又能怎么样?人家想这样做,早就做通了方方面面的关系。再有半年你就正式退下来了,所有的一切跟咱就没有关系了。"黄达斌知道自己不能再让这个女人担心,妻子说得对,是该歇歇了。陪着妻子逃离雾霾,逃离这烦心的一切,去海南好好过年。

临走前的一天,也是腊八这天,黄达斌想再看看那块埋葬他职业生涯的土地。虽然四周依然被围挡圈着,但富丽堂皇的售楼部和旁边的样板间人头攒动。黄达斌被售楼员热情地引到沙盘前,随着亮点的跳跃,售楼员说:"我们新帝华府打造的是高端环保住宅,屋顶全部安装了光伏发电模块,四季室内恒温恒湿。"黄达斌知道自己的这个创意当时是给旭龙推荐的,一方面晶鸿怕旭龙砸了招牌,一方面旭龙根本不屑于晶鸿的产品,如今用到新帝华府不仅是双赢,而且是节能环保的好事。想到这里他有些酸楚,但更多的是欣慰。正思忖间,门口传来吵吵嚷嚷的声音,保安推搡着一名女子,把她往售楼部外面赶,旁边是被扯断的横幅和被砸瘪的喇叭。保安说:"如果你再过来闹事,下次就直接送派出所。"

黄达斌听着女子的声音有些熟悉,那小喇叭和条幅也似曾相识,他快步追了上去,果然是熟人姚美丽。姚美丽说:"你说我的运咋那么背呢。两年前,他们拆迁了我的店铺,按当时价格给了补偿金,还答应再按每平方米二万元回迁一套商铺。

如今他们不认账了。都说做生意不如投资房产和吃高息好,我才卖了店铺,可最后龙溪府的房子烂尾,投的钱也没了声响。"黄达斌刚才看过了,目前商铺的价位是三万元一平方米,而且还要先交定金后摇号。他问:"空口无凭,你们没有协议吗?"姚美丽说:"当然有,只不过当时是和立新集团签的,如今他们说立新集团破产了,那协议成了废纸一张。你说他们这不是要流氓吗?"

姚美丽把那个协议给黄达斌看,黄达斌用手机拍下来。那一刻他手中的协议犹如扯破雾霾的一丝阳光,他嘟囔了一句:"百密一疏。"姚美丽痛苦地说:"可不,就这么输给这帮流氓了。"

黄达斌把协议文本打印了十几份,分别呈报了行里和市里的有关部门。

市里和行里成立了联合调查组,许立新因侵吞资产被刑事拘留,黄红梅因渎职被开除公职,接受审查。黄达斌因贷前未尽职被通报批评,在未挽回资产流失前延迟退休,继续追讨银行资产。

春节假期还未过完,黄达斌就带着马兵和李健再次来到旭龙集团,龙董事长明白旭龙要生存发展离不了政策和银行的扶持,他明白炸掉危楼,打造新型环保住宅是不得已,不能不为之。

惊蛰那天,银行牵线搭桥,完成了晶鸿光伏和立新集团的重组。

马兵说龙董事长是识时务的俊杰，黄达斌想说"他是什么俊杰，不过就是赶上了好的政策"，可转念一想说这些又有什么意义呢，还不如督促他们尽快步入正轨，自己也好从这泥潭里拔出身来。马兵似乎看出了黄达斌的心思，讪讪地说："只是委屈老行长了，其实，其实……"黄达斌心里一紧，他想知道那其实后面的内容，可事到如今知道又有什么用呢？他大咧咧地说："其实就是我点比较背哈。"说完他感觉眼睛有些模糊，抬起头，任凭春雨和泪水在脸上滚爬。

七

一年后龙溪庭院大卖，六层花园洋房因它的屋顶光伏发电系统和环保指数真正成为一个五星级的家园。一年半后新帝华府大卖，新帝华府的恒温恒湿新风系统成了金城人商品住房的风向标。

两年后立新集团的露天煤厂已改建成大型的晶鸿新能源生产基地。董事长金鸿给即将退休的黄达斌发了聘书，聘任黄达斌为财务顾问，黄达斌笑了笑拒绝了。金鸿说："事情都过去两年了，你也卸下了担子，不来我这里，你还想干什么呢？"

黄达斌一时恍惚地说："是呀做什么呢？"望着眼前大型地面电站，他仿佛看到金色的朝霞穿越了经济的低谷，照在人们的脸上，一切蓄势待发。